京极夏彦作品
KYOGOKU
NATSUHIKO

‖ 下册目录

真不知榎木津的驾驶技术该算高明还是差劲。若是只论技术方面他确实更胜于常人，可是开起车来依旧粗鲁。让他开起悬吊系统几乎失去作用的冒牌达特桑跑车，坐在前座的我感觉就像犯人受到拷问，屁股被打好几大板一般痛苦。

而且更叫我无法理解的是，视力显然不佳的榎木津，为何得以获准驾驶？

总之，榎木津的心情好极了。他大概是本次事件相关人士当中心情最好的一个吧。

若问为何——因为这个不负责任又毫无常识的侦探很轻易地就卸下了原本肩上的重担。明白地说，他已经在开始进行调查之前就先放弃了柚木加菜子的搜索。

昨天——招待突然来访的木场进房后，京极堂要求我们先行离开。他的行为仿佛想隔离我们与木场一般。

我无法接受这样的安排。京极堂说——只要听完木场的话应该就全部知道了，所以我们当然也有权利知道结论。

面对我的反对，京极堂如此回答：

"关口，这次的事件恐怕并**没有**你想象中的那种连续发展。这些乍看之下彼此关联的几个事件之间**完全没有关联**。只要执着关联性就无法看出事件的整合性，所以最好的办法就是别想太多，分别追查各个事件。听过木场大爷的话所得到的结论改天必定会向各位报告，时间由你们决定即可——"

我个人很希望一起听奇妙事件的当事人——木场修太郎的体验

谈，但榎木津与鸟口并不反对京极堂的提案，迫不得已我也只好接受。

但面有难色的反而是木场本人。

木场以具相当魄力的粗厚嗓音叫骂起来：

"京极你这混蛋家伙，老子可不是来找你商量也不是来闲话家常的。我来是有话要问坐在那里的关口。喂！关口，你的——"

"大爷。"

京极堂静静地一喝。平时木场并不会怕这种程度的威吓，但京极堂紧接着说的意义深远的台词却让豪杰刑警有点退缩。

"现在听我的话是**为了你好**。"

"什么意思。"

木场把原本就细小的眼睛得更细了。京极堂手摸着下巴，静静地说：

"想跟他们交换情报，是不可能不提——大爷你为何在思过中还如此积极，不，为何不顾被罚闭门思过的危险却仍执意要进行危险行动——**这项理由**的。如果你觉得无妨——那我也无所谓。"

木场沉默半晌。

"京极，你——知道些什么？"

"别担心，在场三人知道的情报我全都听过，我会清楚地交代给你知道。恐怕目前的阶段下，我是最能明白说明这些情报的人吧。"

木场默默地坐下。

我们这群人则交替似的起身离座。

　　我实在不懂为何我们不该在场，也不懂京极堂对木场所说的具有什么意义。

　　所以我也猜不到木场会说些什么体验谈，也不知京极堂又该如何把榎木津听来的柚木阳子的可怜过去告诉他。

　　接着——京极堂送我们到玄关，在榎木津耳旁小声地说：

　　"榎兄，我仔细思考过了，我想你的侦探工作是不可能顺利进行的。我看柚木加菜子是找不到了，或许放弃会比较好。"

　　听到这话的瞬间，榎木津的表情立即开朗起来。

　　他很轻易地就放弃了柚木加菜子的搜索。

　　这就是榎木津心情好的理由。

　　我们在被京极堂赶出门后，稍微讨论了一下今后的方针。

　　结果决定鸟口继续负责追查御筥神的底细——如教主的家人、最初的信徒等，我则与榎木津——一半是情势使然——决定去拜访楠本家。但此行的目的乃是为了与身为御筥神信徒的楠本君枝见面，了解她女儿赖子是否有成为新的分尸杀人的受害者之可能性。

　　而非为了寻找柚木加菜子的线索。

　　榎木津究竟打算该怎么履行与增冈的约定呢？放任不管难道不会令他父亲丢脸吗？虽然是多管闲事，但我很在意这件事。只不过榎木津本人对我的挂心一点也没放在心上。侦探一发现停在晕眩坡下空地的那辆赤井书房社用车，立刻高举双手欢呼，死缠烂打地拜托鸟口，要他在调查期间车子借他使用。鸟口一说答应，榎木津立刻宣布：

"这是，我的！"

那之后他的心情更好了。

我与榎木津以及鸟口没事先知会主人便决定三天后在京极堂会合，之后暂时分道扬镳。

然后过了一晚，也就是今天。

我与榎木津两人正在前往楠本家的路上。

就算见到楠本君枝也没什么用，而是否真能有效防止犯罪也值得怀疑，但我们也想不到有什么其他好法子了。

京极堂肯定知道些什么内情，这点毋庸置疑。他有事瞒着我们。公开他所知的岂不是更能朝事件解决的大道迈进一步吗？那么——为何保持沉默？

难以理解。

柚木加菜子的绑架事件、武藏野连续分尸杀人事件、封秽御笘神。这些难道不是一个巨大事件的某一面相而已吗？散见的几个事实之中包含了充分的暗喻，足以使人产生这般疑惑。而握有谁也不知道的情报的京极堂应该已经从这几个面相之中见到了事件本体的原貌。对木场说的话与对榎木津的建言，想必都是基于这个原貌而来的吧。

我向愉快地握着方向盘的榎木津征询意见。

"不知道京极堂为什么要把我们赶出去喔？他到底知道些什么？木场大爷为什么一听他那么说后就变得很顺从？不方便让我

们知道的理由是什么？有太多事我都不明所以，榎兄你的意见如何？”

榎木津仿佛侮蔑我似的扮出鬼脸，一脸觉得麻烦地说：

“你还是一样迟钝啊。小关，你就像只乌龟，你这只乌龟。”

“你回的是什么话？我可不是在问你对我的感想。”

“阿龟，你为什么连京极堂叫我们先回去的理由也不懂啊？木场修他啊，当然是对那个，叫美波绢子是吧？对那个女人一往情深啊，热烈得很咧。”

“啊。”

原来是这么回事啊！我对男女情爱之事确实有点迟钝，但只凭那么点情报为什么就能导引出这个结论来？我看并非我太迟钝，而是榎兄以小人之心做了过度揣测吧。榎木津带着瞧不起人的语气继续说：

“要不然那个傻子怎么可能主动参与会危害自己立场的事件。你没看到他那张脸？那明显就是心思细腻的笨蛋烦恼了好几天的成果。那个粗犷粗心又没神经的肌肉男，居然会有如此纤细的烦恼，真是笑死人了。光看警察写的报告就看得出木场修那家伙有多么热心参与这个事件。那家伙没女人缘，别说被人喜欢，连怎么去喜欢人也不晓得，所以才会以为只要一股脑地努力就能获得成果吧，真笨。”

“会不会说得太过分了点？他是你的老朋友啊。”

“还是青梅竹马呢。”

榎木津照样一副很开心的样子。

　　木场其实不似外表那么粗心，也不是榎木津所形容的莽撞之人。至少我这么认为。只要跟他来往过，很容易就会发现他的慎重与略嫌神经质的个性。

　　只不过就算他并非这种类型，也常配合周围的人对他的刻板印象来行动。这时便很难判断他真正的想法是属于哪边。不过不管如何，我也还是注意到他的性格可说是那种所谓的纯情男子汉。

　　那么，如果木场真的迷恋上柚木阳子的话——一旦知道思念的人不为人知的过去，他究竟会怎么想？

　　京极堂要我们先回去，就是顾虑到这点吗？

　　心情变得很复杂。

　　"京极堂——不知道会怎么跟木场说？——我是说那个，阳子的过去。"

　　"让他来转达至少比你或我来好得多啊。别担心，又不是乳臭未干的小伙子，三十好几的男子汉大丈夫也不可能真的跟人商量起恋爱烦恼的。而且京极在这方面的说话技巧高明，一定会好好转达的。只不过木场真是个伤脑筋的家伙，真是笨蛋。"

　　要说伤脑筋的家伙，我看我身边的这个驾驶更胜一筹吧。

　　正想开口揶揄时车子停了下来。

　　"楠本家在哪边啊？阿龟，把住址拿出来。"

　　我拿出那本名册，告诉榎木津详细地址。

　　这时我注意到，我昨天带名册到京极堂去时是放进纸袋里的，可是今天却是直接带来。看来我把纸袋忘在京极堂了。纸袋里除了名册以外好像还放了什么。

“啊，是‘匣中少女’。”

“小侠女？阿龟你在说什么？”

我原本就是打算让京极堂过目才把小泉寄来的久保新作的排版稿带去，结果忘记从纸袋中拿出来，直接摆在那里了。京极堂多半会检查内容吧，反正原本就是要带去给他看的，这样也好。

“怎么回事，这一带没什么路标，路好难找。方向好像不太对。”

榎木津哼着歌转动方向盘。

“阿龟，我今天可是刻意为了你才跑这一趟的，所以别愣在那里，快帮我认路嘛。”

“说什么鬼话，为什么是为了我来啊！”

“因为我早就没事啦，我已经放弃找小女孩了。”

“我才刚想问这点哩。我是不知道京极堂凭什么对你那样说，可是榎兄这么轻易就放弃真的好吗？你打算怎么向对方报告？”

“就说‘找是找了，没找到’不就好了？”

“可是你钱都拿了啊。”

“这是必要经费，他自己说有多的也不用还啊。”

“那令尊的立场又该怎么办！”

“我老爸大概连打过电话给我这件事都忘了吧。”

不愧是榎木津的父亲。所以说，他打算报告自己束手无策吗？可是京极堂又为什么会说那种话？

榎木津大声叫喊：

“就是这一带。阿龟！我们到了！”

总算到达了。接下来该怎么办才好，我一点计策和准备也没有。

增冈的数据与清野的笔记，我手中有这名即将与之会面的叫作楠本君枝的妇人的基本情报。资料上说，她是个三十五岁左右的制头师傅。就我所知，女性制头师傅应该是很稀奇的才是。

听说人偶工匠这种职业的学徒很辛苦，但技术好的话也能很快独当一面。资料上说，她特别擅长制作的是人偶业界中的所谓三月物［注］——女儿节人偶。

是间小房子。

楠本家位在三岔路的一角上，因此两边都面对着马路。这是间木造平房，靠马路侧有低矮的木板墙，墙内有片勉强能称之为庭院的小空间。院子里种着干巴巴的柿子树，高度只略比平房屋顶要高些。与隔壁房之间，隔了一小段距离，加上隔壁房子又是两层的楼房，生锈的铁皮由瓦片屋顶的对面露了出来。另一边则似乎是片空地。

由于缺乏比较对象，所以一不注意容易搞错规模，令人错觉这是建筑模型中的迷你屋。

大门紧闭，有如被罚禁闭的武士之家般钉上了十字木板。但还不至于密不通风，看得出钉得很草率。

沿着木板墙绕一圈，空地方向有个后门。房子里静悄悄的，没人在吗？

"喔喔！在过年啊。"

门上装饰着注连绳，又不是神社，无可否认地令人感到不合时令。

敲了两三次门，没人响应。

"没人在吗？"

没人在比较好，反正见了面也不知该做什么。

"可能只是假装不在。怎么办，阿龟，要不要强行突破？我来把门踢破好了？"

榎木津抬起脚，轻轻踹了下门。

"别这样，下次再来吧。"

要是答应，榎木津肯定会很高兴地把门踢破。

"还要再来一次很讨厌啊，我们先去别的地方消磨时间好了。我想到了，阿龟，我们去咖啡厅吧。虽说跟你约会叫人很不愉快，不过别担心，我来请客，用侦探的经费。"

真是个过分的家伙，不过我也想不到其他好办法。把那台冒牌达特桑跑车停在后面空地后，我们朝着连是否有也不确定的咖啡厅出发。

只不过由这附近的街景看来，难以相信会有咖啡厅，到处是空地。

走个几步之后见到一间落魄工厂。

注：三月三日为女儿节，有女孩子的家庭习惯摆饰人偶来祈祝女儿的成长与幸福。

"木场修也住在这个小镇吗？真是乡下地方。"

榎木津边踢竖立在工厂旁的电线杆边说。

"啊，有咖啡厅。"

明明视力不佳，观察力却意外的敏锐。定睛凝神朝他指的方向望过去，确实看到了一家名曲咖啡厅[注一]。

大约位于三百公尺远的位置，店名叫作"新世界"。

异于豪华的店名，店本身的装潢相当穷酸。打开涂成红色、没什么品味的毛玻璃门，里头传出声音嘶哑的莫扎特。

"这家店品味怎么这么糟啊。播这种音乐客人不用一分钟就睡着了。来这里商量公事的客人肯定会举手投降的，对吧阿龟。"

榎木津似乎很讨厌古典乐。

"榎兄的坏毛病就是老是以为大家都跟你的想法一样。另外也请你不要叫我乌龟好不好？"

采光不佳的店内十分昏暗，空间还算宽敞，而且客人也出乎意料的多。

没有店员过来招呼，我们得自己找到座位。

榎木津漫无目的地向前走，见到空位就坐了下来。这种照明之下，榎木津看起来就像石膏像里的赫尔墨斯[注二]。只要不说话、不活动，肯定很受异性欢迎吧。家世与容貌都好得无话可说，却年过三十还没结婚，肯定是又说又动的缘故。

结果我这么一想，榎木津居然真的不动了。原本滔滔不绝的贱嘴也闭上了。女店员来拿点好的菜单时他一句话也不说，就只是盯着我的方向看。但他并不是在看我。他两只大眼放空，却又一动也不动。

我不得已先点了两杯咖啡。

"怎么了？榎兄，怎么突然僵住了？"

"嗯嗯，你先待在这里。"

榎木津静静起身，走向我背后的方向。

离我们间隔两个位子上坐了个男人。

榎木津站在男人面前。

他看见——什么了吗？

没错，肯定如此。据说榎木津看得到平常人看不见的事物。京极堂说他看见的是他人的记忆片段。如果是事实，他应该看到了某人的记忆吧。那么，他看到的是谁的记忆？我扭转上半身朝后面一看。榎木津遮蔽了我的视线，无法确认对方的容貌，只听见对话声。

"抱歉，我是个侦探，你——你认识加菜子吗？嗯，你确实知道——"

"你、你想干什么？侦探？加菜子？她是谁我不认识，突然冒出来质问他人，真是失——"

"你在说谎，明明就知道。那——"

"我说不知道就是不知道，你这个人怎么这么失礼啊，我才没

注一：日本流行于五〇至六〇年代的一种店内播放古典名曲供人欣赏的咖啡厅。

注二：希腊神话里的旅行之神、商业之神、小偷之神等，同时也是众神的信差。

听过那个——"

"那、那个窗里的女孩子是谁？镶在窗框里的——"

"说什么窗子框子的，一句也听不懂。如果你还继续骚扰我，我就——"

双方都在听完对方的话以前就抢着先发言，遮盖了彼此的言语。

忙碌的你来我往。

等等，我似乎听过这个声音、这个语调。

我离开座位走到榎木津旁边。

"干什么！真是令人不愉快的人，你太放肆了吧！"

男子起身，看到我。

"关、口巽——先生？"

男子说。

男子原来是——久保竣公。

榎木津看我。

"什么？小关，原来是你的熟人啊？"

我穷于回答。

"既然是熟人你也帮我问一下嘛，这个人知道加菜子的下落。"

"关口先生，这位失礼的先生是你的熟人？如果是也请你帮我转达一下，我并不认识他说的那个加菜子。"

两人的话语近乎同时由各自的口中发出，连我自己也感到不可思议，竟然能分辨出双方的话来。

久保为什么会在这里？京极堂说这世上泰半事情皆是基于偶然，但如果连这件事也是偶然，未免也太巧了吧。

久保一如往常，头发整理得整整齐齐，眉毛像是用眉笔画出来般纤细，一双丹凤眼又细又长。身穿天鹅绒材质的外套，以领巾取代领带，看来绅士极了。相对于此，榎木津在那对有如整团黏上的浓眉底下半张着惊人的大眼，表情松垮。红色的毛衣虽很随兴，但穿在他身上倒还挺有模有样的。

这两人都给人一种人造物的感觉，但彼此没有半点相通的部分，各自拥有互不兼容的世界。对他们彼此而言，对方就像是异世界的人。

"喂，小关，你发什么呆啊？你果然是只乌龟，你这只乌龟。算了，更重要的是你！"

"敝姓久保。"

"你真的敢说你不认识加菜子？那你就看看这张照片。要是看了之后才说果然认识的话，我可不原谅。"

榎木津不知为何语气很得意，自裤袋中掏出照片递给久保。

久保讶异地拿过照片，他今天依旧戴着白手套。

递给他的应该是从增冈那里拿到的加菜子的照片吧。可是仔细想来，便可知久保没理由认识柚木加菜子。连在这里遇到久保都可说太过巧合了。要是久保看到照片之后，真的有什么奇妙反应的话，便已超乎巧合而是一出闹剧了。因为这种剧情，只有在巧合主义的三流侦探小说中才看得到。

然而——

久保凝视着照片，跟刚才的榎木津一样僵直不动。他拿着照片，白手套上的几根欠缺的手指正微微发颤。

"看，你果然认识吧。你是骗子。"

"不——我不认识——"

"还死不认账。小关，你的朋友怎么那么多骗子啊，这叫物以类聚吗？"

榎木津的粗暴发言并没有传到久保耳中。

"这个——女孩，叫作加菜子吗？"

"对啊。怎么，原来你不知道名字吗？糟糕，她姓什么来着？"

"柚木。这女孩子的名字叫作柚木加菜子。久保，你该不会——真的见过这女孩吧？"

我怀着无限复杂的思绪质问久保。

"不——当然没见过，只是——"

无精打采的，这不像我认识的久保竣公会有的反应。眼前的久保已不似刚见面时那样带有小刀般的锐利。明明仅见过一次面，我心中已塑造出一个名为久保竣公的虚像。或许那只是我个人的过度想象罢了，那么现在我感受到的不调和感或许也只是他初次见面给我的印象过强所致罢了。

"你们在找——这女孩吗？"

"嘿嘿嘿，正确说来，是'找过这女孩'才对，只不过现在已经没打算认真找了。"

久保冒着汗，通过空气的传达我感觉到他的情绪非常激动。

久保果然知道内情吗？

"这张——照片，可以借我吗？"

怎么会说出这种话来！他的回答超乎我的预料。

"久保、你、你在说什么？"

"不、不是的，关口先生，我并非直接认识她，不过多少知道点线索。如果能找到这女孩，对你们应该多少也有点帮助吧？"

"多少是有一点吧。"

怎么回事，这是多么勉强的回答啊！

我怎么听都只觉得这是苦无对策下的勉强借口，可是榎木津却毫无所感。

"那么，我很乐意循我所知的线索帮你们寻找，或许能因此找到她的所在。对，这样比较好。关口先生也同意吧？这样做比较——"

"好啊。"

榎木津抢先回答了对我的发问。

我实在跟不上眼前的这幕闹剧。

榎木津从久保手中拿回照片，在背面写上自己的联络方式再交给久保。在这段期间久保像是失魂落魄，茫然地呆站着。就算他有线索又会是什么线索？我觉得至少该先问过这个问题，但榎木津似乎漠不关心。一拿到照片，久保又开始盯着瞧，眼神非比寻常。

对我而言，这两个男人都是——异类。

"好了小关，我们也该回座位了！你看服务生从刚刚就一直站在那里不知如何是好呢！粗心的你难得细心为我点的宝贵咖啡就要冷掉了。趁还热着的时候快喝吧。"

榎木津轻快地转过身来，一回头刚刚那位店员正一脸困惑地端着咖啡站着。

我还是很在意久保。我觉得还有很多事必须询问久保。

但我自己也一团乱，不知该从何问起。

对了，御笁神的——

正当我想到时，榎木津已经回席，并大声唤我过去。久保的眼里丝毫没有我的存在，一直看着加菜子的照片。

我边在意着背后的久保，边回到座位，开始觉得即使发问也没有用。

在这种如闹剧般的事态发展中，这点小事一点意义也没有。

问了也没用。

我一坐回座位，榎木津就对我招手，把脸凑向我，说：

"喂，小关，你的那个朋友很怪哦。"

关于这点我是没什么意见，但要是听到这种话出自榎木津这种人嘴里，我想他本人也会很意外吧。榎木津降低音量接着说：

"他是专门烹煮野味山产的厨师？还是阿兹特克的神官？至少不是医生吧，看起来不像。"

"你在说什么？"

他举的例子半个也不像。应该不是基于服装或言行举止而来的联想。我告诉榎木津他跟我一样是小说家。也不知榎木津是否听进去了，只是随口响应了一下。

　　我们之间没什么对话，不过也还是消磨了约一个小时。

　　这段期间，我整个心都在久保身上。

　　定期回头一看，他都只是低着头不动，还是一直看着照片。

　　这种距离感很不自然。明明是熟人，却不同席，可是也没理由继续装作不知道对方也在。我开始讨厌起这种感觉。与他的作品"匣中少女"一样，余味很糟。到最后，我们还是连声招呼也没打地先离开了"新世界"。

　　"那家伙大概是在等人吧。"

　　榎木津说。

　　回到楠本家时，发现有个少女站在后门弄得吱吱嘎嘎作响，似乎是在开门。她的身躯瘦小而纤细，穿着深蓝的西装外套与同颜色的裙子，应该是制服吧。少女一心一意地开门，没注意到我们的接近。

　　"打不开吗？还没人回来啊？"

　　榎木津一如往常地贸然开口。

　　少女反射性回头。

　　是个美貌的女孩子。

　　"——你们是谁？"

　　明显表现出怀疑的表情，这也难怪。

　　"我们是侦探，你是这个家的——"

　　"你是楠本赖子的朋友吗？"

　　我在榎木津想出人名前先接着说了。要是全交给榎木津处理恐怕会把女孩子吓跑吧。

"我就是楠本赖子，有事吗？"

这个女孩就是楠本赖子——吗？

"啊，那太好了，母亲不在吗？"

"你们是——讨债的？"

"刚刚就说是侦探了嘛。"

狐疑的神色不减反增。

由还只是中学生的小女孩会误把我们当成讨债人这点看来，楠本家的经济果真很窘迫吧。

但既然是自己的家，为什么连门都打不开？

少女交互比对似的继续瞪着我与榎木津。我无法直视她的眼眸，那会令我觉得自己像是个污秽的脏东西，使我有强烈的低人一等的感觉。纯洁少女的视线是种剧毒，足以射杀我这种人。

或许是看到我不知所措的模样，少女的警戒心明显地升高。

我情急之下想到个借口。

"我们是警察的，对了，是木场刑警的熟人。不相信你可以去确认看看。所以别那么警戒，请相信我们。"

根据增冈律师带来的警察资料显示，这个少女——如果她真的是楠本赖子的话——应该认识木场。

"木——场先生的？"

"小关，你干吗扯这些借口啊。我们又没做什么坏事，只要正大光明地说不就好了，没必要牵扯到木场那个笨蛋吧。喂！"

"——你们有什么事？"

"我们来找你母亲，不在吗？"

"我妈她——应该在，只是上了锁——所以我也进不去。一定是趁我不在时上锁的。"

"那还可真是个坏母亲，她总是这样？"

"——也不算——总是这样。"

"哈哈，也就是说，偶尔会这么做？"

真教人吃惊——虽然还有些犹疑，但楠本赖子已经逐渐对榎木津敞开心房，我连介入的余地也没有。但是由此便可以了解，榎木津不管对象是谁，真的是一律平等地以相同态度来对待。

"请问——你们真的是木场刑警的朋友吗？"

"那个方形脸的家伙？是啊，是朋友。很讨厌的朋友对吧？他的脸真的很恐怖吧。"

"我是不觉得恐怖啦——那，你们是来问加菜子的……"

"咦？"

少女的情绪似乎有点激动。

"如果你们是来问加菜子的事我什么也不知道。我已经全部告诉警察了，没什么好说的了。"

"跟这件事无关，反正早就结束了。今天是专程来找你母亲的。你母亲是不是在做一些奇怪的事？用木板把玄关钉死的是你母亲吧？她疯了吗？一点也不正常嘛。真是个怪人。"

听见榎木津毫不犹豫地否定，少女迅速安心了下来。但是我实在无法理解榎木津的神经是怎么长的，居然面对小孩子说母亲坏话。只是少女听到这些坏话似乎也不觉得厌恶，既不生气也不高兴。

"我也不懂我妈的想法——请问，我跟人有约，能先离开吗？"

少女的态度意外的冷淡，但在提到母亲时似乎皱了下眉头。

"当然可以！只不过——嗯——对了。"

"什么事？"

"不，没事。再见。"

"我先走了。"

提起放在旁边的学生提包，楠本赖子朝我们来的方向小跑步离去。榎木津歪着头目送她离开。我似乎从头到尾只扮演了笨蛋的角色。

"那是青春痘吗？还是瘀青？不过她居然能在那种地方发现这个。"

榎木津又开始说起莫名其妙的话。

"那角度太怪了——只不过这么说来那女孩今天**不惜请假**也要去跟人会面哦。"

"对喔！今天是星期四，要上课。"

完全没注意到。现在还不到中午，学生们当然在上课。

"刚刚那个男的——住在这附近吗？"

"刚刚那个男的……你是指久保？"

"名字随便啦。那女孩跟他相识吗？"

"不可能吧。我是不知道久保住哪儿啦，不过应该没这么巧吧。"

"是吗——"

榎木津似乎很不以为然。他的根据肯定不是常人所能理解的，所以与他也根本没什么好争论的。

门冷不防打开，我吓得两脚发软，差点跌倒。

"啊！果然在家！小关，高兴吧，我们总算能甩掉'白跑一趟'这四个空虚的字啦！"

一名女性从房里出现。

屋内一片昏暗，没有电灯。

原本以为——房间是一片狼藉，但实际情形并非如此。因为这个家连足以称为狼藉的财物也没有。穷困到如此地步，也不难理解她为何面对初次见面、又不知身份的可疑二人组会毫无防备地让他们进门了。这种防人之心似乎早就在她的生活之中，不，在她的心中磨灭殆尽。

眼睛花了一段时间才适应屋内的黑暗。

房间里连个坐垫也没有。房间角落摆了看似米袋的东西，上面插着几颗人偶头。从遮蔽窗户的布缝中泻进来的光线在人偶头上留下了朦胧的阴影。只有一颗还没刻上眼鼻的头受到明亮的光线照射。画笔、雕刻刀等等工具随意弃置在米袋四周。看来已经有段时间没有工作了。

房间正中间不知为何摆了磨钵。细粉撒在榻榻米上，磨棒躺在粉堆之中。刚刚大概在进行着什么工作吧。

不可能在这种地方做菜，所以多半是在磨制制作人偶不可或缺的白色颜料。不过附近并没有用来溶解粉末的开水。那么这个钵应该也是几天前的生活痕迹吧。

榎木津保持沉默。

君枝也不发一语。

她只是打开房间，听从我们的要求让我们进门。

君枝比我想象的年轻许多。脸上完全没有化妆，破旧的衣服也早就超乎质朴的范围。照理说这身打扮会让人看起来苍老十岁以上，但君枝依然显得十分年轻。就算用严格的标准来看也仍算是与实际年龄相符。或许原本就长得比较年轻吧。眼睛、鼻子的轮廓清楚，可说是个美人。

我在磨钵旁边没沾到粉末的地方坐下。榎木津站着。

"为什么——把你女儿……"

"赖子不在，要找赖子的话请回吧。"

"不，不是的。你女儿我们刚刚就见过了。我是想问，为什么把赖子关在门外？你人应该一直都在屋子里吧？"

没有响应。不知该说是憔悴还是疲惫，君枝好像心不在焉。

但绝不是悲伤或痛苦。

君枝的气色不佳，我想那或许不是由于处境不幸，而是生活不正常或营养失调的缘故。两眼眼神涣散应该也是同样的理由吧。

君枝意气消沉地拨弄着榻榻米上的磨棒，眼睛呆滞无神。

"你刚刚想自杀吧？"

榎木津唐突地问。

一回头——看到梁上绑着绳索，底下放着一个木箱。典型的上吊自杀的准备。

"这位太太，你别想不开啊！"

"唔。"

由她抬起来的脸上我看不到深刻的表情，只是充满了疲劳与困顿。感觉不到一丝一毫前一刻正打算了结自我性命者的悲怆。

"原本打算——女儿离开之后就……不过——你们来了，所以——"

怎么回事？这有如用菜刀刀背切东西般滞钝的回答是怎么回事？这名女性不是正打算自杀吗？自杀这种行为难道就**这么不值得一提**吗？

"那，你打算等我们离开就去死吗！"

"这个——我也不知道——"

她不是在开玩笑，当然精神也没异常。

现在的她已经处于极限状态。只不过对我来说无法理解罢了。

这时，我痛切地感受到，人与人之间不可能进行真正的沟通。靠言语无法相通，心意更是不可能交流。

对我而言的现实与对她而言的现实之间有段极大的距离。有多少意识就有多少现实。有一百人就有一百种、有一千人就有一千种的现实，这些现实彼此互不相同。而且还不是稍微不同，而是完全不同。若不把勉强自己相信这些现实相同作为前提，沟通就无法成立。只要能勉强自己去相信就没什么问题；但若是稍微产生了一点点疑问，这种互信立刻就会产生破绽。

否定自己以外的一切，人就会令自我陷于孤立；而否定了自己的话——下场我比谁都还清楚。因此——

不管是久保的话、赖子的话，还是君枝的话，对我而言都像是异国的言语，完全无法理解，无法沟通；明明无法沟通，却又勉强自己装作完全能理解。

榎木津也这么觉得吗？

所谓的事件，是人与人——许多的现实——的相互关联中产生的故事。

那么，故事的脉络——事件的真相也同样是有多少人就有多少种吧。说真相只有一个只不过是种欺瞒。事件的真相只不过是牵涉其中的人们为了方便起见所创造出来的一种欺瞒罢了。

这么一来，或许正如京极堂所言，动机也只是为了方便起见创造出来的一种约定俗成罢了。

若真是如此，解开犯罪真相又有何意义！如果能防患未然或许还有点帮助，如果是去干涉已经发生的事件，岂不是一种巨大的无意义吗？

那么，所谓的侦探岂不就单单只是一种把事件——别人的故事——变换成**侦探自身的故事**的小丑罢了？证据就是坊间流传的侦探故事中，与侦探扯上关系的人到最后都一个接一个死去，若非如此他们的故事便无法成立。

犯罪是只要有犯人与被害者就能完结的两人戏剧。而侦探就像是在戏剧中途恬不知耻地冒出来、任意修改剧情的小丑。那些老爱挺身而出、主动扮演起如此愚蠢角色的低级趣味家伙们就是所谓的侦探。

难怪会说对这种角色敬谢不敏。我似乎稍微能理解京极堂隐居的理由了。

"喂！小关！你怎么这么失礼啊。这位女士都特意延后自杀来见我们了，你干吗闷不吭声？有想问的问题就快点问。"

"啊。"

榎木津的斥责打断了我的思考。

他对于碰上这种场面似乎没有半点感触。

甚至还去确认上吊用的绳子的强度是否足够。

虽被人催促，我却想不出有什么好问的。毕竟本来就不是特意前来的。而且，我的话多半传达不进这位女士的心里，而她的回答我也无法理解。在我保持沉默的当儿，榎木津又开始大声地说：

"这位太太！这根梁木不行，没足够强度支撑你的重量。不信你看，轻轻一扯就弯成这样。"

君枝带着难以理解的表情看榎木津。梁木的确正发出吱吱嘎嘎的声音弯曲着。

不过在我眼里，只觉得榎木津正使出浑身力气将绳子往下拉。我不相信君枝的体重有这么重。

"要不就是放弃自杀，要不就是改变方式，否则这个房子会先垮了喔。房子垮了，你也没有自杀的意义了吧？"

"嗯嗯——那的确很伤脑筋。"

伤脑筋？

"这是什么意思？"

为什么我老是跟不上别人的话题？榎木津似乎已经与君枝立于相同领域之上了。那么我刚刚所做的思考，终究只是我个人的妄想罢了。除了我以外的世界早就共有着相同的故事。

虽然我完全看不出榎木津的应和具有什么意义，但因而导引出的君枝的回答却非常有意义。虽然她的话只有个别的片段，但组合起来多少使人能理解君枝难以理解的思考方式。听她描述自己错综复杂的人生，就像是在观赏一幅错觉画［注一］。

君枝的父亲是自江户以来源远流长的著名人偶师傅的小弟子。广受赞誉的师傅与师兄们之盛名连我这个对人偶业界不熟的人都听说过。君枝之父的技巧出众，特别擅长制作太合、神天、金时［注二］类的人偶，年纪轻轻便自立起门户。

但是他依然很穷，而且还热衷于赌博。人偶需求有分旺淡季，君枝之父特别擅长制作五月用的人偶［注三］，因此收入总是集中在春天。不过需求集中并不代表可以无限供应。他没机灵到要趁空闲淡季时先做好囤积，而且材料的准备也有问题。不过最主要的问题还是在于性格吧，君枝说父亲原本就是个生性懒惰的人。

负债越积越多，最后被赶出租屋，一家各奔东西，流落街头。那时君枝年仅十五岁。家庭是真的分崩离析，往后君枝就再也不知道失散的年幼弟妹度过了什么样的人生。

当然，这些话并非按照顺序讲下来的。

不知为何，榎木津似乎从她的话中找不到感兴趣的话题。她每讲一段话榎木津总是没什么兴趣地急忙想把话题结束，又接着讲出些缺乏前因后果的话。但受到榎木津的话语影响，君枝似乎回想起早已忘怀的过去，一一道出。

我虽不相信榎木津是早就预期到会有此效果才故意这么做，但以目前情况来说，这种特异的询问方式反而可说很有效果。

君枝结婚是在十九岁的时候，对象是越后出生的浪人厨师。乍听之下似乎是个不起眼的职业，其实收入意外的不错。第一年君枝过着无拘无束、幸福的每一天。就我听到的，这一年大概是君枝一生中最安稳也是最幸福的日子吧。

但是好景不长。昭和十三年的秋天，赖子诞生了。

一般而言，除了极端穷苦的人家以外，有了孩子应该是非常令人喜悦的事吧。对某些人而言，甚至如达幸福之顶。对于琴瑟和鸣的夫妇而言，孩子的诞生绝不可能是什么坏事。

但是对君枝而言，却不是这么一回事。

注一：一种艺术形式，有很多类型。例如典型的一种就是利用透视法让人产生空间的错觉。

注二：太合为对太政大臣的敬称，指丰臣秀吉。神天则是指日本神话中的第一位天皇——神武天皇。金时乃鲷田金时，为童话中的打鬼名将源赖光底下的四天王之一，即金太郎。

注三：五月五日为端午节，同时也是男孩节。常摆一些雄赳赳气昂昂的武士人偶以作庆祝。

　　君枝的丈夫讨厌小孩。

　　虽说君枝早就觉得——这个人似乎不怎么喜欢小孩。但至少从怀孕到生产的这段期间丈夫都肯帮忙照顾，也没表现出非常困扰、厌恶的样子。更重要的是他从没说过要君枝堕胎之类的话。因此在赖子诞生之后，君枝对于丈夫的骤变感到无所适从。

　　世上肯热心照顾婴孩的父亲的确很少，可是再怎么不关心，多少会疼爱头一胎孩子总是人之常情。但君枝的丈夫——如果她的话属实——很显然地异于常人。不光只是不愿意照顾、疼爱孩子，而是连碰都不愿意碰，也不愿看到孩子的脸。不只哭声，连听到婴儿发出一丁点声音都愤怒得有如烈火在燃烧。

　　而且孩子刚生下的前半个月内已算是很忍耐了，那之后表现得更是冷漠。说到当时发自丈夫口中的话，君枝记忆中就只有——吵死了、令人不耐烦、让她住嘴、滚出去——这些而已。

　　君枝以为是自己的养育方式不好，拼命努力地弥补过错。

　　害怕婴儿夜哭，半夜背着她到外面过夜。

　　但就算如此，丈夫也还是怒不可遏地嫌孩子烦人；说婴儿令他难以忍受，无法成眠，令他没办法专心工作，只能整天在家休息。丈夫在家时，君枝母子便不能待在家里。即使在秋风的季节过去，冬天来访之后，君枝在外面的时间依然比较多。

　　这种生活自然不可能持续下去。

　　君枝向丈夫哭诉，丈夫动粗，无理取闹地责备君枝为何不能像过去那样乖乖待在他身边。如果反驳他的话就会演变成吵架。一吵架小孩就哭，孩子一哭丈夫更生气。最后丈夫暴力的魔掌伸向了孩子。要是没这种**东西**就好了——丈夫说。

那天，君枝提出离婚。通过熟人说项，离婚谈判极为轻易地被接受了。同时，抱着嗷嗷待哺的孩子，君枝失去了安住之家。

之后等待着君枝的是被好几个男人欺骗、尝遍辛酸的漫长岁月。但纵使遇到这些挫折，君枝仍没想过要放弃赖子，含辛茹苦地将她养大。

战争爆发后，君枝靠着过去的关系寄居于父亲师兄的家里。师兄很照顾君枝，对赖子也很好。君枝说，师兄的故乡在福岛，因此跟着一起去避难时，在那里学会了制作人偶的技巧。

师兄比父亲的年纪更大，当时已年近六十。有妻有子，也有了孙子。虽然这也不代表什么，不过君枝真的想都没想过亲切的代价竟是肉体关系的要求。

或许该拒绝才对吧。

但愚昧的君枝为了报答恩义，默默忍受了。

但这是个错误的决定。君枝被骂作是母猪、偷腥的猫，最后跟赖子一起被赶出这个家。

师兄或许是可怜君枝的身世，也可能是感到愧疚，最后还是帮她介绍工作。君枝就这样被半强迫地成为一个人偶师傅了。

十分苦闷的故事。我实在难以相信眼前的这名女性怎么能在不陷入男性恐惧症情况下，还能维持如此强健的精神继续抚养赖子。

与她走过的人生相比，我的人生是多么平淡无奇啊。但是我却常因一些小事就瓦解了自己与社会间的均衡，对于人生的去向感到迷惘。但是这也不表示她就比普通人坚强许多，或许只是我的人格过于脆弱罢了。

　　回到东京的君枝遇见了一名江湖艺人。这个拥有好几个化名、一看就觉得可疑的男子最后成了君枝的第二任丈夫。说是江湖艺人，其实跟流氓也没两样。镇日不务正业，去赌博比去表演的日子还多得多。君枝的第二任丈夫就是这样的一个人。

　　说她是没男人运的女人也好——或说是不知反省，一一中了坏男人陷阱的女人也罢——这么形容君枝并没错。整体说来虽是如此，但那时的君枝多少有点不同了。

　　她不是跟江湖艺人结婚，而是跟他拥有的**这个家结婚**。

　　当时的君枝年纪已经二十过半，二十多年来苦求不得的"家"总算在今日到手了。只要有家，就不至于骨肉离散，再也不必担心得背着幼子流落街头。

　　君枝认为自己不幸的根源在于缺乏一个"足以安住的箱子"。她渴望着一个总是位于同一场所、里头住着家人、只要住在里面就能保护自己不受外敌入侵的温暖而坚固的堡垒。

　　君枝固执于"家"的概念。

　　江湖艺人拥有的家——也就是我们所在的这间房子——听说是从赌博的抵押而来的。总之不是靠正当手段获得的房子。

　　但是管它来历是什么，君枝根本不在乎。当时的她想都没想过这会成为未来使自己烦恼不已的根源。

　　男人的酒品不好，跟赖子也不亲，一喝醉就会动手打人。但是跟第一任丈夫相比，**这点小事根本不足挂齿**。他平时靠着君枝的收入当小白脸，但有时也会突然不见踪影，隔天带了大笔钱财回来，或者是抱着堆积如山的牛肉罐头或巧克力回来。这种时候他心情总是很好，老说着想要自己的孩子之类的话。

"在这之前还算好，不过很快就又变糟了。那个男人叫作直山，直山跟我女儿合不来，女儿讨厌新爸爸。"

"这种事常听说。话说回来，那个背着箱子的怪男人是谁？作那种打扮，肯定是疯了。"

"这个嘛，教主大人教诲我要把房子卖了才能得到真正幸福。"

"哈哈，原来是个跟不动产业者没两样的家伙。那，你也知道你女儿从纸门背后全都看到了？"

"隐隐约约觉得——好像被看到了。可是，我也没办法拒绝直山的索求。没理由拒绝。而且要是害他心情不好又有可能被赶出门——"

"我才不想听你的风流韵事。总之你自己也感觉到女儿的视线就对了嘛。这就是所谓的隔墙有耳，是吧。"

"嗯嗯，我一直以为那女孩就是魍魉。"

"魍魉？这位太太，你女儿是妖怪吗？"

君枝的记忆错综复杂。

榎木津的问话方式也支离破碎。

我拼命地整理他们的对话。

赖子似乎没办法喜欢新爸爸——直山。君枝害怕要是被直山抛弃的话，就真的得流落街头了。因此一方面拼命讨他欢心，一方面也尽量安抚赖子，拜托她跟新爸爸好好相处。

但是这些努力终究还是失败了，而且不只在父亲与女儿之间划出一道鸿沟，连与母亲之间也变得疏远。

君枝怀疑赖子讨厌父母的原因之一或许是由于她偷看到夫妇的闺房密事所致。当时的赖子正处于进入青春期前心思最复杂的时期。如果这是事实，会在赖子心中形成某种心理创伤也是可以想见的。

但不知该说幸还是不幸，直山某天离家出走之后就再也没回来了。

那之后曾寄了几封信回来，不过上面没写住址。第一封信写着：**千载难逢的好机会却押错宝**，暂时回不去了。

第二次则寄了离婚申请书跟土地房子的所有权状、让渡证明等资料回来。

看来直山本人意外地耿直。缺乏法律知识的君枝为了这些事没日没夜地东奔西走——虽说她也是想趁战后混乱期赶紧处理——总之最后结果是她与直山正式离了婚，而所有权状与登记簿上的名字也易主，君枝成功获得土地与房子。

既然房子已经到手，对君枝而言，男人怎么样都无所谓了。不如说，目前的情况下男人反而是种妨碍，不在或许更好。不知直山是去犯罪还是去借债，那之后就再也没回来。或许死在某地也说不定——君枝毫无所感地说。

接下来的几年君枝辛勤工作，与赖子之间也风平浪静，维持着表面上的和平。但君枝说：

　　"想要守护这个房子的浅薄之心逐渐变成想过更宽裕生活的欲望，也希望赖子将来别跟我一样过着愚蠢的人生——是有几个男人追过我，但在我看来，他们都很像来骗房子的——考虑到赖子的心情，实在没办法点头答应。欲望的表皮一直膨胀，我的心一点也不安稳，好寂寞。"

　　似乎并没有因此就拥有顺遂的人生。

　　我想到昨天听过的柴田耀弘的故事。与他一手打造而成的巨大财富王国相比，君枝的财产仅是沧海一粟。不，这间破房子可说近乎于零。但是，回荡在两人心中的却是同质的不安。

　　"可是我知道，要是没有这个家会更好。这个家把我变成了魍魉。我实在无法放弃这个家，无法舍弃执着。办不到这点，我就没办法获得幸福。"

　　她的话中出现了魍魉，应该是御筥神的教诲吧。在听过她的半生之后，这个教诲显得十分残酷。

　　"本来就是。"

　　榎木津赞同，他的想法似乎与我不同。

　　"快快放弃这个家，跟女儿和好不就得了。"

　　"别说得这么简单，对她而言这个家是——"

　　"说的也是——"

　　我的辩护又白忙了一场，被君枝本人打断。

　　"——就是因为我做不到这点，所以不管我喜舍多少都没用。我自己也很清楚。"

看来又只有我一个人跟不上话题了。

"可是这位太太，你刚刚说房子坏了你很伤脑筋，表示你想把房子留给女儿吧？管它是魍魉还是高粱，你死了之后女儿继承了房子，不就会害你女儿变成魍魉了吗？那太可怜了，这么可爱的女学生怎么能让她变成妖怪啊。"

不知榎木津真懂还是假懂，总之装作很懂的样子在劝君枝。

"您说的是。"

君枝看了看窗子。

"赖子讨厌我，不对，是憎恨我。这也无可奈何吧。毕竟我的话没办法传达给那孩子，她想的事情我也完全听不懂。后来，我开始觉得我不断工作不断工作却还是没办法幸福都是她害的。我产生了——那孩子是魍魉，只要有她在我就不可能获得幸福——的错觉。这么辛苦，这么辛苦，结果却还是很悲惨。"

君枝的眼神一瞬间闪烁出凄惨的光芒。

表面上安稳的每一天，母女之间的鸿沟却以看不清的速度不断增宽。

"但是这种想法本身正是我自己才是魍魉的证据，所以被那孩子讨厌也无可厚非。所以，我离开这个世间才是对那孩子好。"

君枝的话说到一半以前还算有点道理，但接下来似乎在哪里欠缺了一环，好像说不通。

似乎有所欠缺。没错，欠缺了君枝如何成为御笪神信徒的决定性证言。所以才会怎么听都觉得不对路。

我问了这个问题，君枝似乎不知如何回答。她能毫无抵抗地回答榎木津支离破碎的问题，面对我循序渐进的疑问却停滞良久。我实在不能理解为何如此，不过对她而言，这个问题似乎太过理所当然而不知该如何说起。

就像是被人问说"你是日本人吗"的感觉。

于是我改了一下问题。

"你第一次听说御筥神是在什么时候？是谁介绍你去的？"

她停顿了很久。

"是笹川——告诉我的。"

"笹川？他是谁？"

"在吉祥寺教人制作锦缎木偶［注］的老师。他召集家庭主妇提供家庭手工的赚钱机会，教她们制作木偶的方法。完成的木偶跟我做的头组合后就算成品。锦缎木偶最近卖得很好。"

"是那个人带你去的？"

"是。之前就听说很灵验。常去笹川那里的一个太太是信徒，她说可以帮我们引见，就跟着去了。"

原来她不是中了陷阱，而是自愿跳入陷阱。

"为什么？"

"当然是想变得幸福。"

注：一种装饰华丽的木雕人偶。木偶上刻有沟槽，锦缎嵌在沟槽中固定起来作为装饰。

"太太，你很想跟女儿和好吧！"

"这个嘛——"

以榎木津而言很难得会说出正确的——倒不如说是正常的发言。

但接下来的发问却很混乱。

"那太太你幸福了吗？如果幸福了就好，那我跟这只像乌龟的家伙就要回去了。"

"这个嘛……"

幸福的人哪有可能想自杀，这么简单的事情用膝盖想也知道吧。可是榎木津并非故意讽刺，而是非常认真地询问；而君枝也很认真地思考他开玩笑似的问题，似乎不知该如何回答。

我开口说：

"很抱歉，我认为你接受御筥神的教诲之后，绝对没变得幸福。"

"没这回事。"

"但是你不是想自我了断生命吗？"

"那是为了女儿好。"

"你死了你女儿就会高兴吗？"

"当然会高兴啊，那女孩讨厌我嘛。而且，我的心已经被魍魉占据了，已经不能活下去了。"

没完没了，话题又回到老路子上。

君枝总算第一次正面朝向我。她的两眼充血，不是哭过的关系，我想应该是眨眼次数变少的缘故。

表情缺乏变化。

果然还是无法跟她沟通。

到这个地步，我已搞不清楚到底是我不正常还是她有问题了。

总之我先把我想表达的说出口。

"我明白地说好了，御笞神是骗子，是诈骗集团。你没发现你变得比开始信奉之前更不幸了吗？"

"没这回事。多亏教主，我才能分辨什么是正确的事与不对的事。比起原本懵懂无知的生活——幸福多了。"

"怎么可能——"

"而且教主大人不是骗子，他一切都看得一清二楚。"

"不对，那是因为……"

我原本想说，那是因为他用了诈骗的手法。但是就算我说出口，君枝也不会接受吧。我不像京极堂拥有三寸不烂之舌，有本事能驳倒并说服对方。

"但是——老实说，你现在的生活依旧很痛苦，不是吗？"

"——是没错，如果要说这是不幸的话，那是我本身的不幸。可是会感觉这是不幸就是不对的。如果在你眼里我看起来很不幸的话，那就是我的行为跟思想有所不足的关系。"

"有所不足——在这之上你还想付出什么？你不是甚至还不惜借钱去喜舍吗？"

"不对，借钱是为了生活。"

"有什么不对？我觉得这两种说法都一样。"

"我们不应该赚取超过必需限度的不净之财，更不能囤积财产。我很笨，不会衡量所谓的必需限度到底是多少，所以我赚的钱全部喜舍出去了。因此没钱过生活，所以我才会借钱——而且，现在没再工作了——所以也不需喜舍了。"

没喜舍了？那就更危险了。

"那么你不就已经遵照教诲，过着清白的生活了？没什么不足的啊。"

"不对，我还有这个家。这个家不好，是靠不正当手段得来的，是会带来坏因缘的财产——所以只要我一天不放弃这个家，就不可能真正遵照教诲过活。"

"可是你却——办不到——是吗——"

结果又回到老问题上，思考逻辑再次循环。

她现在绝对称不上幸福，反之也可说绝不可能变得幸福。

她的话语很明显地有矛盾，但哪里有问题却说不上来。连倾听者都搞混了。

看来要我说服她不去信仰实在办不到。

眼神。

眼神不对劲。

御笤神其实早就无所谓了，对她而言，真正信仰的对象早就存在于自己心中。

因为她信仰的是自己，所以别人也无从救起。

我觉得再继续谈论信仰的问题，我会很痛苦。

"最近，你女儿——赖子有什么奇怪的举止吗？"

"不知道，我跟赖子几乎不见面了。"

"不见面？"

"偶尔才回家一趟。"

"她都外宿吗？"

没立刻回答，君枝低着头。

"确实——您这么一提，我才注意到她的举止好像真的——突然变得很奇怪，有什么问题吗？"

被反问也没办法说明问题的本意，总不能说"你女儿可能会被人分尸"吧？我无法回答。君枝自顾自地继续说：

"——不知从何时开始的，她夜半出外的次数增加了，骂她也不听。可能只有我这个单亲妈妈念她不行，所以也拜托笹川帮我说说她，可是她根本理都不理。不久之后事件就发生了。"

所谓的事件，应该是指柚木加菜子的自杀未遂事件吧。

"就是——上个月中旬，赖子朋友在她面前跳下月台自杀的事件。我很害怕，所以暂时都不让她出门——可是不到半个月她又回到老样子。我想可能是魍魉作祟，就请教主大人来帮我们看一下——"

据君枝所言，御笛神教主曾来过这个家帮她们封住污秽，还顺便帮她们看风水。门口钉死、后门挂注连绳就是当时的指示。但是教主说这只是应急措施，这个家的坏因缘只靠着这点措施是无法根治的。

"然后到了这个月，她的态度突然变化——原本是个很乖巧的女孩子，突然变了个人似的活泼起来——不，不是变得很开朗。她对我比以前更疏远，还有好几次对我动粗。最近她很少回这个家，也不知道有没有去学校——不过她朋友来找过几次，但我怕和她们见面——"

君枝垂头丧气地说。

听起来就像陷入谷底的人生，在我所能理解的范围内，御筥神的祈祷对这对母女根本没半点效力。

只有提到赖子时，君枝快磨灭的人性才会产生些许反应，几乎没有表情的容貌也随之表现出喜怒哀乐的痕迹。

这些事暂且不提。从君枝的话可知，赖子态度产生变化是在本月初，也就是加菜子被人绑架后才发生的。很难相信没有关联。

"哎，太太，话说回来你也真敢对我们这两个陌生人说这么多啊！多少保持一点警戒比较好吧。"

榎木津突然讲了这句笨话作结。

他把发问的主导权交给我后，跑去插插拔拔米袋上的人偶头，又去旁边玩弄柜子上的东西，一副很无聊的样子。不过似乎也不是完全没注意我们在说什么，他敏感地察觉到我已经没话好问了。

君枝听榎木津这么说，好像也没什么感觉。还是老样子，仿佛在数榻榻米的格子数量般一直低着头。

榎木津开朗地接着说：

"太太，我们其实是比那个箱子混蛋更灵验、更尊贵的人喔。我赐给你几个忠告吧。首先，自杀不好。若问为什么不好，因为只会害你女儿事后处理很麻烦而已。上吊自杀会弄得很脏，而且梁木也会弯掉，你们家又没钱办葬礼，最好别干这种傻事。另一个忠告就是，等你女儿一回来就别让她出门，学校也别去了！"

"为——什么？"

"你女儿被坏人盯上了。有个脑子坏掉的杀人魔在这附近打转。太太你想拜箱子还是拜猪都随便你，可是女儿的性命另当别论吧？死命拜托她留在家里还是干脆用麻绳绑起来都行，最好现在立刻去找到她，然后绑起来。"

"绑起来？"

"你不是说女儿不听你的话吗？所以绑起来比较快，至少比被杀掉好。"

"被杀掉？"

"会死。"

"这、这是——真的吗？"

"当然是真的。"

"你们——到底是谁？"

"哈哈哈哈，总算想到要问我们的身份了吗！平常人一开始就会问的吧。实不相瞒，反正本来就没有隐瞒，总之我们可是日本首屈一指的灵媒，名号就叫御龟神。这位就是本尊！"

多么乱来啊！别的不说居然说什么御龟神，随口乱说也该有点节制吧。

榎木津恭敬地指着我，我讶异得嘴巴合不拢。

"我们及早预知到你女儿会有灾难才连忙赶来这里相助。但是太太你已经先信了箱子教，所以我们才会问东问西的，好确认这个箱子神是不是有什么通天本领来保护你女儿。可是这箱子没用，完全没用。因此现在得靠你自己的力量来保护女儿！"

此时君枝的表情明显产生了变化。困惑，君枝正感到相当的——困惑。

"很抱歉，就算求我们也没用，因为我们不救其他宗教的信徒，所以你想得救就自己去得救吧。只不过也要记得顺便救你女儿。好了，龟神大人，我们回去吧。"

榎木津催促我起身离开。君枝比我早一步起身，说：

"你、你们少随口说这些胡言乱语！别想骗我。"

"我们又不收钱，骗你有什么好处？我们是圣人，只是来告诉你事实而已。如果你不相信的话——"

榎木津凝视君枝的后方。

"你第一任丈夫——剃五分头，左半边秃了约有五公分左右，颊骨突出，鼻子右翼有颗大黑痣。第二任丈夫右侧脸颊有烫伤的伤痕，有点暴牙，上门牙跟下门牙各缺一个。另外看起来很温柔的——那个男人——是你父亲——的师兄吗？他一头稀疏头发向后梳，白眉苍苍，有一点点斜视，戴着玳瑁镜架的眼镜。"

"啊啊！"

君枝的脸色突然一片苍白。

榎木津正在说的是他所见到的君枝的记忆——吗？

"赖、赖子——很危险？那为什么、你们刚刚不趁机阻止她！"

君枝惊慌失措，不过她的指责很有道理。

"自己假装不在家还反过来指责我们，脸皮会不会太厚了点？

那时我们又没办法肯定她会出事。如果你知道她可能上哪儿去的话赶紧去找吧。总之记得要小心谨慎。走吧，龟神大人。"

面对这幕突然的发展我还在莫名其妙之中，忘了要起身。

"赖子真的很危险吗？"

"小心为上。"

楠本君枝精神变得有点恍惚，不断喊着女儿的名字。

"赖子——赖子——赖子。"

〽

"赖子。对，楠本，楠本赖子小妹。"

"楠本同学吗？"

有点神经质的白皙少女皱着眉头做出厌恶的表情。

"楠本同学做了什么坏事吗？"

另一个发育良好的大个子女孩则在一旁笑眯眯的。

总觉得很不擅长应付这年纪的女孩子。

直到问到这两人为止，福本花了一小时以上的时间在校门口问话。经过错失时机的五十人以及没成果的二十人后，总算碰到认识赖子的少女。

今天早上，木场来到派出所。

福本吃了一惊。

加菜子遭人绑架的那天之后，在还不清楚发生什么状况当中，木场就已经被神奈川县警带走了。那是福本最后一次看到木场。

福本早以为今后再也没机会见到木场，擅自认定从此永别今生。

福本觉得木场这个人很厉害，碰上如此凄惨的遭遇仍不气馁。虽不知他受到什么惩罚，总之应该是遭到很凄惨——例如拷问——的对待吧。福本的想法仿佛古装片的剧情般陈腐。

福本自己则好像是受到训诫或训告，被痛揍两顿并减薪。光这样福本就受够了，觉得还能保住饭碗就不错了。告诫自己以后别强出头，乖乖执行自己的勤务就好。

突然来访的木场简单说明自己正被罚闭门思过中，可是事件在表面下仍持续错综复杂地发展，而搜查本部又没注意到这点。他带着沉稳的魄力要求福本协助。

说实话，福本一点也不愿意。

福本已经确实学习到，所谓的正义感、功名心、真理的探求，诸如此类，是多么麻烦又令人疲累的事；而福本现在也不具有足以击退这些麻烦的活力之——动机。

木场的请求如下：

他希望福本去查问楠本赖子的同学。首先是对赖子的评价，再来是加菜子的评价。接下来则是是否曾在学校学习过以下这些词。

天人五衰、尸解仙、羽化登仙。

木场给他的纸条上写着如上的词汇。福本不认识这些词。木场说他也没听过。福本总觉得问女学生是否知道这些词似乎也没用。

木场看起来很认真。看看他认真的表情，福本实在无法拒绝这些奇妙的拜托。

说简单的确很简单，不过对外表凶恶的木场而言，或许颇有难度吧。如果手上有警察手册还另当别论，但他目前被罚闭门思过当然不可能有。另一方面福本一看就知道是警察，所以由他问话简单多了。幸亏此时派出所里只有福本一个，只要巧妙进行，帮忙这个不良刑警的事情——应该不会被发现吧。

福本不得已，接受了他的请托。

"说实在的，楠本同学是个，有点奇怪的人。"

"她很不起眼，不过最近好像对自己又有点误解，对吧？"

"对对，她个性很阴沉，又没朋友。"

才问一句便得到许多超乎需要的回答。

"误解？什么意思？"

"我不太会说，就是觉得她的对抗意识好像变强了。"

"明明就没人理她，怎么说呢，应该算自我意识过强吧。"

"对对，不过她最近一直请假。"

这两个女孩子彼此补充，轮流说明，说好懂确实很好懂。

"她都——没来学校吗？"

"都没来过。听说她经常进出咖啡厅，是个不良少女。"

"这些事都是柚木同学教她的。柚木同学死了以后，她还以为自己变成柚木同学了呢，真好笑。"

"你们说的那个柚木同学是指柚木加菜子吗？"

"对！警察先生知道啊？她自杀了，跳月台自杀的。警察先生应该知道吧，当然。"

"老师什么也没说，不过我们大家都知道。居然自杀了，真不敢相信！对吧？"

看来在同学之间柚木加菜子被当作自杀。但对于这件事情，她们的感慨却只有一句"真不敢相信"。

"柚木同学是个怎样的人？"

"柚木同学也很奇怪。"

"一样也是没有朋友吗？"

"没有是没有——"

"不过跟楠本同学不同。大家不是不想跟她交朋友，而是不知道该怎么接近她。"

"对对，有种难以靠近的气质。"

"成绩也很好，并不讨人厌。"

与赖子对加菜子的印象有点细微的差异。

"可是她也是不良少女？"

"不知道——只知道她常去咖啡厅。"

"我看到过，我曾经看到她走进弹簧工厂旁的咖啡厅。我觉得那里好可怕。"

"她的用词也很独特。我曾听我妈妈说过。"

"说？"

"我妈说，丝声籽果然不一样。"

"丝声籽是什么？"

"没爸爸的人啊，听说楠本同学也是。"

"是吗？"

大概是说"私生子"吧。福本不敢断言没有父亲的环境对小孩的行为与性格的形成完全没有影响，可是只因没有父亲就被人贴上标签真是情何以堪。

这是种——歧视。这些女孩子的母亲们在不知不觉中把歧视的心态灌输到女儿身上。福本觉得有些悲伤。本想苦言相劝，不过觉得不合自己的立场于是作罢。

福本也是年幼丧父。

他已经没心情继续听下去了。

"谢谢你们的帮忙。最后我想问个怪问题，这些词——你们在学校学过吗？"

少女们看了纸条，一起摇摇头。

福本看着离去少女们的背影，感觉到近似全力奔跑后的剧烈疲惫。只不过，完全没有运动后的舒畅感。

"赖子小妹原来被班上同学讨厌啊。"

福本发出声来，自言自语地说。

把福本卷进来或许是失策吧。

木场有点后悔。

这名叫福本的年轻人是个很叫人在意的人。说老实话，木场非常讨厌他的迟钝，同时谄媚的态度以及与木场大不相同的感性也叫人非常厌恶。可是不知为何，总让人无法弃之不顾。

所以木场很在意他。协助木场或许又会有灾难降临在他头上，可是现在也没有其他更好的法子，总不能乖乖等到闭门思过结束吧。而且，木场也觉得这个事件必须要赶在闭门思过期间结束前解决才对。

昨晚从京极堂那里听来的关于阳子的情报，对木场果然还是相当具有冲击性。

京极堂说：

"现在，大爷该去做的是想办法抚慰阳子小姐的伤痛，而不是像个笨蛋似的一心想打倒她的敌人。听完你的部分，我已经捕捉到整个事件的大致轮廓，只不过还有一些必须确认的部分，请暂且容我卖个关子。"

——说啥"请暂且容我卖个关子"。

既然知道就说出来嘛，不管他说什么都没什么好怕了。

京极堂又说：

"只有一件事我必须先声明：分尸杀人事件与加菜子绑架事件是分开的，加菜子杀人未遂事件应该也是别的事件。这些事件虽共有某个部分，但彼此其实是完全无关的。拉扯其中一端，其他就跟着往错误的方向前进。请你务必要小心。"

——鬼才相信！

不，或许是真的。但京极堂在这次事件中，说起话来总是吞吞吐吐的，所以无法信任。

难道说他有什么事不想让木场知道？

京极堂频频劝木场去见阳子一面。木场本来就打算如此，自然没有异议。只不过京极堂接下来要木场调查的内容对闭门思过中的木场来说有点困难。灵光一闪，脑中浮现福本的脸。

——现在才问这些有什么意义？

木场不懂。所以直接把听来的话原原本本传达给福本。那个狗一般的家伙应该能完成任务吧。木场在路上一直想着这些事。他在逃避。因为他害怕自己会去想到，当他的步伐停止时——也就是到达目的地之后，与阳子的相会。

木场从榎木津交给京极堂保管的那份增冈请神奈川警察制作的资料——这份资料的来源关系是多么复杂啊！——中得知了阳子的住址。

所在位置与木场的住处隔着车站，位于另一侧。木场没去过这个方向。虽是在同一个镇上，却感到很陌生。看似相识，实则未知，很不可思议的风景。

标示区划号码的牌子钉在电线杆上。在下一条巷子转弯后，立刻映入眼帘的是——

一道黑墙。一间小巧雅致，整理得很干净的屋子。

——就是，这里了。

宛如出现在古装片里的小妾之家，如果庭院里还种了松树的话根本就一模一样了。

不对，或许只是受到京极堂昨天对木场说的阳子的过去影响所致。

木场感觉无所适从。

——自己该装作是与三郎还是蝙蝠安［注］？

绕过黑墙走向后门，这种情形还是该从后门进出比较合乎习惯吧。别想太多，让脑子保持放空。打开房子后面的木门。

小巧的庭院。

阳子在。阳子穿着和服，面向书桌在写些什么。

一时之间不知该出声说什么比较好。喊"有人在吗"很蠢，可是说"冒昧造访"又太像古装片的味道——

"啊。"

原本低头写字的阳子抬起头来，注意到木场的来访，先出声了。

"木场——先生。"

"打扰了。"

这么讲应该还可以吧。

木场穿过院子，在窗外的狭廊前停下。

"您——总是在这么巧的时机出现呢。"

阳子似乎正在写信。她灵巧地收拾好手边的东西，转身面对木场。

"我倒总是碰上最不巧的场面。有空吗？"

木场在狭廊上坐下。他害怕与阳子正面相对。

"请上来坐吧，让您坐在屋外太不好意思了——"

"不，我坐这就好。我再怎么厚脸皮也不至于恬不知耻地踏进单身女子的家里，况且我也不认为你有那么信任我。"

"没这回事——"

阳子想了一会儿之后，拿了个坐垫请木场坐。

"前阵子给您添麻烦了，真是抱歉。"

"我是凭自己的意志做事，没道理该受你道歉。先不管这些，你心情平复下来了？"

阳子幽幽地笑了。

"神奈川那群家伙最近跟你联络了吗？"

"还没有。请问——"

阳子的视线集中在木场的背上。

"您是否——知道什么了吗？"

"嗯。"

"您去——调查过了？"

"嗯——"

木场盯着院子里的草木。隔壁家院子里的栗树，枝丫长到这边

注：歌舞伎名作《与话情浮名横栉》中的角色。故事叙述江户某大商店的少爷与三郎在木更津对女子阿富一见钟情，两人互通款曲。但阿富是当地老大的小妾，两人的情事曝光之后，与三郎被老大派来的人砍伤，阿富跳水自杀。不过幸好两人命大，勉强保住性命。之后阿富被某大盘商收留为妾，与三郎则在与家里断绝关系后成了混混。因全身上下三十四处伤疤的相貌很恐怖，故以"伤疤与三"为名。后来与三郎跟混混朋友蝙蝠安上某大盘商家勒索，做梦也没想到阿富居然在那里，而且又是当人小妾。与三郎为此愤恨不平，阿富则诉说自己的一往情深与清白。正当两人争吵之际，大盘商家的掌柜登场，阿富情急之下说与三郎乃是自己的哥哥。掌柜劝和，给了与三郎与蝙蝠安一笔钱让他们离开。后来发现掌柜原来才是阿富的亲生哥哥，他其实知道一切内情，特意现身来让两人和好的。

来了，不久就会结果了吧。

"——增冈他，来通知过柴田耀弘死去的消息了？"

与其半吊子地婉转老半天，还不如单刀直入最快，那样较合乎木场的性格。

"是的。"

看不出惊讶的样子。阳子这名女性比想象中的干脆果决。

阳子又再次邀请木场进屋内，木场最后还是接受了。

佛龛里摆着两张照片。

一张是加菜子，另一张大概是已去世的母亲吧。那张母亲的照片被撕去一半，照片右边原本应该是父亲的部分，如今只剩下肩膀部分。

两张照片同样都已褪色。

上面摆着加框的手印，听说是加菜子中学入学纪念时留下的。

"木场先生——最后还是让您给查出来了呢。"

阳子端茶过来，木场不知该怎么回答。

"对不起，我说谎了。但是——我不希望让您……"

"别说了。"

"我不希望让您知道这些过去。"

阳子说，眼睛望着远方。

纸门全部拿下了，家中的格局一览无遗。

房子并不算很大，却透着一股寒意。有种难以忍受的失落感。这里欠缺了某种重要部分。

"这里也——变得很寂寥了呢。"

原来如此，欠缺的是原本住在这里的人。

——阳子的家人。

"那边原本是加菜子的房间，对面的房间则是雨宫的起居空间。"

"你跟雨宫一直同居？"

"不，是搬来这里之后才开始的。"

虽然木场没开口问，阳子自己讲了起来。

"不管原本是什么关系，在一起十四年的话感觉也和家人没两样了。不过，雨宫本来就是个本性诚实的人——自他被柴田家派来监视开始就是了。"

——十四年前，昭和十三年，与现在相同的季节里。

在柴田耀弘的命令下，一名叫作雨宫典匡的青年被派往阳子身边。

直接受命于有大恩的柴田会长，雨宫自觉责任重大，必须认真执行。但是对自己而言，要像个间谍般巧妙地如影随形、随时监视毕竟是办不到的事。仔细思考后，雨宫对阳子说——希望今后能以家人亲戚的关系相处，相互信赖的话，就没有必要相互刺探。不知该说他很诚实还是很愚蠢，或者根本就是不得要领，总之雨宫向阳子提出了这个不该由监视者口中说出的提议。

于是，雨宫就在当时阳子居住的大杂院里租了一个房间住下。他的工作与其说是监视，更像是负责照顾她们一家人。阳子虽然有柴田家帮忙支付的养育费与医疗费，但自己的生活费仍需自己赚取。相对于此，雨宫只要每个月交出报告就能领到薪水，所以说清闲也是很清闲。因此虽然没人向他要求，他还是主动帮忙照顾刚出生的加菜子，还每天到医院看护阳子的母亲。

"加菜子算是由雨宫一手抚养长大的。那孩子，称呼自己的生母为姊姊，很见外地称呼养育自己的人为雨宫先生。自出生以来，我赋予那孩子的就是这样的一生。"

阳子的眼神很悲伤。

"母亲走后不久，战争爆发了。我们一家到外县市避难时，雨宫也一样为我们尽心尽力——那时我已经把他当作是家人一般了。很可笑吧。对他而言，这只不过是工作而已——但，他真的对我们很好。"

"你，对雨宫，难道……"

"请别误会，他不是那种人。我们之间什么也没有。请您——务必相信我。"

木场觉得这点应该值得信任。

木场想起了雨宫那张——缺乏凹凸起伏的面貌。但那个男人的人生也可称之为坎坷的一生吧。

根据增冈的资料，雨宫原本是柴田制丝的子公司柴田机械的员工。不知他原本担任的什么样的工作，据说是技术方面的员工。

如此平庸的人生不知在何处出了什么差错——但不管怎样，造成这个局面的无疑地是木场眼前的阳子。

"我当上女演员后，雨宫成为我的助理，帮我打理身边的杂事。加菜子也成长到不需随时关照的年纪——因此经济上开始渐趋稳定。我会成为女明星真的是偶然的机缘。靠着年轻时当收票员的关系，找到了在摄影棚打杂的工作——"

"这件事我听过。"

美波绢子的成功故事很有名。当时杂志也报道过好几次，即使不是影迷多半也曾听过。不过并不包含籍籍无名时的悲恋故事；至于她已经有小孩，且小孩还是柴田财阀的公子哥儿的骨肉，跟班是柴田家的监视人——这类听似胡扯的故事更是谁也不会相信吧。

一般人更关心的倒不如说是绢子突然息影的理由。

木场趁机询问此事。

"算是——为了加菜子吧。"

阳子微笑，看起来像是在——装傻。

"而且柴田家对我抛头露面的行为也不太高兴——我自己对谎报年龄也有点愧疚。"

算了，理由确实很充分。只不过木场认为，如果柴田家对此事不太高兴，恐怕根本不会让她出道吧。木场提出自己的看法，阳子有点困扰地笑了。

"他们原本以为我就算出道也不可能成名吧。而且好笑的是，他们觉得我还蛮可信赖的。因为雨宫每次都会按时呈上报告，而我自己也从来没打破过约定——而且那时，那个人也早已不在世间了。"

"你真的从来都没想过要见柴田弘弥？"

"从没想过。我们的关系大概在那时就已经结束了。"

"你是说那并不是可歌可泣的悲恋？"

"现实与演戏不同呢。那个人——如今已是久远过去的事了——弘弥先生当时大概只是同情我的遭遇而已。"

"只是同情会发展成私奔？"

"弘弥先生他真的很温柔。对他而言，爱我跟给演员红包、给画家买画具的资金没什么不同。而我——那时我一直在照顾生病的母亲，真的打从心底倦了，很想很想逃离这一切。现在回想起来，我们之间的关系与一般男女的情爱或许并不相同吧。"

"那，同情与逃避现实之下怀的孩子——为何拼了命也想生下？"

阳子一瞬间退却了。

这问题对她来说或许太过痛苦吧。

"所以才更要——生下来。小孩子是无辜的。"

如果不考虑——面子或保身、产后的辛苦等自己的问题，的确就如阳子所说的一般，不管是因什么理由怀下的孩子都是无辜的。堕胎可说是父母单方面的自私行为。

"说的也是，这种说法——对加菜子太可怜了。"

听到木场之言，阳子哭了，表情依旧坚毅，只是脸颊多了两行清泪。她的表情就像个年幼的孩子在撒娇。似乎忍耐不了失落感，阳子低头呼唤女儿的名字。

"加菜子——加菜子。"

可是既然这么为女儿着想——

"为什么要拒绝遗产？"

"我不想——让加菜子知道她的身世。"

啊，原来如此。若据实以告，势必只有木场刚刚说的那种说法。

"难道不能说谎吗？说实话并不见得永远是好事，什么谎言都好——"

"我已经说了太多谎了。继续说谎下去，只会在谎言上累积更多的谎言。我是个骗子。"

没这回事。这名女性完全说不了谎。这名叫作阳子的女性，似乎真的只能以这种正直得有点傻气的方式活下去。真没想到以她这种性格还能当得成好演员。

不，也不算好演员吧。

阳子继续哭泣。

接下来该怎么办。继续待在这里，会产生就这样持续下去也好的错觉。那个超乎常理的事件与现在的状况之间有道很大的隔阂。

事实是，加菜子与雨宫都消失了，阳子正在哭泣。但事到如今，面对这一切木场都无能为力。该怎么做才能让她不再哭泣？要填补这股失落感需要时间，恐怕也只能仰赖时间。解决事件，解开真相，揪出犯人，以上的任何一件事似乎都对她没有帮助。"打倒敌人"恐怕是与现在情况最不相配的一句话了。没有意义。

——京极堂他。

早就看出这种状况了吧。

——岂能任由他摆布！

在自己眼前消失的加菜子、消失的雨宫、被杀害的须崎……

就算真如京极堂所言，分尸杀人与加菜子的事件是不同的——

就算真是如此，也不能就此放任不管。

在木场的心中已经逐渐忘记原本渴望的目的。木场已经不确定究竟自己在哪个阶段开始产生目的意识，至少现在已逐渐脱离了"为了阳子"的层级。如果把"为了阳子"视为最重要的项目，就该遵从京极堂的建议，**维持现状**什么也不追查，守护她直到恢复才是最好的方式。但是不行。

这个事件已经演变成木场自己的故事了。担任配角时要他放任不管还成，一旦成为主角就办不到。木场必须靠自己的行动，导引出符合木场个人特质之结论。

"——你与美马坂，是什么关系？"

阳子拿着手帕擦泪。

"他是——我的一个——老朋友。"

回答得不明不白。眼泪令话语断断续续。

无法判别回答的真假。

木场没来由地认为美马坂是本次事件的重要因素。

既然他的唐突登场是阳子的安排，向阳子询问理由也是理所当然。

"很难想象受学界放逐的天才外科医师与卖票女孩之间能有什么交集。就算当上女演员以后也一样。你跟他在哪儿认识的？"

"他是——我父亲的——"

"父亲？你父亲是做什么行业的？"

"也是个——医生。"

　　所以说，美马坂是阳子父亲的朋友吗？由里村的话推测起来，阳子与父亲住在一起时，美马坂尚未被驱逐出医学界，正是他以天才之名纵横医界之时，因此阳子曾听说过他的声名也不奇怪。但既然是朋友，表示阳子父亲也是医学界的核心人物吗？

　　"你父亲——是怎样的人？为什么会把你们母女赶出去？"

　　"我父亲——我不太愿意回想当时的事。那时父母之间感情很不好。"

　　阳子带着哭声啜泣，轻轻拭去眼角泪水后沉默了片刻。

　　"是因为母亲的病。"

　　"病？可是你父亲不是医生吗？"

　　"是的——但母亲得的是不治之症。"

　　"不治之症？科学这么进步，还有治不好的病？"

　　木场对医学方面完全无知，以为现代化之后医学昌明，所有过去治不好的绝症全都能根治。

　　"她得的病叫作肌无力症，是种肌肉萎缩无法活动的病症，手臂跟双脚抬不起来，连眼睑都无法自由张合。"

　　"治不好吗？"

　　"严重的话听说很难治好。家母不幸得的是重症——"

　　语气很平淡。

　　"——很不可思议地，随着表情从脸上消失，人的感情仿佛也跟着一起消失了。本来这是一种神经产生问题造成的疾病，可是母亲的心却也随之病了，一天比一天严重，到最后好像整个换了个人似的。"

"那你父亲也没道理抛弃你们吧！本职是医生就更不用说了，治不好就应该想法子找出疗法啊！"

"父亲他——致力于从医学途径上寻找解决方法。但那跟日常生活是两回事。"

"你被父亲抛弃，害得要过苦日子，为什么还想为他辩护。"

平常人连恨都来不及了。

一切不幸是由于父亲无情的行为开始的。

"——木场先生曾想过外表会改变一个人的个性吗？"

阳子露出无比悲伤的眼神看着木场。

"母亲原本是很美丽、心地很善良的人。但是病魔缠身的母亲很丑陋。我并不是指容貌。她的心、她的灵魂变得像是魔鬼一样。没人受得了跟那样的人相处的。您或许想说身为家人、身为丈夫更应该抚慰母亲的心灵是吧？但只凭这些美丽的口号并无法支持日常生活。身为医生的父亲似乎认为——既然无法治疗心灵，至少也想治疗好母亲的身体。我想他也只知道以医生身份来面对母亲吧。只是——到最后还是没办法令母亲痊愈。"

阳子的视线投向佛龛的照片。

"与母亲的生活让我清楚地了解到这个事实。我自己也曾无数次想抛弃母亲。所谓的地狱或许就是指那样的生活吧。我对母亲仍有一丝亲情，所以更觉得痛苦。这种痛苦驱使我做出私奔的幼稚行为——所以，要我全然地责备父亲，我办不到。当然我也不敢说我不恨他——"

听完阳子的告白，木场不知该如何响应。也觉得不管说什么都没有意义。就算阳子压抑对父亲的恨意，向木场说谎，揭发这件事也没有任何意义。

而且，木场也开始觉得继续听阳子的过去是件很痛苦的事情。不管经历过什么事情，阳子仍是现在的阳子，知道她的过去只是种无意义的行为。木场本来就只知道阳子作为电影明星的虚像的那一面。

对木场而言，一开始，不同于女明星美波绢子的现实——柚木阳子是个重担。但是到现在，她的过去与女明星的虚像早就合为一体，无所谓了。

不知不觉间——大概是想通了的那天开始——木场受到现实的柚木阳子所吸引。昨天京极堂对他如此暗示，木场在朦胧之中再次体认了这件事。

越说阳子越悲伤，越听木场越疏远。木场的故事与阳子的过去无关。重要的是今后该如何处理——这才是问题。

"增冈——他好像雇了侦探。"

"侦探？"

"大概觉得交给警察处理不放心吧。可惜的是他雇用的家伙是世界上最没用的侦探，肯定没办法找到加菜子。对了——增冈那家伙除了柴田的讣报以外还跟你说了什么？"

"一个月——一个月内，如果**无法确认加菜子死亡**时，将视我为代理人，继续展开遗产相关问题的交涉。"

"原来如此，那，你打算怎么响应？"

"没什么好问的——只要一个月内加菜子回来的话——一切照

旧。"

阳子还没放弃希望吗？

"没回来的话呢？"

阳子瞪了木场一眼，木场的问法的确很讨人厌。

"我打算继承财产。"

"为何你会改变心意？"

木场觉得很意外。

以没有理由接受来拒绝柴田家微不足道的援助；只因不想伤害女儿，一直顽固拒绝继承天文数字的莫大财产。连增冈也不得不承认她对钱毫无兴趣。这样的阳子，居然愿意继承财产？

"我开始觉得，真的不想让加菜子知道的话，这才是最好的办法。当然，这也——考虑到加菜子回来后的事才下的决定。"

表示——她真的还没舍弃希望吗？

木场实在无法相信加菜子还会回来。

木场认为加菜子绝对已经死了。听来或许残酷，但这就是现实。柴田家也只是还无法确定加菜子死亡而感到困扰。在众多关系人当中，到现在还相信加菜子还活着的——

木场想，恐怕只有阳子一个而已吧。

"加菜子活着回来的话，一定需要很多治疗费吧。当然，就算身体没有问题，也还是需要很多钱——一想到无辜的她被卷入我们这些大人间的纠纷我就——"

阳子又再度流下眼泪。

"一切，一切都是我不好，一切坏事的元凶都是我，所以——"

语尾发抖，转为啜泣。

"而且——说不定那孩子已经知道自己不该知道的事了。那么，如果真是如此，现在说再多也……"

"你是说加菜子知道自己出生的秘密了？你认为是增冈泄露出去的？"

"增冈先生做事不可能这么急躁，所以我想应该不是增冈先生。但是——还是忍不住如此猜想。"

"你认为那就是自杀的理由？"

多愁善感的少女知道了自己可耻的身世，厌倦人世，企图自杀。到此为止听起来还像老套的不幸故事之发展，但是——

九死一生的少女于生死之境徘徊后又被卷入费解的犯罪之中，最后还遭人绑架。少女没有罪过。如果这是事实，那么与其称作不幸或灾难，更不如说是悲剧。

正如阳子所言，加菜子才是大人们自私想法的受害者。

木场只是个外人，但阳子是这女孩的母亲。

母亲啜泣个不停。

不管是什么情况，总希望女儿能回来吧。

而情非得已的遗产继承应该也是为了将来——不，为了在记忆里留下加菜子曾存在过的遗痕。

神奈川那群家伙竟怀疑如此可怜的母亲？到现在也仍继续怀

疑？虽说，阳子的确做了许多伪证。

"神奈川那群家伙知道多少你的底细？"

"我除了——加菜子是柴田的直系子嗣以外——什么也没说。但是既然木场先生都已经知道了——多半——"

"这你倒是可以放心，那群无能的家伙不可能知道。"

木场会知道阳子的过去也是一种偶然。

正常之下不可能得知。

阳子带着复杂的表情听木场的话。

对阳子而言恐怕还是没办法放心吧。

那群家伙很无能——就代表他们也没办法找到加菜子。而且不只如此，这同时也意味着神奈川县警完全缺乏解决这次事件的能力。

——没办法，这是事实。

——他们连阳子撒的一个谎也看不穿。

原本打算如果中途知道答案的话就不问了，不过木场还是决定问最后一个问题。

"只不过啊，姑且不论你的底细——你骗了神奈川那群人吧，为啥？"

"咦？——"

"我在说戴黑手套的男人。你或许不知道，我人其实一直都在后面的焚化炉前，我很清楚你根本没进森林。"

"那是因为——"

"至少让我知道你的真正用意。为什么你要让那群本来就是乌合之众的笨蛋更加混乱？越说谎就更不容易找到加菜子吧！你——不可能真心希望如此吧？”

“因为警察们——只知道怀疑雨宫跟木场先生你，以及我而已，所以……”

“所以希望警察们把焦点放在外面是吗？”

原来如此，这么说来这招的确有效。

听青木说，那些笨蛋们被先入为主观念所束缚，丝毫没考虑其他情况，阳子的伪证实际上也让他们开始注意到其他的可能性。

“而且，那女孩——楠本赖子的证言如果是真的，那个戴手套的男人不是很可疑吗？——虽说这只是我以外行人眼光所做的猜测。”

这么说也没错。

如果加菜子不是自杀，目前最有嫌疑的只有手套男。如果这是事实，认为他与绑架事件有关也不奇怪。再加上手套男同时也是分尸杀人的嫌疑犯。

——赖子。

他必须去见楠本赖子一趟。

阳子凝视着木场。她已不再哭泣，但长长的睫毛上还沾着泪珠。宛如赛璐珞娃娃般的皮肤依旧白皙，只有嘴唇格外鲜丽。

——居然染上了颜色。

这不是屏幕也不是剧照。

这女人活生生地存在着。

——混蛋京极，自作聪明说啥鬼话。

当务之急乃是该想着如何抚慰阳子女士的伤痛。

——别插手了。

而不是像个笨蛋似的去想着如何打倒她的敌人。

——别做多余的事。

难道不是这个意思吗？

确实，那样做或许对阳子比较好。

阳子能重新来过的机会只有现在，也只有木场能伸出救援之手，帮助她忘怀一切不合常理的过去。

那或许也对木场本身较好。

多少得花点时间，木场只需在一旁守候，等待新的故事诞生即可。

心情逐渐动摇，名为木场的箱子即将开启。

阳子轻声细语地说了。

"木场先生——您还打算继续插手介入我们的事吗？"

"嗯，当然会。"

木场急忙把箱盖盖上。

"为什么——呢？"

"因为啊，这已经是**我的事件**了。"

木场站起来。

阳子默默地抬头看他。

"问了这么多深入的问题，希望没让你感到不愉快。你想必也知道，我天生就比较粗线条。"

多么装模作样的借口啊。

"如果——"

木场回避阳子的视线。

"如果您更早一点介入就好了……"

"打扰了。"

"是您的话……"

"我会再来的。"

是您的话——

木场没听到最后就转过身。

也不知道阳子是否把话说完了。

箱盖要开启还早。

木场想。

采访笔记／关于持箱幽灵

▸　听说出现了一个穿燕尾服的年轻男人的幽灵。手里拿着箱子，走路非常快。看到他的人会生病。三班的堀野同学看到他的隔天就请病假了。

八王子·十岁·男

▸　那是一个抹发油的男幽灵。听说他在去结婚典礼的路上死掉了，小心翼翼地拿着箱子。

八王子·十三岁·女

▸　有个手跟脸会发光的亡灵出没，身上穿着黑衣，好像刚从葬礼回来的样子。手上捧着小小的棺材，里面有小矮人的尸体。

田无·十一岁·男

▸　白手妖怪带着箱子来到这里，就出现在交通号志的对面那一带。

田无·九岁·男

▸　那是个穿丧服的男幽灵。听说脸上没有器官，不过听亲眼目击过的朋友说还是有。小心翼翼地抱着箱子。我自己没看过，不过听说他走到寺庙那边了。听说有五个人看过。看起来走得很慢，但怎么追都追不上。

调布·十一岁·男

▸　身穿礼服的男子抱着箱子走路。脸蛋像是娃娃一样，我觉得他的举动很奇怪。

昭和町·十五岁·女

▸▸　黑衣幽灵抱着箱子绕来绕去，被他偷窥的家庭会得病。他抱着的箱子里面装满细菌。

　　　　　　　　　　　　　　　　　　　　　　　　昭和町·十岁·男

▸▸　有个不认识的男人出现在葬礼上。他是幽灵。没发觉就不会有事，要是有人发觉了近期内又会有人去世。幽灵抱着箱子，所以一看就会发觉到。所以参加葬礼时最好不要东张西望。

　　　　　　　　　　　　　　　　　　　　多磨灵园附近·十六岁·男

▸▸　身穿礼服的男子在坟场徘徊。见到喜欢的坟墓就把箱子埋进去，然后坟墓所有者一家人都会得病。

　　　　　　　　　　　　　　　　　　　　多磨灵园附近·十四岁·女

▸▸　手腕发光身穿丧服的男子手里拿着从坟场里挖出来的箱子，他是幽灵。

　　　　　　　　　　　　　　　　　　　　多磨灵园附近·十五岁·女

▸▸　无脸怪抱着箱子追人，被他追到三年后会死。

　　　　　　　　　　　　　　　　　　　　芦花公园附近·十岁·男

▸▸　有个黑衣外国幽灵。语言不通，所以被他作祟的话没办法驱除，念经也没效。手上的箱子装了骨头。

　　　　　　　　　　　　　　　　　　　　芦花公园附近·十二岁·女

　　白色手腕在路上爬行，追它它会逃进箱子里。是箱子的主人饲养的。

田无·十岁·男

　　带着箱子的怨灵把活生生的手臂放进箱子里，一遇到人就会把手从箱子里放出来，手会追人追到天涯海角。隔壁镇上的少年就被追进厕所里，隔天一看，手夹在厕所墙壁与围墙之间动弹不得死掉了。所以说手臂如果不在当天回到箱子里会死。

田无·十一岁·男

　　最近有个穿礼服的幽灵抱着箱子出没。明明脚都没动却移动得很快。好几个人都有看到。

登户·十三岁·男

　　从镇外箱馆逃出来的妖怪到镇上吃尸体。它把尸体撕成碎片放进箱子里当作便当。听说不赶快抓到它会发生很糟糕的事情。

登户·十五岁·男

我到访时，京极堂正抱着头瞪着矮桌。

京极堂夫人说自从前天木场离开后他就一直这副德行。

前天朋友家守灵，夫人去帮忙打点事情，回来时恰好碰上木场正要离开，从那之后到现在还没听过丈夫开口。

"昨天他一早就出门，直到晚上才回来。可是回来了也还是这副德行。结果我能谈话的对象只有猫，差点忘记人话怎么说了呢。"

夫人说完，露出苦笑。

所以说，京极堂昨天很难得地主动出门调查了吗？

"因此昨天听您联络说今天很多客人会来，心情上仿佛得救了一般。刚刚有位似乎叫作青木——的先生打电话过来，说待会儿也会来。"

"青木？青木刑警吗？"

夫人说她不清楚。

如夫人所言，我这个朋友真的彻底不发一语，一动也不动。我好歹也算是客人，可是他连看到客人坐在旁边还一声招呼也不打，实在很过分。没办法，我只好观察起他身边的事物。

增冈律师给的资料之类的文件整齐地堆放在榻榻米上。旁边摆着《画图百鬼夜行》系列全十二册。后面依开本大小整齐地排放了许多不明所以的汉籍或古文资料。他身边则有许多堆积如山的书籍与笔记本。京极堂这个人意外地几乎不做笔记，因此他记了些什么倒是很叫人好奇。另外，对面也可看到堆了许多杂志。他身旁的空间被书籍所填满。书店跟书斋还说得过去，现在连客厅也被占领了。

京极堂突然转头看我。

"怎么，你在看什么，真恶心。"

我才觉得恶心，害我吓了一大跳。

"让人等半天，你好意思一开口就说这种话吗？这么专心是在想什么？"

"嗯。"

京极堂简短地应了一声，转头望着庭院。

"说到这个。"

他从由我这里看不清楚的书堆中抽出一叠杂志放到桌上。

放在最上面的是个纸袋，是我大前天拿来的纸袋。

"我看你把这东西丢在这里，摆明是要带来给我看的，所以就读了。"

是久保的排版稿。

"啊，那个本来就是想让你看才带过来的，你读过了当然是最好。那，看完感想如何？"

"问题很大。"

他回答得很冷淡。什么意思？

"这个待会儿再说。另外里面还有封寄给你的信我也不小心看了。读到一半才发现是私信，但已经来不及了。"

"信？啊，小泉的是吗？"

"没错，被我看过了啊。"

"嗯，没关系，反正也没写什么见不得人的事。"

　　"对你来说没关系，对我来说关系可大了。结果害我在意起你作品的刊载顺序，又把你写的那堆阴郁的私小说全部看过一遍了哪。"

　　京极堂指着桌上的那些杂志。

　　原来是过期的《近代文艺》。

　　"全部？你什么时候看的？你不是很忙吗？"

　　"昨天晚上。信是前天看的，不过昨天接到木场的报告电话后又突然想起来。"

　　"因为大爷的电话而想起来？那又是为什么？"

　　"这不重要。话说回来，你还在烦恼顺序吗？"

　　老实说，我已经忘了。

　　这几天忙着注意事件，我连单行本出版的事都忘了。正确而言并非完全忘记，只不过被塞进脑袋的角落里，远离了我的意识。

　　不过也不可能老实地这么说，只好含糊地说我还没决定。

　　"既然如此，我就说说我思考事件的过程中顺便产生的见解好了——"

　　京极堂从杂志堆底下抽出一张纸交给我。

　　"这是什么？"

　　我看了一下。

　　纸片上记录了我作品的一览表。

　　"有帮助就拿去当参考吧。"

　　京极堂装作很不以为意地说。虽然到最后都没机会找他商量，不过我这个细心的朋友还是主动替我考虑了刊载顺序。

一览表分为上下两段。

上段看来是依刊载于《近代文艺》的顺序排列。

昭和二十五年五月三十日 "嗤笑教师"

昭和二十五年九月三十日 "意识形态之马"

昭和二十六年一月三十日 "E.B.H的肖像"

昭和二十六年四月三十日 "天女转生"

昭和二十六年七月三十日 "带着苍白的脸色"

昭和二十六年十月三十日 "舞蹈仙境"

昭和二十七年五月三十日 "温泉乡的老爷"

昭和二十七年八月三十日 "目眩"

"你是作者当然一看就懂吧，上段是发表于杂志的顺序。只不过如同小泉女士于信中所言，脱稿的顺序是'带着苍白的脸色'比'天女转生'更早；若更进一步着眼于着手顺序，则'舞蹈仙境'又比'苍白'更早。关于这些事情的经过我也听你提过，她的见解并没有错，而撰写者的你自己也想必再清楚不过了。接下来——若要我表示个人意见，我认为你的作品依以下的顺序来阅读或许比较好吧。当然，这只是个参考罢了。"

下段也是我作品的一览表，不过顺序不太一样。

大正～昭和初期（幼少期）"带着苍白的脸色"

昭和七年前后（少年期）"温泉乡的老爷"

昭和十四年（青年期）"E.B.H的肖像"

昭和十五年（学生时代）"嗤笑教师"

昭和十七年（战时）"意识形态之马"

昭和二十年（终战）"天女转生"

昭和二十二年（战后）"舞蹈仙境"

昭和二十七年（现在）"目眩"

"这是——按什么顺序来排的？"

"少来了，上面不是写得很清楚吗？这是作品内的时间顺序。你的作品表面上的风格虽然很扭曲，说穿了还不就是私小说，一看几乎就能知道各篇描写的是你哪个时期的经验。'带着苍白的脸色'应该是基于你幼年时期的恐怖体验印象撰成的故事，'天女转生'则是以终战时期的焦土为舞台。大致的时代都设想得到。所以我就按照这个顺序排列了一下。"

"嗯嗯。"

正是如此。这种排法的确很通畅。如此理所当然的排法我之前却想不到。

光只是注意那些书写时期、连载顺序的问题。

"内在时间是种很主观的东西，所以算不上真正意义上的时序。所以说，我列出的顺序也不见得就是正确的。总之这只是芝麻小事，觉得我太多事的话丢了即可。"

"不，怎么可能丢了。我觉得这应该是目前最理想的排法了。你帮了我一个大忙。"

"那就好。"

京极堂以更冷淡的态度回答后，盯着我拿出来的清野名册，再次陷入沉默。

不久，榎木津与鸟口来了。

客厅被我们这群怪人团体所占领。

"京极，省点麻烦，快快开始吧。"

榎木津不断催促。他今天心情也很好。

京极堂心不甘情不愿地开口说：

"那你们又是为了什么选在今天集合？说要开始是要我做什么？"

"事到如今你还在说什么傻话，说要跟我们报告那天之后的事的不就是你自己吗？"

我兴奋得有点脸红。想听结论，心急得不得了。

榎木津很难得地站在我这边。

"没错，你说过。还说日期由我们自行决定，所以我就自行决定了。你八成以为我不爱听话而小关记忆力又很差，所以随口说说也没关系对吧！我可不会让你瞒混过关。"

京极堂大大地叹了一口气。

"我没想过要瞒混过关。我的确这么说过。但我原本那么说就是为了错开日期，你们现在却又聚在一起。要对你们讲的另有其话啊。好吧，总之你们先向我报告再说。"

京极堂说完又叹了一口气，似乎真的觉得很讨厌。

我先做了前天的报告。因为榎木津又先躺下了，变成全部由我来报告。我描述了偶遇久保、与赖子的对话以及君枝的话等事之经过。虽然有很多对话只有榎木津才懂，不过本人并没有特别出面解说。鸟口听到御龟神的部分大笑了起来，京极堂也一起苦笑了。榎木津起身。

"不过啊，后来想想应该说御猿神比较有信服力，我已经在反省了。可是当时真的觉得乌龟比较好。"

他很认真地说。

"话说回来榎兄，那几个楠本君枝的丈夫的容貌都被你说中了，你真的看见了吗？"

我真的很想知道这件事的真相。

"嗯，看见了看见了。我看见那个茶柜上有张老照片。然后旁边还有张发黄的剪报，剪报上有个戴眼镜的老头喔。"

"咦？"

"不过啊，照片太小了，看不出是秃头还是受伤，所以我就随口瞎说。哪个是哪个我也是乱猜的。剪报上有写名字，但我当然记不住所以就没说了。我想大概是那个女人自杀前变得多愁善感，才会拿照片出来缅怀一番吧。"

原来是——亲眼看到的吗？

"什么嘛，原来是诈骗！"

"才不是诈骗，她也真的在回想那三个人啊。"

"关口，不管是哪种都无妨吧。总之榎兄的策略成功了，那不就得了？"

"策略？那个御龟神是策略吗？"

　　我完全没发现。

　　"什么？关口，原来你向我报告，自己却连这点小事也看不出来？你真的是完全不能信赖的叙述者哪。听你说话的人全都会摇头叹息吧！这可是榎木津侦探难得会令人鼓掌叫好的妙招啊。"

　　可是我还是不知道带来了什么效果。我忍辱询问。

　　"你知道吗？关口，楠本君枝因为转而相信起灵媒御龟神而**无心自杀**了哪。当然一方面是对御筥神产生了不信任感，另一方面则是因担心女儿，顾不得原本自杀的打算了。"

　　"啊。"

　　确实，那之后君枝脸色大变，立刻出门寻找赖子了。如果我们什么也没说就离开的话，难保她不会真的自杀。就算当场再怎么阻止也没用，毕竟我们也不可能一直监视她。

　　"对了，榎兄，你那时在赖子背后看见了什么？"

　　"看到痘子，还有那个怪男人。"

　　"久保吗——这可不妙。那，后来找到赖子了吗？"

　　这我们就不知道了。

　　"是吗——"

　　京极堂又再度抱着头烦恼起来。

　　"痘子长在哪里？"

　　"这一带吧。"

　　榎木津抓住我的脖子，把我拉到他身边去，用食指戳我背后指示位置。

　　"大概是这一带。"

　　那是在第七颈椎下方接近胸椎的部分。所以已经不算颈部，与其说后脖子不如说背部上方比较对。

　　京极堂注意地看着。

　　"那鸟口你呢——结果如何？"

　　话题突然被带到鸟口身上。榎木津把我一把推开。

　　"等很久了。"

　　鸟口因总算轮到自己而显得很有精神。

　　"要找出第一个信徒真的很费工夫。那本信徒名册基本上是按五十音排序，而且也有很多部分蛮随便的，因此对于找第一个信徒一点帮助也没有。所以我就去找经常出入箱屋的人偶业者打听。可是这些业者就算没信徒那么凶，也多半不是朋友是信徒，就是师傅是信徒，所以大家警戒心都很高，一点也不肯透露消息。于是我又朝别的方向去打听，这次就很成功，几乎可以肯定第一个信徒是谁了。"

　　"为什么说几乎？"

　　京极堂不开口，所以我就问了。

　　"因为没办法向本人做确认嘛，所以我也不确定他的名字叫什么。女儿节人偶不是有牛车、方形大箱之类的配件吗？第一个信徒就是专门涂装这些配件的工匠，名字好像叫山内或山口。当时寺田木工也承包这类装饰配件的制作。上一代的技术差劲，不会制作这类手工艺品。不过兵卫的手很灵巧，所以也接起这方面的工作。工作比例大约是铁箱一半、木箱一半、手工艺品少量。他就是手工艺品方面的客户。"

“为什么不确定名字？”

“因为大家都只叫他的外号阿山。我说的另一个方向就是那些搬木材之类材料进箱屋的业者，或金属加工机器的制造商这类人。他们跟人偶业界没直接关系，与阿山是通过寺田木工认识的，除了在箱屋有机会碰面以外没其他接触。这群人在箱屋变成御筥神后就逐渐疏远了。不过刚开始应该还是常进出箱屋，所以我料想他们应该听说过些什么谣传。”

“这个着眼点很敏锐。”

京极堂赞美。

“可是连名字也不知道的话，没办法判断真假哩，鸟口。”

“名字并不重要。”

京极堂照样摆着一张臭脸，毫不客气地否定掉了我对鸟口的追究。

“然后？”

“那个男的——我忘了说，他是男的，总之我们姑且称呼他山口好了。山口因为自己的不小心害孩子受伤，夫妇因而感情失和，让老婆给跑了。之后他就一直很灰心丧志。不过不知道为什么，山口不断受到兵卫的鼓励。那个沉默寡言又不亲切的人居然会鼓励人——所以大家都很惊讶。”

“你说兵卫**鼓励**他吗？”

“是的，鼓励他，而不是用一些什么**不可思议**的咒法。是类似美国流行的那个什么心理治疗的行为。”

“你听说是怎么个鼓励法吗？”

"听说了。当时很多人在讨论这件事，说那个木头人是在胡说些什么。当时兵卫好像是这么说的：'阿山，我会把你的不幸封进箱子里，别再失意了，早点打起精神吧，小孩的伤虽然没办法恢复原状，但时间会解决一切的'——大致如此。中禅寺先生，您觉得如何？"

"非常普通的鼓励法哪。跟灵能毫无关系，任谁都说得出来的哄小孩式的鼓励法。不过跟你说这些事的木材行或机器行的人确定不是御筥神的信徒吗？"

"我确定不是信徒。他们都是一些拿《圣经》擤鼻涕、取符咒擦屁股的没信仰的人。有好几个人记得阿山这号人物，不过大多都很相似，都是没信仰的家伙。"

"这件事是何时发生的？"

"山口的孩子在去年正月受伤，他老婆跑掉则是二月的事。"

"嗯嗯。"

"也就是说，山口受兵卫鼓励是在御筥神建道场之前，澡堂老爹找到福来博士的'魍魉'之箱之后。因此要问我他是不是就是第一个信徒，其实我也不敢断定就是了。"

"不，这就够了，我想知道的就是这个。"

京极堂说完抬起脸来。鸟口虽被夸奖，接下来却很没用地说：

"只不过关于兵卫的家人嘛，这边就——"

"查不出线索？"

"是的。不过却听到一个值得注意的消息，听说常去箱屋的人当中有个奇怪的家伙。"

"奇怪的家伙是指？"

"这个嘛，大概是二十岁前后的年轻人，他不是人偶业界的人，要说是来定做箱子的客人似乎也有点奇怪。听说他出入得很频繁。"

"说频繁，是到什么程度？"

"这个嘛，据说是前年年底开始就常见到。这是刚刚提到的那个当时还很常到箱屋的没信仰的木材行老板说的，他说这个年轻人看起来就很可疑。木材行老板当时大概每个星期都会到箱屋一两次。箱屋算不上大客户，但毕竟是从上一代就开始的老交情，自然不敢怠慢。然后——他说他每次去都看到年轻人在。只不过从不跟兵卫讲话，只是静静地待在工厂角落。也曾看过他进出工厂后面的住处，所以猜他或许是兵卫的家人。"

"原来如此。照前几天鸟口所言，兵卫结婚大约是二十一二年前，因此若说那位年轻人是他的儿子在计算上也吻合。"

没错，这么算来的确吻合，这点我也还记得。

"可是呢，也有些地方令人难以相信这两人是父子。"

"什么，不是吗？"

我每开口一次京极堂就瞪我一下。鸟口继续说：

"各位还记得我上次说过的豆腐店老板的证词吗？御笥神的道场完成是在去年夏天，当时有个定制大量大型木箱的客人——我应该说过吧？"

"确实说过。"

"这个奇怪的年轻人似乎就是定做大箱子的客人。"

"怎么知道的？"

"因为他们都戴手套。"

"手套？"

"据说他的手套要当作冬天用的略嫌太薄——就像司机或照相师戴的那种——不过他一直戴着。这是木材行说的。另外豆腐店则说夏天却还戴手套实在很奇怪。"

"啊对了，前天遇到的那个怪家伙也戴了手套嘛。"

"咦？"

对了，他是久保。

"关口！久保竣公有戴手套吗？"

京极堂大声地问。这大概是他这两三天里发过的最大声音吧。

我回答：

"他——我不是很清楚，不过听说他失去了几根手指，因此总是戴着手套——就是刚才鸟口形容的那种薄手套。只不过，我也才只见过他两面而已，不敢保证。"

"这下子越来越糟了。"

京极堂手按着额头，脑子似乎正以剧烈的速度运作思考中。

"不，是我过虑了吧——"

"京极，你应该知道真相了吧。"

榎木津追问。

"嗯，知道是知道。这次的三件——应该是四件吧——事件当中有两件已经知道了。剩下的——我想，等听过你们的报告后应该就知道了。"

"原来还不知道啊。"

"就是知道了才觉得困扰。"

京极堂站起来。

"总之我先跟青木联络一下。"

京极堂说完离席，事情到底变成怎么回事我真的看不出来。鸟口似乎也与我感想相同。至于榎木津则又躺了下来。

看来夫人说的青木果然是青木刑警。

京极堂很快就回来。

"没联络上，他刚好朝这里出发了。"

京极堂在与刚刚分毫不差的地方以分毫不差的姿势坐下。

"快点说明吧，京极堂。你有事瞒着我们，又不肯履行约定向我们报告。一方面说着自己已经了解真相，另一方面却又装神弄鬼的。别再隐瞒了，快点告诉我们吧！反正你连刑警也叫来了。"

"再等一下吧，关口。木场大爷很快就到。今天找木场大爷与青木刑警来就是打算先把那边的问题解决，反而你们才是半途闯进来的哪。"

"那岂不刚好？"

榎木津插嘴。

"能一次解决不是很有效率吗？只不过啊，木场就不用等了，要等他我看我们都得在这边过夜。十八年前我跟那家伙约好早上十点集合，结果他居然下午四点才到。所以我们早点进行吧。"

榎木津人名记不住，却老是记得这些无聊事。

京极堂托着腮帮子，低着头眼珠子翻上看了我们几个一轮后，扬起单边眉毛，大大叹了一口气。不知他今天已叹气过多少回。

"我原想区隔外行人与内行人各自的舞台。这次的事件混沌不明，没必要的侦探却又有四五个之多——"

"你想隐瞒事情才是最不应该的。"

我最不能接受的就是这点。

京极堂表现出情非得已的样子，摆着臭脸交代了木场告诉他的那场奇妙体验记。在武藏小金井车站碰上的柚木加菜子自杀——杀人？——未遂事件。

奇妙的美马坂近代医学研究所。

绑架预告信的发现。

神奈川警察愚昧至极的警备。

以及在众人环视之中忽然消失的少女——加菜子绑架事件的发生。

拘留，闭门思过。

这些内容多半都是增冈给的资料之补充，但充满了若非当事人绝对不可能察觉的临场感，带来了详细的事实描述及许多提示。

而京极堂的转述功力又十分优秀，他所转述的内容恐怕比本人的叙述更能重现当时状况。

接着京极堂说起木场在自己经验以外得知的事实，以及木场自己的推理。

楠本赖子难以理解的心境与家庭的问题。

青木向他报告的警察内部的种种问题，以及民间的恐怖传说。

里村对木场说的见解——木场似乎是在我离开不久就到了。里村把对我说的事又对木场说了一次。

前天武藏小金井站前派出所的警员问来的关于加菜子与赖子的评价。

以及与柚木阳子的对话。

"——我没仔细问过阳子女士与大爷谈了什么，只从电话里听了个大概。好，这就是木场大爷给我的全部情报了。现在我们所拥有的情报已经共通了。这样总行了吧？"

"才不好，你不是还隐瞒着你打一开始就知道的事吗！"

"我不是打一开始就说过了！那跟你们的事件没有关系，你还不懂吗？加上刚刚说的情报就能完全把握现在的情况，光知道这些你们就该跟我一样感到紧张了。"

"缺乏你握有的情报真的能懂什么？我就不懂。鸟口不是也不懂吗——"

由我的位置看不到榎木津。

"那是只有你不懂。"

京极堂对我投以轻蔑得无法再轻蔑的视线，之后这长达数秒的难堪沉默在来访者的到达声中闭幕。

"打扰了。啊，大家都到齐了吗？中禅寺先生，昨天承蒙帮忙，真是感激不尽。"

在夫人的引导下，长得像小芥子木偶的青年很客气地进入客厅。

京极堂以一副久候多时的态度说：

"青木，你来得正好。不好意思，虽然你刚来，能不能麻烦你调度一下？现在立刻派人保护住在武藏小金井的那名叫作楠本赖子的中学生。看是要跟本厅还是地方警局联络都行。理由待会儿我再来——"

"楠本？是那个加菜子事件的目击者少女吗？我知道了，那不好意思，府上电话先借我用一下。"

青木刑警的位子还没坐热，立刻又在夫人的引导下去打电话。

"喂，京极堂，为什么必须保护楠本赖子？难道你已经掌握到御筥神与分尸杀人之间有所关联的确实证据了？可是就算如此，危险的女孩子也不止赖子一个，不是还有好几个候补吗？我们那天会去调查楠本家也只是顺便而已啊。"

不管我如何高声质疑，京极堂依旧保持缄默。鸟口拼命思考着，榎木津则一如往常，由我的位置无法看见他。

青木回来了。

"我已经拜托木下帮我处理了，现在应该已跟当地警署联络上了吧。"

"有劳了——虽说仍然无法放心，只不过——我们民间人士只能仰赖警察，此外也无更善之策了。"

京极堂抚着太阳穴凝视桌子一下子，立刻抬起头来，请青木在鸟口身边坐下。

"你们都认识青木吧？啊，应该还没跟鸟口介绍过是吗？"

"久仰大名了。先前曾经在相模湖见过一次面，不过没来得及自我介绍。我叫鸟口，是三流杂志的编辑，今后请你多多指教。"

"嗯嗯，我还记得。也请你多指教。"

鸟口靠左让出位子，青木坐下。

我小声询问：

"京极堂，你昨天找警察协助了？"

可是我那极力不张扬的询问换来的却是明明白白的责骂之言。

"你也真笨哪，关口。完全相反，是我们协助警方办案啊。你的发言实在是不知天高地厚的最佳范例。"

这么说是没错啦，可是没必要说得这么难听吧。

"而且联络警察本来就是我们一开始就预定采取的行动。只是刚好你辛辛苦苦抄写好要交给里村的御笪神名册，在交到警察手中以前先落入了木场大爷的手中，而他现在在闭门思过，自然得将之与警察机构分开考虑才行。所以我才主动跟青木联络。"

响应京极堂的视线，青木说：

"中禅寺先生，我昨天只问了关于分尸杀人事件的可能性。既然楠本赖子必须接受紧急保护的话，表示那之后又有什么新进展了？在不妨碍到您考量的范围内能不能向我说明一下？"

青木小心翼翼地看着京极堂的脸色接着说：

"当然了，我也能理解中禅寺先生尽力想防止木场前辈的莽撞举动的用心。对了，请问您联络过木场前辈了吗？"

"没有。不过我昨晚叫他今天一定要来一趟。"

榎木津翻身起来。

"所以说你笨。我刚刚不是说了？木场九成九不会来。喂，京极，光靠道理是不可能制止木场的。你如果真的为木场着想，现在立刻用我也能懂的方式说明一下，然后委托我保护木场才有用。"

"说的也是。"

总算，总算京极堂有那个意思说明了。

"——我还是要不厌其烦地说，这次的事件并非一连串的连续事件，而只是共有了某个部分，或是在与本质无关的地方上产生了因果关系，导致各事件彼此掩盖了各自的真相罢了。"

京极堂说完这句之后，缓缓地环视在场人士后接着说：

"当中有几个事件已经结束了。要追查这些事件的真相——我认为并非明智之举。"

"请问为什么？"

青木问。身为法律守护者，会有这般疑问是很合理的。

"因为将这些真相揭发出来，只会有许多人感到悲伤、不幸，或是前程受阻——却没有半个人会感到喜悦、感到幸福的。再加上各自的事件里虽然确实存在着那种该受到法律制裁的、所谓犯人的人——但真正应当受罚的人在法律上却什么罪也没犯；而犯人们在某种意义下也是受害者——所以将真相揭发出来的话，只会带来余味很糟的结果罢了。纵然如此，也还是该挖出真相吗？我一直在思考着这个问题。"

——我的意思是，余味很不好。

记得京极堂前天也如此说过。

鸟口带着温顺的表情说：

"可是如果有犯法还是应该惩罚啊——对吧？"

大概是顾虑到青木才作此发言吧。

"当然应该。特别是现在有警察青木在现场，既然这件事已经被他知道了，自然不可能睁一只眼闭一只眼。这样也好。只不过我认为有时间投注心血在这些上，还不如尽全力先解决现在进行式的事件比较好。"

"刚刚您说有四个事件是吧？"

鸟口说。

"那四个是什么跟什么？当中您所说的**已经结束的事件**又是哪些跟哪些？"

"关于这个嘛，首先是柚木加菜子**杀害未遂**事件，这是第一个。接下来是柚木加菜子**绑架未遂**事件，这是第二个。再来是须崎太郎杀害暨柚木加菜子绑架事件。最后是连续分尸**尸体遗弃**事件。"

"慢着慢着，加菜子绑架事件有两个啊。"

我帮他做了统计。

"当中一个是加菜子绑架**未遂**事件哪。"

"说什么未遂，明明就被绑架了啊！"

"加菜子绑架的**草率**计划最后以失败告终，但却在计划者之外的别人手中完成了。如不这么推理，有太多部分都说不通了。"

"那么，您的意思是犯人有四人或是四组了？"

青木思考了一阵后提出问题。

"在一般情况下会被称作犯人的实行犯有四个吧——大概。"

"什么意思？"

他的讲法有点吞吞吐吐。

"就如刚刚说过的，因为犯人也算是被害者，是法律上无法惩

罚的——所谓非犯罪事件的被害者。不仅如此，表面上虽死了很多
人，在这四个事件当中，真正能称为杀人事件的，只有最初的加菜
子杀害未遂事件，以及第三个的须崎杀人事件而已。而且最初的事
件也是未遂。"

"分尸案——应该是杀人事件吧？"

青木问。很合理的质疑。

那不叫杀人又该叫什么？

"这点我原本不确定——不过在今天听过你们说的话后就懂
了。那个该算是……对了，该算伤害致死——才对吧，以及尸体损
坏、遗弃。嗯，没错。"

"啊？"

"实际上能肯定的只有尸体遗弃事件而已，不应草率妄加评
断。但总之必须绝对尊重里村的意见就对了。"

"——那是指，犯人没有杀意的意思吗？"

"没错。现在进行式的事件就只有分尸事件而已。继续放任不
管可能会产生新的被害人，所以最少这个事件必须阻止其继续发展
下去。可是在追查分尸事件时又会扯上其他事件，原本没必要揭发
的秘密也不得不将之揭发。所以我才很烦恼。总之找到分尸事件的
犯人是当务之急。"

"你本来不知道谁是分尸案的犯人吗？"

榎木津问，京极堂笑了一下，回答：

"是啊，只有这点不知道。"

"那其他都知道了？"

"所以才很烦恼。明明是该最先被揪出的犯人，我却不知道。"

"那你其他的是怎么知道的？"

"因为我手上握有情报。就是关口每次不断指责的‘只有我知道的情报’。那个情报在四个事件当中只对解决加菜子绑架未遂事件有效。公开这个情报对解决分尸事件一点贡献也没有，甚至还可能把其他事件牵引向不好的方向——所以我才不愿公开的。只要知道一个，自然不难知道其他。旁证也会一一出现。"

"所以说？"

"嗯，听完你们的话后，我几乎完全掌握了。"

京极堂说完，由和服的襟口伸出手来。

"中禅寺先生，您是说，您总算知道谁是连续分尸事件的犯人了吗？"

青木有点过度兴奋。

"所以才要我紧急保护赖子是吗！"

京极堂搔着下巴，说：

"只是，知道归知道，目前还是欠缺决定性证据，所以正确说来是有点头绪而已。不过如果我的推理没错，那么我们要应付的人很危险，能趁早准备最好。"

"犯人是谁？"

榎木津问。

"我想，犯人应该是久保竣公。"

京极堂毫不迟疑地说出名字。

"是否——有通缉的必要？"

青木问。

"我想，只要能顺利保护楠本赖子就没有必要——毕竟目前缺乏证据，也不能多说什么。"

"总之请您先说明理由吧。"

青木有点僵直。

"首先我必须说，分尸尸体遗弃事件与御笛神之间没有直接性的关联，但有强烈的间接关系——我不太会解释，总之继续说下去你们应该就懂。接着，将分尸事件与御笛神结合在一起的是久保——这点或许也有些难理解吧。总之，这该从何说起呢——"

要说明真的这么困难吗？京极堂很难得地陷入了思考。青木咽着口水等候他开口。说明突然地开始了。

"分尸事件的被害人，我想应该就是警方比对出来的那三位没错，理由待会儿详述。警方不敢断定的理由只因为这三人之间的共通项目太少罢了，对吧？"

"是的，就是如此。虽然有可能是临时起意的杀人，但范围横跨一都三县，四处游走物色目标的杀人魔似乎又太虚幻了。所以我们推测要不是有不为人知的地区性理由，就是被害者之间有共通点——例如具有相同兴趣，或者以前干坏事的同伴。不，就算彼此相互怨恨也行。例如说三人的父母曾是一起干坏事的同伴，后来闹翻了，犯人为了报一箭之仇才杀死他们女儿，等等。"

"那祖先是源氏，犯人是平家末裔[注]怎么样？"

榎木津又开起玩笑了。

"嗯，这也行啊。但就是连这类的也没有，没有共通项目。"

"只有御筥神吧。"

"是的。但这能成为动机吗？例如说，对天台宗有恨意的犯人专找信徒下手，这听起来也太不合常理了。这么一来必须大量杀戮才行啊。"

鸟口反驳说：

"——天台信徒多如繁星，可是御筥神的信徒才区区三百个而已。"

"可是就算如此，也杀不了三百个吧？况且既然规模小，对该宗教团体有恨意的话，应该会先杀教主吧？大型宗教团体的话目标很多，但御筥神只有教主一个。但不管如何——实际上被杀的并非教主也非信徒，而是信徒们的女儿。"

鸟口提出我们前几天讨论过的御筥神犯人说。

"就是这点。我会注意到御筥神就是因为我怀疑御筥神本身是犯人。御筥神的系统非常可恶，会害信徒越不幸就越想捐钱出来。所以我想，会不会是专找喜舍金额很少的犯人为目标，进而诈取金钱——"

"关于这个意见我也听中禅寺先生说过了，可惜——并不能套用在这次的被害者上。我说的没错吧？中禅寺先生。"

京极堂点头同意。

"为什么？京极堂，你不同意鸟口的意见吗？为什么？"

"关口，还有鸟口，你们听好。之前我也说过，清野的注释算是过度洞悉的看法。"

"嗯嗯，你说喜舍金额少的人会发生不幸的看法是受到了先入为主的观念影响嘛？你说那是偶然——"

"不算偶然，但是是带有先入为主观念的看法。前几天我说这份清野带来的名册不该解读成'喜舍金额少的信徒遭到不幸'，而是该解读成'因为变得不幸，所以增加喜舍金额'比较妥当。不过实际上这两种说法都一样，**不能套用在被害人的家庭上**。"

"请问这是什么意思啊？"

"清野获得这份名册时，这三个家庭——埼玉的浅野家、千住的小泽家，以及川崎的柿崎家都尚未**发生不幸**。那只是清野依自己的先入为主观念所写下的预言。"

"可是实际上——"

"没错，不幸事件的确如预言所示发生了，但这三家的喜舍金额并没有在发生不幸后增加。不，不只如此，不幸发生后这三家全部都**舍弃信仰**了。"

"啊？"

鸟口嘴巴张得大大的。

注：在民间故事中源氏与平氏为日本平安朝末期的两大武士家族。平氏掌权后骄纵奢靡，致力铲除政敌源氏，后受到源赖朝、源义经等源氏的反扑，终于衰亡。故民间经常有源平不两立的印象。不过史实上并非如此单纯，在此不多赘述。

"鸟口，你的想法着眼点还不错，只不过你受到清野这个阴沉的男人影响太深了。"

"啊啊？"

"清野希望杂志能刊登中伤、攻击御筥神的报道，所以才会想尽办法让你相信他的话吧——不，或许他自己也深信不疑，总之鸟口可说完完全全着了他的道。唉，我自己也好不到哪儿去，在昨天看过青木带来的详细资料前，我也没舍弃过这个可能。"

"那，你说放弃信仰的意思是？"

青木回答：

"不管多么认真的信仰，却还是碰上这种结果，任谁也不会信这种教了吧。应该说，女儿都失踪了，怎么还有时间去拜箱子？平时就已是家庭失和、经济不佳的家庭了，很不幸地在事件发生后，柿崎照相馆倒闭易主，浅野离婚辞去教师之职，小泽神经出毛病进了医院。各自的处境凄惨，根本没心情增加喜舍。这几家的太太原本都是信徒，现在一问起御筥神的事情都只有怨恕辱骂。所以搜查过程上很早就排除了这个可能性。"

京极堂紧接着追击：

"为了提高喜舍金额而犯下杀人，而且还是骇人听闻的分尸杀人，这个风险实在太高，就连黑道也不会这么做。之所以不觉得不合理，是因为有新兴灵媒这种非日常的固定观念带来的幻影所导致吧。"

鸟口似乎还无法由冲击中回复。我代他询问：

"那么——鸟口辛辛苦苦做的御筥神的调查，完全只是白跑一趟？”

“不，帮上大忙了。”

“啊？”

鸟口再次张大嘴巴。

“御筥神是被人塑造而成的灵媒。可是如果我的猜测正确，其理由十分可笑。”

“被人塑造？被你说的那个背后操纵的幕后黑手？”

“那个幕后黑手应该就是久保。”

京极堂再次干脆地断言。

久保是御筥神的黑幕？这个结论是怎么导出的？难以抹去的牵强附会之感令我无法立刻接受。

但是——比起作为御筥神信徒对之五体投地的久保，毫无疑问地在背后冷笑的样子更忠于我对他的印象。

“根据是？”

“久保与这次事件的牵连方式总令我有说不上来的不协调感。他总是在他没有必要出场的地方出人意表地登场。这是因为我们原本把御筥神或分尸事件当作主体来思考的缘故。要是将久保当作主体，再结合这两端来思考便可发现十分合理。”

的确，不管是在御筥神名册上发现名字时，还是在武藏小金井的咖啡厅碰上时，我都感觉到异样的不安。我对京极堂说了这个感想，京极堂笑了，手里拿着清野的名册说：

“你本来就无时无刻不安哪。算了不提这事，总之，我们判断这是御筥神的名册是错误的。这并不是信徒的名册。”

"那你说这是什么？难道内藏什么暗号？"

京极堂听了更是大笑，说：

"你真笨哪，这本名册虽然基本上依五十音顺排序，但你可以注意到浅野后面却排了会田［注］，可说极为随便，相信是每增加信徒便在其下添写。但这也没办法。信徒每个月都会有所增减，若要很整齐地依五十音排列，势必每回都得重新抄写不可。但是为何又如此拘泥于五十音？如果是这种性质的账簿，依月别入信顺序来排还方便得多了。"

"可是账簿依五十音顺序来排的并不少见吧？"

"话是没错。不过既然是账簿，实在没有必要连住址也写上，再说上面也没有合计栏，可知这并非拿来当作账簿使用。因此，在别处应该有更确实的账簿才对。这本册子当作账簿是暂时性的，我猜原本是联络处一览表。这应该只是普通的联络簿。"

鸟口歪着头。

"可是中禅寺先生，如果那只是普通的联络簿也很奇怪啊。住址电话的后面是喜舍金额的记录，这么一来每当喜舍栏写满时就得重新抄写住址电话吧。由剩下的空间看来恐怕撑不了三个月耶。"

"确实如此哪。但是这本名册是活页的，看来不用担心这种问题。"

名册是活页装订，以绳子串成。

"这个后面开了洞，用绳索串好。原本似乎是笔记本，因此每个项目到下个项目之间原本应该还有好几页，可以一直登记喜舍金额。这么看来，原本五月下旬以前的联络簿应该是因某种理由无法使用，所以才转抄到这本笔记本上面，然后又顺便写上喜舍金额吧。只是这本笔记好不容易做好，才用了两个月就被清野偷走了。六月开始使用，八月就被偷走，故只登记了两个月份的资料。这份资料大概是清野把偷来的笔记本的封面撕掉，舍去空栏中间的空白页，只留下必要部分重新串成的吧。"

"这样我就懂了——只是，这又有什么意义吗？"

"当然有。所以我的意思是，这本名册上登记的名字并不是只有信徒而已哪。"

鸟口大声叫着说：

"啊啊，原来如此！如果是联络簿，信徒以外的人也会登记上去嘛。所以说没有喜舍金额的不是信徒。"

"而是关系人士。附带一提，没有喜舍的人上面总共有二十一个。清野预言当中九个会遭遇不幸。他的理论会说中是理所当然的。由我昨天去调查的结果看来，九个当中有四个死亡。但是原因其实不过是年事已高罢了。当中六月七月之间就死了两个，没有喜舍也是理所当然哪。"

盖子掀开一看——真相也不过是如此。

"然后，当中有五名放弃信仰。顺带地说，这五名当中，与警察失踪少女一栏重复的有三个家庭。也就是说这三个家庭的女儿

注：会田念成あいだ，在五十音顺序中理应排在念成あさの的浅野前面。

失踪了，但全部都是在分尸案发生前，也就是八月中旬发生的，因此并不在警方怀疑的被害人名单内。所以说，发生不幸就会增加喜舍金额的公式在此也被推翻了。接下来嘛，问题是清野无法预测的十二人，当中有九人完全能够去除。理由很简单。虽然这九个人被登录在此，其实只是经常出入箱屋的业者罢了，与灵能毫无关系。那么剩下的只有三个。"

京极堂恢复成平时利落的样子，大概是看开了吧。

"一个是吉村义助，另一个是二阶堂寿美，最后是久保竣公。前两个鸟口你也很熟。"

"啊？不认识，没听过这两个名字。"

"吉村义助就是那个嘛，御笃神邻居'五色汤'的老板哪。二阶堂则是御笃神里负责事务处理的那位女性的姓。上面的住址是她的老家。"

"唔嘿！原来是这样啊，那我就认识了。"

鸟口很没用地大吃一惊。

"寺田兵卫的交游范围太狭窄了，所以察觉得太晚。如果上面有更多熟人朋友或出入业者的资料或许立刻就发觉了吧——不过若真是如此，反而会难以缩小范围。总之，在此久保的地位——也显得很特殊。"

"京极堂，可是就算知道这些也完全无法证明久保是幕后黑手哩。只知道久保应该不是信徒，其他什么也无法断定啊。"

"当然，所以一开始我也只是有点在意而已。对了，关口，你看过久保的本朝幻想文学新人奖得奖作品'搜集者之庭'吗？"

我没读过。

"怎么会突然问这个？我是没读过——"

"原来如此。既然连关口都没读过了，在场的其他人应该也没读过吧。"

没人回答。这些人也不像平时会读小说的人。

"喂，京极堂，那又怎么了？你是说读了小说就能了解到什么吗？上面总不会写了什么犯罪动机吧。"

"我可没这么说。我只是想说，读过便知道御笥神与久保的关系匪浅罢了。有所研究的人——就看得懂。"

京极堂稍作停顿，接着说：

"这篇名为'搜集者之庭'的小说是久保的处女作及成名作，内容相当特异。主角是伊势神宫的神官，以搜集他人的懊恼为毕生职志。他将众人的人生封入石塔中，立于自家宅第的庭院里。每天晚上将耳朵贴在石塔上，聆听烦恼痛苦之声。不久，石塔的数量日益庞大，他的庭院里充斥着无数的悲鸣恸哭及唏嘘。一个听到这个消息的山伏——他是英彦山的修验者——前来相劝。他对神官说搜集这种邪恶之物对世人没有好处。接下来就是没完没了地进行着修验者与神官的问答。神官在问答之中吐露了自己深刻的恶业，最后连自己也化为石塔。但是窥见了神官精神上的空无的修验者也成了其黑暗面之俘虏，成为神官之'庭'的继承者——故事的梗概大致如此吧。"

真是个怪故事——榎木津说。

"可是听这个故事的哪里能知道什么？"

"唔，我不是提到伊势神宫的神官与在英彦山修行的修验者吗？"

"我就是在问那又如何了啊？"

京极堂做出困扰的表情，但不懂就是不懂，我也没办法。

鸟口啪地击掌，说：

"啊，记得英彦山好像是在九州嘛——这么说来中禅寺先生，您前天提到了伊势及筑上是吧。好像是问寺田兵卫在伊势或筑上有没有亲戚——"

听鸟口这么一说我就想起来了，京极堂的确问过这件事。

"没错，我就是指这个。当时我还没将久保拉进来考虑。关于这个问题随着久保的登场也获得了解决。根据刊载'搜集者之庭'的《银星文学》上关于久保的报道所言——"

京极堂从背后的书山中抽出一本杂志翻阅。大概是刊载久保得奖作品的那本吧。

"我看看——得奖者久保氏于福冈佐井川上游度过幼年时期，青年时期则是住在伊势神宫附近。佐井川上游一带为山岳宗教兴盛地，久保氏自述此段幼年经验带给本作品莫大的影响。他也提到自己对伊势神宫的神事〔注〕很有兴趣。实际上若无这段深受信仰与宗教仪式影响的独特生活经验，亦不可能有本作品之诞生——大致如此，十分单纯明快、直截了当的解说。因此他就是与筑上、伊势两地有关的兵卫的熟人。"

"问题是，为什么是伊势跟福冈？"

我开始觉得不耐烦了。

　若安静听下去京极堂必然也会逐渐导出结论，忍耐乃是要理解他的论旨的必经之途。但既是这么漫长的解说总希望他能干脆跳过两段比较快。

　"是因为御筥神的祝辞哪，关口。你不是也听过了？虽说你就算听了大概也不明所以，不过懂的人一听就懂。"

　连跳两段的结果也还是不懂。他说的祝辞，应该是指鸟口录下来的那段听不出是日语的奇妙咒语吧。

　"久保与御筥神的创建十之八九有关。那段祝辞若非熟知伊势神宫的祝辞者绝对作不出来。不可能是随便乱凑恰巧凑出来的。你们先看看这个。"

　京极堂从放在身边的笔记本中拿出一本放到桌上。上面以说不上高明还是拙劣的笔迹写着咒文。

　　——天神御祖有诏曰，
　　若有痛处者，令此十宝，
　　谓一二三四五六七八九十，
　　布留部，由良由良止布瑠部——

　　——天神御祖有诏曰，
　　若有痛处者，

注：祭神的仪式。

令此 ashinoutsuho 之 shinpi 御筥，

so te na te i ri sa ni ta chi su i i me ko ro shi te ma su

shihuru huru yura yura shihuru huru——

　　"后面这段以片假名写成的[注一]是由鸟口录音的祝辞听写而成的。前一段则是《先代旧事本纪》中的十宝祓的祝辞部分，原本全以汉文写成。所谓的十宝是指十种瑞宝，即天孙降临[注二]之际，天神赐予饶速日命的十种宝物。"

　　鸟口与青木靠过去看笔记。

　　"哈哈，真的很像，完全是在模仿嘛。这本叫作什么仙台抽签[注三]的书很古老吗？"

　　鸟口问。

　　"很古老哪。依其序所言，可以上推到推古天皇的时代，于圣德太子死后撰写而成的。如果囫囵吞枣信任这段记载的话可说比《古事记》还古老。"

　　"唔嘿！那真的很古老，原来有这么古老的书啊？"

　　"京极堂，可是那是伪书吧？"

　　凭我拙劣的记忆，我听说那是假的。

　　"嗯嗯，这本书的确完完全全是本伪书，大概是在平安时代完成的。一般认为应该是物部氏[注四]的祖先撰写的，平田笃胤[注五]也曾指出这点。我想这些说法基本上都没错。不过就算书的完成时期很晚，也无法由此确定祝辞本身的成立年代。毕竟这类咒语经常是以口耳相传的方式保存下来的。"

"你到底在说什么？"

榎木津无法理解。

可是我也一样不懂这个谜题。所以老实地发问了。

"真难懂。总之这两个并排之下，就算是我也能一眼看出御笤神的咒文完全是模仿《旧事本纪》而来的。只不过是把十宝置换成'ashinoutsuho之shinpi御笤'而已。这部分应该是'苇之空穗之神秘御笤'——没错吧？"

一开始听到那段时完全不明所以。

"——可是这又如何？改法很单纯，只要看过《旧事本纪》任谁都会修改吧？"

我无法由京极堂指示的事项中导出伊势与筑上来。

"关口，你说得倒简单，这么说虽然有点失礼，但你真的认为不学无术的木工能想到《旧事本纪》？纵使寺田兵卫读到中学毕业，不全然算是不学无术，但我不认为他知道《旧事本纪》这本

注一：原文中刻意只用片假名标示发音来表现出只知其音不知其义的效果。

注二：根据《日本书纪》记载，神武东征之际，天照大神命令饶速日命先行下凡到河内国，临行之际给了他十种宝物。与另一常见的天孙降临神话——迩迩艺命（汉字或写作琼琼杵尊）下凡代替其父统治瑞穗之国的故事属不同系统的神话。

注三：鸟口的同音冷笑话。仙台与先代同音，旧事与抽签同音。

注四：奉饶速日命为始祖的古老氏族，掌兵器管理。本文中后面提到的石上氏乃是物部氏的后裔。

注五：公元一七七六～一八四三。江户时代后期的国学家（相对于中国的汉学、西洋的兰学之称法，指研究日本独自文化的学问）、神道家。

书。若他有收集古书的癖好，偶然得到这本书的话尚且不论，或是从《古事记》引用的话也还能理解。好吧，我再让个一百步，就当他知道好了，可是这样也还是无法创出这个御笟神的祝辞哪。"

"为什么？"

京极堂翻开笔记，指着某一部分。

"青木，这段你怎么念？"

上面写着——一二三四五六七八九十。

"当然是'ichi''ni''san''si''go''roku''shichi''hachi''kuu''juu'啊。"

"一般念法的话，的确如此。可是还有别的念法。"

"您是说'hii''huu''mii'的那个吧？"

鸟口一脸得意地回答。

"没错——这是石上镇魂法。石上神宫是物部氏管理的神社，亦即物部神道。这里要念作'hihumiyo''imunaya''kotomochirorane'。但是叫人伤脑筋的是，《旧事本纪》并没有标上念法。因此在漫长岁月里，有许多人替这段想出种种念法。"

"擅自地？"

"没错，擅自地。他们将符合各自理论的言灵填入一二三四五六七八九十这几个简单的文字里。不知有多少两部神道[注]及天台学僧解释过《旧事本纪》，从中发现了神秘。而御笟神则将此读为'so te na te i ri sa ni ta chi su i i me ko ro shi te'。"

"那个不知在念什么的部分原来是数字啊？"

"没错。而且，用这种念法来读一二三四五六七八九十并运用在祝辞之中的是中世纪**伊势神宫的神官**。"

"啊，所以才！"

伊势总算出现了。

"所以说，就算手中有《先代旧事本纪》，**不知道伊势神宫的祝辞**也无法创造出这篇祝辞哪。另外就是——"

京极堂拿回笔记本。

"另外就是关于'shinpi'之御管这个称呼。'shinpi'通常写作神之秘密的神秘，但我认为这应该写作深邃秘密的深秘才对。若果真如此，应该就与筑上的深山里的山岳宗教有关。不，应该就是如此没错。"

"为什么？"

"据刚刚杂志的解说可知，久保与其说是在筑上长大的，直截了当地说就是在佐井川上游长大的——对吧。"

"直截了当什么？"

"久保成长之地佐井川上游有座叫求菩提山的山。恰好位于作品中登场的英彦山之东北角上。在山八分高处上有座鬼神殿，是座很少见的专门祭祀鬼的神社。开辟求菩提山的是位叫作猛觉魔卜仙的修行者，名字很奇特。鬼神殿里祭祀的是他击退的鬼。神社定期举行一种很少见的活动，名称就叫作鬼会。现在是否依然举行我并不清楚，但能肯定的是一直到明治初年时仍有举行。这是一种举

注：一种以佛教真言宗的立场来解释的神道。属神佛习合思潮之一。

办于旧历年的鬼之庆典，当中特别奇怪的是一种叫作‘千日行者修法’的神事——”

又开始说起听都没听过的稀奇古怪话题。虽不知这些话与什么有关，反正插嘴也只会让自己更听不懂，所以我这次便乖乖听完。

京极堂面露严肃表情，说：

“——这个鬼神殿里祀奉的御神体居然是个——箱子。”

“箱子？又是箱子吗？”

鸟口似乎很受不了地说。

我很能了解他的心情，又是——箱子。

“而且，箱子被严密地封印起来，里面有壶，猛觉魔卜仙击退的**鬼被封印**于壶中。神事举行时，封印揭开，由前年的神官以秘法传送给次年的神官。被解放的鬼经过鬼走仪式后再次被捕回，重新封回箱内。而这个封印鬼的箱子就叫作‘深秘御筥’。”

“哈！真的不知道这种仪式。不，连听都没听过。”

鸟口甚感佩服，青木也相同。我亦是感到无话可说。只要是知道这间神社或这个神事的人，一听到御筥神时恐怕任谁都会立刻将两者联想在一起吧。可是就我的所知范围，除了京极堂以外，没人知道这些。

京极堂继续说：

“而且，这个箱子也写作上竹下吕的‘筥’。”

“与御筥神——同字吗？”

“一般而言我们并不会使用这个字。这个字的意思是以竹子编成的用来放帽子的圆盒，没有什么特殊理由的话，通常不会用来表示四角形的箱子吧。所以我认为，没听过求菩提山的鬼神殿者不会取御筥神这种名号。再加上——鬼神殿的御神体深秘御筥的样子，正好跟福来博士的千里眼鉴定组一模一样。"

没错，完全相同。

严密封印起来的筥，里面是壶。壶中封印的一方是鬼，另一方——是魍魉。

"可是，兵卫未曾离开三鹰一步，不可能听说过九州深山神社里的御神体与神事。因此我认为一定有人教他这些。"

"所以中禅寺先生您才问说——寺田兵卫在伊势与筑上是否有亲戚是吧？"

鸟口很佩服地低下头。

"嗯，不过只要有久保一个就够了。所以虽然没有证据，但我认为——久保无疑地正是创造御筥神的幕后黑手。"

接下来京极堂看着青木，像是在表示接下来轮到他了。

"接下来，这是今天才知道的新消息——"

青木似乎有点困惑，他还不习惯京极堂的作风。

"——由关口那边听来的消息，据说久保竣公似乎有戴手套的习惯。"

"咦！"

青木的惊讶超乎了必要程度。

"那，那个叫作久保的男人戴着手套吗？"

没错，他正是——手套男子！

不知为何，我明明早就知道**这件事实**，却又不自觉地回避思考
这个问题。

"虽然不敢确定，不过他似乎经常都会戴着手套。记得青木
你——正在追查手套男子是吧？"

"是的。据说分尸案的可能被害人柿崎芳美与小泽敏江在失踪
前曾跟手套男子在一起。再加上楠本赖子也做证说推落柚木加菜子
的是个戴手套的男子，而柚木阳子也说曾在绑架加菜子的现场附近
目击过手套男子。这种季节会戴手套的男子并不多，很难相信是别
人。"

青木似乎很兴奋。

"哼哼哼，那可不见得——"

京极堂脸上露出难以理解的微笑。

"——总之绝不能放过三个失踪少女中有两个人曾跟手套男子
在一起的证言。再加上御笘神草创期有如家人般自由出入的年轻男
子以及大量定制木箱的熟客也都戴着手套对吧？"

"据说是如此。"

青木有点受不了地看着抢着回答的鸟口。

"这么一来虽然只有手套作为线索，也不能轻忽。而且前天，
楠本赖子附近也出现了戴手套的男子。"

——久保竣公。

我眼前的这位朋友说，这名男子就是连续分尸杀人事件的犯
人。当然京极堂一开始就这么说了，但我到现在才逐渐理解那具有
什么含意。

如果这是事实。

如果真是如此，我——

我等于是在一头闯入事件的当天，同时也认识了犯人。

那么不就表示，在稀谭舍的接待处，总编山崎向我介绍时，他的手上已经染过鲜血了？而这名男子却以纯白手套掩盖了染血的双手，装作若无其事地对我的作品大加挞伐！

我想起久保在咖啡厅的座位上凝视着加菜子的照片的样子。

"——那么——赖子要去见的对象不就是——久保了吗？"

那么楠本赖子在那之后就是去那家店里与他见面了？

"昨天由木场大爷那里听到消息，说最近楠本赖子进出咖啡厅很频繁。而且据她两名同学所言，赖子上咖啡厅的习惯完全是受到柚木加菜子的影响。而加菜子经常出入的咖啡厅就是工厂附近的店——你们去过的那家'新世界'。就算不考虑这点，那附近能去的咖啡厅也只有这一家。加上——榎兄，你说在赖子背后**看到了久保**是吧？"

"我是说过。"

"因此两人已经有所接触的可能性很高。那女孩，很危险哪。"

心情上觉得很不舒服。京极堂说的这些话真的就如他曾经说过的——**一切都是偶然的产物**。前天刚见面的少女，被前天刚见面的熟人所杀。要我相信这是现实，实在太令人难以接受了。

久保与御筥神有关——这点我姑且相信。可是只凭这点原因也不该说他就是犯人吧，而就算是犯人好了，说下一个被害人是楠本赖子也未免太巧了点。明明就有太多对象符合条件，赖子只不过是当中的一人啊。过分巧合了。京极堂自己才是充满了久保—犯人、赖子—被害人的偏见，他才是带着过分洞悉的看法来看事情吧。

我问：

"可是为什么她——楠本赖子肯定是下一个被害人？这是偶然吗？"

我本来并不希冀京极堂会回答我，没想到他立刻解答。

"当然不是。关口，因为有顺序哪。"

"顺序？什么顺序？"

"所以说，就是**名册的顺序**哪。"

京极堂如此说了之后，将那本名册摆到桌子上。

"我刚刚之所以敢肯定警察所比对出的那三人没有错，是因为这是我由这本御笥神名册——正确说来应该是联络簿——当中引导出来的结论。分尸案是按照**这份名册**上的顺序进行的。归根究底地说，御笥神对幕后黑手——久保而言，本来就只是具有这种机能的道具——不，应该说，一开始就是为了这个目的所创的才对。"

"你说什么？"

我不懂他话里的含意。

"这本名册中与警察的失踪少女一览表重复的家庭正如鸟口的调查一样有十家。当中有三名如刚才所言，连警察也将之由可能被害者中剔除了。调查剩余七人便可发现一件有趣的事。除了可能性最高的三人以外，其余四人都是超过十八岁的女性。而可能性最高的浅野晴子、小泽敏江、柿崎芳美这三人全都是十四五岁前后。且她们又是依名册顺序失踪，接着就——"

“被杀了？因此柿崎——之后的是——？”

“这本名册上，柿崎家之后家里有十四五岁少女的家庭就是楠本家。”

青木连忙拿起名册确认。京极堂接着说：

“楠本之后的下一个大概是筱田家吧。这家的喜舍额比较多，所以并不在清野的预言名单中，但我想赖子之后应该就是轮到这家女孩了。喜舍金额大小根本与事件的发生无关。被害者的条件只有两个：在御笪神的联络簿上能确定地址，以及年龄为十四五岁前后。犯人是依这本名册调查过该户人家里是否有十四五岁少女后才依照顺序伸出魔爪的。因此不管是区域还是家庭环境都乱七八糟地看不出一致性。毕竟计划是依照五十音来实行的。”

“嗯嗯，原来如此，可是——”

“这算是鸟口的功劳。没有这本名册的话，绝对不可能理解被害者选定以及罪行顺序的结构吧。”

“——请等一等，这不对劲啊。”

几乎就要认同这个说法的青木似乎发现了问题。他看着名册。

“浅野晴子是第二个吧。但这本名册上家中有女儿的没有比浅野更前面的家庭了。如果上面的笔记是事实，浅野晴子就必须是第一个，否则您刚刚提出的理论便无法成立。”

“没错。浅野晴子就是第一个。”

“可是——”

“应该是第二个吧！”

“最早的是相模湖的——”

　　除了榎木津以外，我们三个同时发出不同的话来抗议。京极堂
慢条斯理地回答：

　　"最早在相模湖发现的手脚并不是连续分尸尸体遗弃事件之
一。"

　　"您，您说什么？"

　　"连续分尸尸体遗弃事件如果舍弃了刚才说的规则性，便不可
能发现其他规则性吧。同时，将相模湖发现的手脚视为连续事件的
一环在根据上则极为薄弱，反而当作其他事件来思考，整合性比较
高。"

　　"京极堂，可是要说如此接近的时期里如此相近的事件分别在
不同人手里实行，我认为这种可能性更低吧。青木，记得你说过相
模湖发现的脚部也是收在箱子里的吧？"

　　"是的。"

　　"其他也全部收在箱子里吧？"

　　"正是如此。"

　　"所以说难以相信没有关联哪。京极堂，你的说法欠缺说服
力。"

　　"我才想说你这句话哪。如果完全相同也就罢了，仅是相似而
已就说有关系，这才真正欠缺说服力。仅是相似便说相同的话，你
不就是只猴子了？"

　　"本来就是猴子吧？"

　　榎木津说。

"这个家伙只是个很像猴子的男人，并不是猴子哪。只是相似而已。"

要你们管那么多。

"别想错了，所谓很相似，正代表着彼此不相同。听好，相模湖的案例中，脚收在铁箱里，手则赤裸地掉在地上，此外还发现了腰部等其他部分。可是后来发现的全部都只有手跟脚而已，并且也全都以丝绵包好放进木箱子里。"

"可是这也只是箱子的材料不同而已嘛。概念都相同啊，都不正常。"

"是吗？相模湖的案例是丢入湖里，其他的则是紧密嵌入缝隙中，这两者真的是相同的概念吗？此外，只有相模湖是靠车子搬运，不，应该是卡车。只有这个案例使用了卡车，其他则全部靠电车移动。"

"你为什么知道就是如此？的确，除了相模湖以外，其他均是在交通便利、高人口密度之城市区中发现的。可是搭电车也能到相模湖，其他地方也并非不能开车前往啊。"

"相模湖的事件十之八九是开卡车去的。"

"所以说为什么？"

"右手在甲州街道上被发现，而且还是山中。再怎么变态的犯人也不会在国道正中央丢弃这种东西，那是在搬运途中掉落的。我猜想，一开始应该是两只手一起收在铁箱里，后来发现的腰部也同样如此。手、脚、腰部，照理说应有三个箱子。原本这三个箱子应该庄严地沉在湖底，获得永恒的安息。亦即，原本刻意搬来相模湖乃是为了替这些收进铁制棺材里的手、脚、腰部进行水葬仪式。"

京极堂仔细地盯着我们瞧。

"但是——正当犯人想把铁箱放入水里时，才发现少了手部的箱子，想必那时他很慌张吧。继续拖拖拉拉下去一定会惹人注意，所以他姑且先把脚与腰部抛入水中，立刻赶去收回箱子。所以脚的箱子才会被抛在靠岸边的湖里而已。如果丢进湖的正中央势必会很久以后才被发现。可是虽然他已经很赶了，箱子还是先被木材行老板辗到。犯人收回了铁箱与左手，又想收回右手，来到大垂水山巅时，正好碰上木材行老板在原地乱成一团。总不可能对他说'啊，这是我掉的，请还我'吧，犯人不得已就这样直接回去了。"

"这么说来，左手就是被他带回去了吗？"

鸟口说。青木喃喃自语：

"难怪怎么找都找不到。"

可是我仍无法接受。

"可是啊——搬运过程中真有可能掉落吗？"

"当然会，因为卡车**货物台的锁**坏掉了。"

"咦？"

由于这句话由京极堂口中说出时实在太干脆了，除了我以外的人似乎都没留意到。但是，他的确如此断定了。

话题很快地回到原本的问题上。

"相模湖的案例与想掩蔽犯行或故意乱抛手脚来扰乱搜查性质的行为并不太相同。没经过处理，也没有研拟什么策略，而是具有一些类似仪式性的意味。那是种水葬。总之与后来的分尸事件的处理方式有很大的差距。之后的虽然也没打算隐藏，但也不像是想埋葬。给人的感觉就像是有空间就填起来的样子。"

"——是的，只让人觉得犯人是在玩耍。"

青木似乎若有所感。

"是不至于像在玩，不过应该是种冲动性的处理方式。总之与相模湖的案例完全不同，**这两个是不同事件**。"

"你想说，同样放进箱子里只是种偶然吗？"

"非也。我猜一边是有许多铁箱的环境，另一边则是有许多木箱的环境。总不是单为了放尸体而特别定做箱子吧。"

"原来如此——如果说去年向御笆神定制大量木箱的常客是久保，他当然拥有大量木箱。"

鸟口似乎已经逐渐接受起京极堂的说法，但我仍无法认同。我无法如此轻易地相信。

"可是——那久保又为了什么干出这种事情来？动机是什么？与寺田兵卫又是什么关系？你刚刚说御笆神单只是为此而成立的道具，那又是什么意思？"

"别一次问那么多问题。向这种犯罪追求明确动机是愚蠢的行为。而且与御笆神的关系只是出自我的想象。刚刚也说过了，'久保犯人'说只是目前有点头绪的假设罢了——"

"京极，你在隐瞒什么是吧。"

突然，榎木津以他少有的尖锐语气质问。

"那个男的见过加菜子喔，真的跟加菜子事件无关吗？"

这么说来——榎木津在咖啡厅查问久保的理由就是因为他认为

久保知道加菜子——似乎是如此。

京极堂再次做出厌恶的表情摇头。

接着说：

"唉，我竟然交到这么个讨厌的朋友。总之——勉强说来，加菜子是他的动机——但加菜子事件与久保没有直接的关系就对了。"

"完全不懂。京极，我听不懂暗示，单刀直入最好！"

榎木津毫不退缩。

"算了，现在公布只会让事情变得越来越复杂，这件事暂且搁在一旁吧。关口！"

京极堂暧昧不明地交代完，突然将矛头指向我。

"你是个文学家，对这方面的感觉比较敏锐。听完刚刚久保的'搜集者之庭'的梗概后，你作何感想？"

突然问我这种问题我也不知该如何回答。我没读过，况且刚刚京极堂提到这本书时是作为御筥神与久保之间有联系的一个旁证提出的，等于是一点感想也没有。

"只听梗概实在没什么好说的。要我没读过就评论，我办不到。"

实在是过分装有品的装傻法。

但是京极堂听了却说"说的也是"，表示同意。

"例如说——作品与作者是不同的，作者的形象若先影响了作品的鉴赏并不是件好事。但相反地，读者某种程度上却能由作品中读出作者的性质来推测作者的形象，同时这也是难以避免的事。当然，小说是虚构的，所以不可能直接写入作者的主义主张，但作者的嗜好与思想背景等要素总免不了会显露出来。越高明的人越能隐瞒这点，而越差劲的人则越容易在作品中透露出作者的表情。就我读过的感想来说，久保竣公在这方面算是**差劲的那一派**。"

"你是指，例如说登场人物与作者无法完全分离之类的意思吗？"

"我并没打算做如此不成熟的批评。当然这种说法在某种意义下是理所当然的，但就算看起来如此，也可能是作者刻意的安排，此时读者等于是完全陷入作者布下的陷阱之中，故以此来分高明差劲确实太武断了。只不过，久保的案例是更单纯的——"

京极堂由纸袋中拿出我留在这里的久保新作排版稿。

"他的作品几乎都是日记。"

"啊？"

"他似乎有种倾向，习惯将身边的事直接写成小说。当然，设定或名字之类的会做改变就是了。"

"是吗？我实在不认为。虽说我只看过'匣中少女'——可是刚刚那本得奖作品当中又是修验者又是神官的，举凡日常生活中不会出现的事物通通登场了吧？况且他写的本来就是幻想小说，实在难以相信会具有现实感。当然你说的未经过消化的主义主张或许是有好几处在小说中显露出来，但是我们也无从确认起那是否真是他本人的主义主张。即使你如此认为，可是说不定就像你刚刚说的那般，那是他经过计算才那么写的，这么一来你等于是完全中了作者的陷阱啊。"

"嗯，关口你说得很正确，我一开始也是这么想的。"

"难道不是吗？"

"嗯，看样子真的不是。他的作品之所以能成为幻想文学，是因为他对世界的理解就是那种感觉，并非刻意创出幻想。对他而言，那就是现实。"

京极堂翻开排版稿给我看。

"怎么可能——你说这种话应该有什么根据吧？如果只凭印象就这么说的话就太令我失望了。"

我在不知不觉中为久保辩护了起来。我明明没有一分一毫的理由必须为他辩护。

京极堂说"嗯，说的也是"，搔着下巴。

似乎还想隐瞒什么，他在觉得困扰时总会搔下巴。

"由于完全没有调查过，所以久保与寺田兵卫的关系是什么我并不清楚。就算久保肯定与御笥神的诞生有关，为何这个二十岁左右的年轻小伙子会对兵卫产生如此巨大的影响力也是团谜。我虽设想过一些假说，但全部都是纸上谈兵，拿出来提也没有意义，所以就作罢吧。只不过关于御笥神的话嘛，如果久保真的是幕后黑手，他创造御笥神的理由就是——"

"是什么？"

"嗯，如果说，就是'搜集者之庭'主角的心境的话，你们了解意思吗？"

"你是说搜集他人的不幸？这实在太难以相信了。那么，那本名册对久保而言就是搜集品了？"

"有点勉强吗？"

"当然。这个论点的基盘之脆弱，难以想象出自中禅寺秋彦之口哪。"

"是吗？那关于这点就别深入讨论算了。"

为什么乖乖退却了？我原以为肯定会遭到他用难以反驳的辩才反击，所以现在反而有点失落。京极堂翻开"匣中少女"代替反驳，说：

"动机——嘛，就是这个。"

"你这是什么意思？"

"嗯。"

又是很不干脆的态度。原以为他已经恢复平时的水准，看来我错了。

"关于这个嘛，这本新作的内容有描写到把尸体分尸解体后塞进箱子里的段落对吧。"

京极堂似乎刚回想起来地说。

"咦？有这么直接的场面吗？这可不能放过。因为装进箱子里的事并没有对外发表。而且——如果就像中禅寺先生说的一样，这名叫作久保的男子只将实际发生的事情写成小说的话——"

青木的反应很敏感，这也是当然的。

我有点难以释怀，无法相信这是京极堂的做法。总觉得很……卑鄙。

"喂，京极堂！这种做法很不公平吧。不提示明确理由，只故弄玄虚留下一些令人多作揣测的讯息，然后又说这些话，任谁都会觉得久保很可疑啊。小说是虚构，你不是最讨厌把作品与现实混同在一起抨击的愚蠢行为吗？作品中杀了人就当他是杀人犯的话，侦探小说家全是杀人魔了！”

“嗯，没错，你说的都没错。但是，我说这些并不是基于如此欠思虑的理由。而且他也是把这些当作梦中发生的事写进作品里，没说是实际做过的。这只是梦而已。”

梦？

“什么，原来是这么回事，可是——”

在京极堂逼近核心又刻意回避重点的巧手牵引下，青木现在已经对久保产生疑惑了。

“而且啊，青木，他写这篇作品是在八月三十日到九月十日之间。我猜他开始写这篇作品时第一个事件还没发生。”

青木掰指头计算。

“可是最早的是八月三十——啊，那件不算在内是吧？这样一来——下一个被发现的是，我想想，是九月六号，所以说……”

“这只是我的想象。如果久保真的是犯人，开始犯罪的时候是在这篇作品已经完成之时。假设犯行是九月五日，从委托原稿到完成只花了五天，这对以快笔闻名的久保竣公而言并非不可能。”

原来久保以写作迅速闻名啊，我不知道。

“这篇作品给了我莫大的启示。我事先声明，我并非基于久保是犯人的先入为主观念来看本作品，而是相反。还没读这篇前，我对久保的印象只是个充满谜团的男子。如我刚刚的开场白所言，如果我是受到作者即是分尸案犯人的先入为主印象观念影响而曲解了作品的话那就不应该，但我是读了这篇之后才反而开始对他产生疑惑的。”

　　“所以说，你将这篇作品解读成——这是他展开杀戮之前的过程记录？”

　　“假如他真的是犯人的话，在作品中没有任何心理上的投影反而不自然吧？”

　　青木问：

　　“理由就是刚刚那一段剧情吗？”

　　“不，那只是附带的。例如说，这篇小说的主角异常地讨厌缝隙。他有种怪癖，只要看到缝隙就想塞起来。”

　　“把空隙塞起来？”

　　“这篇小说的主角因为此种怪癖在作品中定制了大量木箱。关口，你对这部分有何感想？”

　　很巧妙的切入方式。京极堂正刻意地将情报切割成细微的段落慢慢释出。

　　而我会如何回答也在他的计算之内吧。京极堂早就知道我听到他的话就会试着为久保辩护，所以才故意做此发言。

　　可是我除了正面迎击他的挑衅外也别无方法。

　　“嗯，这部分或许是反映了事实也说不定。而久保跟御笘神有深刻的关联也无疑应该就是事实——但就算如此，以此为理由就说他有分尸动机也有点牵强吧。”

　　京极堂点头。

"容我说句题外话。关口，关于这个主角——你认为他的心理疾病能单纯地称作空间恐惧症吗？"

"嗯嗯，不过这个情况下由于角色并非实际存在的人物而是虚构的——实在很难判定，我想应该也能当作是密闭爱好症。"

"看来这个角色有许多种解读方式。意义这么深远的角色真的是久保凭想象创造出来的吗？在行动原理上未免带有太多矛盾了；可是行为古怪归古怪，却又异常具体。令人不由得怀疑起这个角色就是作者本人。"

"可是这难道就不是你的偏见吗？说不定他真的具有十足的创造力，能描写出极为具体的角色啊。"

"说的也是。可是姑且先不管这些，难道你不觉得这篇小说有股说不出来的怪异吗？"

确实很怪——

我这位啰唆的朋友多半知道我觉得这篇小说很奇怪。我在读完"匣中少女"后，被其糟透了的余味彻底击倒。

我没回答他的问题。

"这篇小说似乎想尽办法要将主体模糊化。采用旧假名遣、旧汉字恐怕都是为此。不，不只如此，这篇小说缺乏主体，所以更叫人不舒服。"

"嗯嗯。"

"这篇小说既不用'他'也不用'你'更不用'我'，所以会带给读者一种茫然的不自然感及不安的印象。如果这是刻意的，或许能成为一篇名作。我一开始也是这么认为，但似乎并非如此。我认为这种不可思议的文体是拼命隐瞒主体是我，也就是久保竣公本人之下所造成的结果，你认为呢？"

"这是诡辩。"

"果然是这样吗？"

京极堂说了这句后笑了。

我想，他已经掌握到其他能当作证据的东西，只是故意藏起来。我想，他已经抽到在最后的最后才能打出来的最强王牌。

"算了，等后篇出来了应该就更明白了吧。不过我们没时间等了。"

京极堂表情很爽朗地说。

"好了，青木，我已经把我能说的全说了。相信你听了也知道，我对久保的怀疑全部都是基于听来的消息来类推而已，如关口所说的，一点确证也没有，被人当作诡辩也没办法。因此你不相信也无妨。只不过，如果你相信我的话，请勿囫囵吞枣地全盘接受，务必要仔细调查。如果我推理有误你却全盘接受，我概不负责。"

青木抱着头，沉思了一长段时间。

然后小声地说了起来：

"久保——果然很可疑。不，我并不是全盘接受了您的推理。我自认我已经尽力排除先入为主的观念，尽可能公正地听完您的推理——"

虽然青木这么说，但我想并非如此。

青木无疑地已经中了京极堂的计谋。

也就是说——

久保果然还是真凶吧。

京极堂手中掌握着某些令他确信如此的证据，只不过不想贸然说出这个，才会使出各种手段将其他不可能的情况逐一排除，在不公开核心的情况下引导青木到达这个结论。

青木接着说：

"警方在侦办分尸事件上的现况是，别说是筛选嫌犯，老实说连半点眉目也没有。在确定被害者的身份后就没有进展了。什么线索也找不到。只见手套男子像怪物般神出鬼没，在搜查过程上却连一条狗都逮不到。所以就算是只知道久保戴手套这条情报，对现在的警方来说，久保已是十分值得怀疑了。所以，既然我今天听到这些消息，没道理不进行搜查。虽然只靠这些没办法申请到逮捕令，但只要能确认收纳尸体的木箱是御筥神的寺田兵卫制作的，就能循此线索继续搜查下去。只要目前推测的犯行当日久保没有不在场证明，也还是能以参考人身份将他带回警局。只不过——"

青木摸了摸自己那颗像小芥子人偶的头。

"中禅寺先生，虽然您说不是，但我还没听过关于这点的说明——刚刚榎木津先生也问过——久保与加菜子的事件真的没有关系吗？您说的剩下的第三个事件的犯人又是谁？"

"看吧，我就说嘛。京极，你老是想隐瞒事情，总算碰到这种下场了吧。"

也不知道刚刚是睡着是醒着——我早就忘记现场有这号人物存在了——的榎木津很得意地说。虽然他这么说，我还是不知道京极堂究竟是遭遇到什么事。青木接着说：

　　"手套男子是连续分尸杀人事件的嫌犯，同时也是加菜子杀害未遂暨绑架事件的嫌犯。不对，警察尚未断定被害者，所以他虽肯定是连续绑架少女事件的嫌犯，但在分尸案上顶多只是有这个可能性罢了。可是加菜子的事件有人做证，所以手套男子必定是嫌犯。"

　　青木的表情很认真，而榎木津依旧一脸得意。

　　京极堂一点也不觉得困扰，表情轻松，没有一丝的动摇。他说：

　　"嗯，青木，可是加菜子事件嫌犯的手套颜色不同哪。"

　　接着又说：

　　"而且我还有件事没对你说过，昨天木场大爷在电话中说柚木阳子撤回她的证言了。"

　　"是——真的吗？"

　　"她做伪证的理由好像是——她看神奈川县警总是把矛头对准自己、雨宫以及木场大爷这些内部人士，希望他们能把焦点向外。"

　　青木一脸讶异。

　　"可是——这么一来，楠本赖子看到的是——"

　　"关于这点嘛，青木。"

　　京极堂讲了开头后稍作停顿，依序看了在场全体的人。榎木津照例催促他。

　　"是什么嘛，京极，还不快说。"

　　"那个人是我。"

　　"啊？"

京极堂说完笑了。

"搞什么，原来是开玩笑啊！这种时候开什么玩笑！"

"并非玩笑，我很认真哪。"

"中禅寺先生，那么您是说事件发生的夜里，您人在武藏小金井站的月台上了？"

"不，我记得那天是终战纪念日。当天晚上——我人在这里阅读一本叫作《印判秘决集》的珍本书。是前一天朋友刚给我的。"

"说更明白点好不好？你啊，这次，不，其实每次都这样，总之你讲起事情太会兜圈子了。"

我表示不满，京极堂扬起单边眉毛，说：

"这件事追根究底是你的不对哪，关口。都是你把我扯出来，事情才会变得这么复杂。"

接着他将桌上的《近代文艺》最下面的那期抽出，翻开夹着书签的那页。

是我的"目眩"的部分。

"这是上个月底出的文艺杂志《近代文艺》，上头刊载了这位关口巽大师的最新作品。我们这位大师是比久保竣公更专门的私小说大家，所以这篇自然也是在某个真实体验触发下写成的作品。也就是你们都很熟悉的杂司谷事件。只不过比起久保，关口大师将事实升华为作品的能力似乎更高超得多，小读一番是看不出这篇作品其实在讲那个事件的。"

我被京极堂——虽然只有一点点——赞美作品了，这是有生以来未曾有的体验。

但是——这与事件又有何关联？

"但是由于事件过后还不到几个月，实在酝酿的时间太短了，写到最后似乎变得无法收拾。"

完全正确，关于这点我毫无反驳余地。

"于是，这篇难得有机会成为名作的作品，结尾被作者亲手破坏了。这部分的感性或许也是他作为文学家的厉害之处。总之结尾相当可观。在这之前原本充满了说不上幻想或现实的妖异风格——"

然后，京极堂居然朗读起内容来。

"——突然间敲门声响。正当我迟疑着是否要应答之际，女子不假思索地打开了门。门外站了个一袭黑衣，貌似高僧又似阴险学者的男子。'晚安，我是来终结一切故事的杀手。'他说。天色太黑了，我看不清他的容貌。他的衣服有如墨染，手上戴着不知算手甲还是手套的东西。'那么，开始进行工作吧。'黑衣杀手用他戴着手套的手掌一把抓住女子的后颈，将她压入油画中的湖里，用力在她背上推了一把。女子闷不吭声，沉入了遥远的湖底。杀手说：'魂魄一条，确实收到。'茫然看着这一幕的我，觉得胸口似乎破了一个大洞，追起逃逝而去的我的半身。啊啊，要是她还活着就好了……我茫然地凝视着深渊之中，倒在图画底层的女子尸骸——"

是小说最后的部分。京极堂念完，抬起头来说：

"——光看这个部分的确没办法讨论作品，不过这段很明白地显示出某件事。穿黑衣戴手套的杀手，很明显地就是以我为蓝本——这段之中描写到这个手套男子将女人推落深渊杀害了。"

难道说——

"难道说，京极堂，你想说赖子是看到我的——"

我几乎完全了解他想表达的意思了。

但是我实在无法相信这件事。

"赖子出面做证的时候是事件经过十六天后的八月三十一日。至于为何隔了半个月才出面做证，她自己的解释是因为刺激过大，造成了暂时性的记忆障碍——是这样没错吧？"

青木回答：

"这个嘛，她好像说自己当时精神有点错乱。"

"关于这部分我详细听木场大爷说过了。在青木来前也对其他人说明过了吧？总之，楠本赖子事件当天的记忆——其实很单纯地也就只是关于黑衣男子将加菜子推落的记忆而已。赖子本人的解释是说，之所以会回想出这些记忆来，是因为她觉得很寂寞，去了加菜子常去的咖啡厅，读了加菜子常读的杂志后才会——"

"才会突然想起来。不过这很有可能吧？"

记忆障碍会在什么事件引发下痊愈谁也不知道。

"当然有可能。但是，她其实从来没用'想起来'或'忘记了'这类说法来形容过。她去找武藏小金井的警员时是说'想到了这个想法'，之后也未曾用过'忘记了''想起来'这类词汇来表现。"

"讲得好像你当场听到一样，你当时人在现场吗？"

"好吧，我修正我的发言。如果木场修太郎的记忆没有错的话，她是这么说的。至于柚木加菜子常读的杂志是什么嘛——关于这点赖子自己曾向木场说过，是给大人读的文艺杂志——的样子。"

"那种杂志多得是吧？"

"没错，多得是。对赖子而言那并不有趣，不过她不想跟不上加菜子所以拼命地读。她说——她只觉得充满幻想与不可思议的故事还算不错。"

"可是这——"

可是这又如何？

"接着，事件发生后——经过半个月的沉默，赖子似乎想起了什么前往咖啡厅。若问为何选在那天，她好像是说因为那天是暑假最后一天，她为了回想起关于加菜子的回忆——关于这点我不愿多作评论——总之她在书局买了两本文艺杂志，进入了'新世界'。至于当时买的杂志嘛，她说她随手拿了各贴着'本日发售'与'好评热卖中'宣传标语的两本杂志。好评热卖中的是哪本我不知道，但会贴本日发售的杂志就只有前一天刚出版的《近代文艺》而已吧。而且说到那一期里面刊载的不可思议的故事，就只有前卫私小说之鬼才——关口巽的'目眩'而已。她读了这篇，看到'黑衣杀手'时，仿佛得到天启般欣喜。"

可是——

"可是，京极堂，这只是你个人的想象吧？"

"话虽如此——但是我有旁证可证明楠本赖子在众多文艺杂志中特别喜爱《近代文艺》，且还特别喜爱你的作品。鸟口，你知道天人五衰这个词吗？"

"啊，你是说刚刚提到的楠本赖子在念的那句咒语嘛。我不知道啊。"

"那羽化登仙与尸解仙也不知道？"

"宝盖头跟鹿仙贝的话倒是听过〔注〕。"

"青木你也不知道吗？"

青木也摇头。

"但是赖子却知道。且不单只听过这些词，还十分了解意义。刚刚我也提过，我要木场拿这些词去问她的同学，因为我怕或许学校教过。不过她的同学也不知道。那么，若问为何赖子会知道这些一般而言很难得有机会接触到的词汇嘛——"

我有不好的预感。那三个词汇我最近才刚见过，而且还见过好几次。

果不其然，京极堂抽出了好几本《近代文艺》。

"这是去年春天关口大师发表的'天女转生'，其中有一节详细叙述了天人五衰。接下来，这是去年秋天发表的'舞蹈仙境'，羽化登仙与尸解仙在这篇当中都提到了。赖子跟加菜子看《近代文艺》时一定会读这个。她是关口巽少数的忠实读者，这点应该毋庸置疑。"

可是。

"或许真的像你说的一样，赖子买了《近代文艺》，可能也读了我的'目眩'，可是——"

可是我仍不愿接受。

"仅仅因此，她就——不，这怎么可能？"

"她——楠本赖子并非以此为契机突然间回想起过去的记忆。

而是经过半个月间的烦恼，经反复思考之后，才总算**想到**这个想法。在读了'目眩'之后总算有此想法。所以说赖子提到的'黑衣男子'是指我，而且一开始犯人只是个穿'黑衣'的男子，在木场更具体的质疑下升格成'戴手套的男子'。因为'目眩'的作者除此之外并没有赋予这个'杀手'其他什么特征。没戴眼镜没有白发，不胖也不瘦。而且赖子总不可能拿像学者或和尚来形容吧。"

青木仍茫茫然地听着。

"可是就算这真的是赖子的想象好了，那加菜子果然是自杀了？可是，那她为什么要说谎？那对赖子而言没有任何好处啊——不是吗？"

"好处吗？当然有啊。这件事我原本觉得还是别说比较好——"

"我想，推落加菜子的凶手是赖子吧。"

当在场全体照着顺序摸索着这句话的意思，于理解的瞬间转为困惑时，只有榎木津一个人以开朗的声音说：

"什么嘛，原来是这样啊？"

"可是中禅寺先生，这未免也——"

青木皱着眉头。

"总觉得这样——不，也不至于。冷静下来仔细想想，这其实

注：鸟口的同音冷笑话。宝盖头与羽化登仙发音相近，鹿仙贝（一种拿来喂食鹿的米果）与尸解仙相近。

是再理所当然也不过的结论哩——只不过嘛，总觉得太过合理，反而听起来颇像假的。"

鸟口接着说：

"如果这是侦探小说的剧情，作者早就被人套上布袋痛打一顿了。"

京极堂带着明显的无力感回答：

"没有什么结局是出乎意料的。这世上只存在着可能存在的事物，只发生可能发生的事情。既然案发现场只有两人，其中一个被杀了，另一个自然就是犯人。警察原本认定加菜子为自杀是因为没办法确认当时出入现场的有哪些人，对吧？"

"是的，正是如此。检票口处的站员说虽然记忆有点模糊，不过他记得从事故发生到铁路公安职员到达为止的这段期间，并没有人通过检票口。之后有好几个人在警察拦下前先通过了，不过全部都是女人跟老人，而且不是从检票口进入的，所以是引发事故的那班电车上的乘客。也因此警方才判定是自杀。等候下行电车的其他乘客只有六个，身份全部都确认过了；而等候上行列车的九位乘客也是相同。这些人留下来都只是因为好奇，来凑热闹的。犯人不可能留下来看热闹——虽说这是我的先入为主观念，不过常识上判断起来——"

"可是因此就当作是自杀也有问题哪，为何警察没怀疑赖子？"

"理由是赖子看起来并没有动机。既没有逃离现场，而且她也说了很多话。由她的证言看来……"

"这些听木场大爷说过了，你们应该也听过了吧？"

"嗯，刚刚听了很多了。可是京极堂，由你刚刚的话听来，楠本赖子真的很喜欢加菜子——难道不是吗？为什么又必须杀了她？"

"从刚刚听到现在，你们也似乎是动机至上主义嘛？考虑这些动机也是没有用的哪。"

京极堂撂下这句武断的话。

"为什么？没有动机的话，警察与世人都不能接受吧。"

"没错，动机不过是让世人接受的幌子罢了。所谓的犯罪——特别是杀人等重大罪行皆是有如痉挛般的行为。宛如真实般排列动机，得意洋洋地解说犯罪，是种很愚蠢的行为。解说越普遍，犯罪就越具可信性，情节越深重，世人就越能认同。但是这不过只是幻想。世间的人们无论如何都希望犯罪者只会在特殊的环境中、特殊的精神状态下采取如此违反伦常的行为。亦即，他们想把犯罪从自己的日常生活中切除，将之赶入非日常的世界里。这等于是绕圈子间接证明了自己与犯罪无缘。因此，犯罪理由越容易懂，且越远离日常生活就越好。举凡遗产的继承、怨恨、复仇、情爱纠葛、嫉妒、保身、名誉名声的维持、正当防卫——每种都是很容易理解，且在普通人身边不太容易发生的事情。可是，若问为何很容易理解，那是因为这些事情看似不太容易发生，其实与他们心中经常发生的情感性质相同，只不过规模的大小不同罢了。"

记得那时我在朝美马坂研究所直奔的迷途上也听过这段话。

"你的理论我已经听敦子说过了。并非不能理解，但我仍觉得这样的说法太武断。忽视到达犯罪的过程，等于是将故意与过失混为一谈嘛。"

"过失是事故，但也有所谓的间接故意，这两者的分辨必须很谨慎处理才行。只不过很困难就是了。"

"可是啊，京极堂，这样一来无法维持社会秩序吧。犯罪行为之所以为犯罪，并非只是行为本身不受到社会的认同才成立的，不是吗？道德、伦理这些看不见的部分也被纳入检视的对象吧？忽视动机的话连酌情量刑的空间也没了。"

"但是连道德观伦理观都要用法律来限制的话就是恐怖政治了。思想与信仰应该独立于法律之外维持自由吧？法律只应对行为有效。如果仅是思考就被当作罪人的话，几乎所有人都是罪人。动机任谁都有，不，杀人计划任谁都曾策划过，只是没付诸实行罢了。不管是伦理还是道德，都不是法律创出来的，而是名为社会的巨大怪物在莫名其妙之间创出的东西，是种幻想。"

我很明白，跟他讨论也没用。

"——那难道说，犯罪者的自白——都是为了让周遭的人接受才作的？"

"针对事实关系的供述姑且不论，我认为自白并没有证据性。动机是在后来被人问到时才想出来的。可是这时犯罪者与其他人一样是站在旁观者的立场上。为了让自己先回归到日常，拼命地思考自己能认同的理由，那就是动机。这是否为真，不仅第三者无从判别，本人也无法确认。难道你们不认为针对此进行种种议论是无意义的，而装作了然于胸的样子针对犯罪高谈阔论则是种愚蠢至极的行为吗？"

青木无法反驳，理所当然。

是的，能粉碎京极堂的意见的，恐怕只有——木场而已吧。

对他说理是没有用的。

"而且，当本人与周围都无法发现足以认同的动机时，便会将之判断为缺乏社会责任的状态。我认为这是种逃避。大家都以为只要将搞不懂的东西抛入名为精神病或神经症的黑盒子即可。这就是世人最擅长的机会主义。可是对于被当作垃圾场的真正的神经症或精神病患者而言却只是很大的困扰。而且只要被贴上这种标签就等于无罪释放，并将之驱逐出社会，流放于外野。歧视犯罪者并放任其自由，岂不是种本末倒置？多么愚蠢哪。"

"那我们又该以何种态度来面对犯罪？我不懂啊。"

青木似乎很动摇。

"所以我想说的是，过度要求动机与助长基于偏见的歧视行为没有两样，都是一种想由日常生活当中把名为犯罪的可憎污秽排除出去的行为。况且将犯罪断定为个人问题是种单方面的暴力，犯罪行为并不能还原为个人的天性。你们该不会是龙勃罗梭［注一］或克雷奇默［注二］的信徒吧？"

我想没人听过，连反问也没有。

注一：Cesare Lombroso，一八三五～一九〇九。意大利犯罪学者，提倡天生犯罪说。认为有些人天生具有犯罪的特质，而有些犯罪特质会隔代遗传。他也提出能透过某些生理特征来辨识犯罪者。

注二：Ernst Kretschmer，一八八八～一九六九。德国精神病学家。试图将精神病的病发与某些体质特征结合。他认为某些精神疾病容易在特定的体型发现。

　　"或许犯罪生物学这个分野将来应改变形态继续提倡，只是现在还讨论什么低劣的遗传特质或体型性质反而会受到强烈谴责。但是所谓的犯罪的动机赋予其实也逐渐变得与天生犯罪说——认为犯罪者的犯罪素质与生俱来的概念——毫无差别。只要贴上诸如'因为那个人是如何如何所以才会犯下这种罪行'之类的标签大家就会接受——这不过是种换了外壳的天生犯罪说罢了。但这种倾向在未来恐怕仍会逐渐扩大。我听说有个难得一见的大笨蛋学者主张能由血型断定性格，这其实也跟天生犯罪说没什么差别。这种隐藏的歧视在无法明目张胆歧视'外来人'与'贱民'的社会中最流行了。"

　　"你想说犯罪的动机赋予是排除犯罪者的歧视行为？可是如果将动机从犯罪中剔除的话还会剩下什么？"

　　京极堂的本意是什么？

　　"犯罪这种东西其实是社会造成的。上个时代还是合法杀人的报仇，现在则成了报复杀人事件。我不知道哪个社会才是正确的，但无疑地，不同的社会对相同行为所采取的法律规范势必有一百八十度的差异。"

　　"您是说——犯罪并非个人引发的，而是社会引发的？"

　　"是有这种看法。亦即认为——犯罪乃集团现象，不过是该行为发生时的社会、经济状态等条件之函数。认为犯罪者乃是社会环境、经济环境的产物。但是这种看法必须以统计的观点来掌握犯罪，采其平均值、最频繁值、中间值等数值，假想出实际上并不存在的'平均人'，将偏离这种平均人者视为犯罪者。但这也有问题，因为这种所谓平均人的怪物并不存在，说偏离根本是一派胡言。我的看法是，犯罪就像是突然降临，又突然离去的**过路魔**。"

过路魔是种妖怪的名字，以前听过。京极堂曾说，所谓的过路煞神原本就是在指这类妖怪。

"我认为楠本赖子当时的行为，应该用**过路魔上身**来形容才是最正确的。"

"啊？"

"我是在说，在夜深人静的月台上，一个女孩子站在月台边缘，电车即将进站，自己站在那个女孩子背后，现在出手应该也没有目击者。关口，这种情况下你会怎么做？"

这——

当时在车上也考虑过这个问题。

"机会只有一次。电车即将停下之前——快也不行慢也不行，时机即使只错过一点点也会酿成无可挽回的大错，而电车却越来越靠近。好，那么你会怎么做？"

我的话，如果是我的话——

"一般而言——"

从她背后，用力——

"一般而言我们不可能做这种事，大半的冲动我们都能忍耐。可是——也有**无法忍耐的时候**。一瞬间，以时间来计算仅有约几十分之一秒。在那极短的瞬间，过路魔从她身上溜过了。因此，她推了加菜子背后时，心中并没有憎恶、怨恨等阴湿的人性情感——"

京极堂说完，高举双手。

"她只是在加菜子的背上发现了青春痘罢了。"

痘子。

在加菜子的，脖子上。

"原来如此——榎兄见到的是——"

"是青春痘。"

"榎兄的幻视虽不足以成为证据，不过他看到的青春痘的位置是在脖子的更下面一点。鹰羽女学院的新制服听说是西装式的，柚木加菜子穿的并不是水手服，也不是背上开洞的一件式洋装。赖子不可能站在她对木场说明的离一公尺多的位置上还能看到那个青春痘。听好，刚刚榎兄在关口身上指示的位置假如真的有青春痘的话，若非几乎紧贴着背后、由上往衣领之中窥视的话是看不见的。"

"嗯嗯，原来如此——"

青木在上一次的事件中已经充分见识过榎木津的能力。鸟口则是虽听过说明，但似乎还不能理解，又张大嘴巴感到惊讶。

"赖子向木场做证说──犯人推倒加菜子后，在逃离的反作用力下也把她推倒了。但这是不可能的。如果很紧密地站在一起的话，要推一定得两个一起推倒；如果是先把赖子推向旁边再来推倒加菜子的话，就会错失列车进站的时机。况且加菜子与赖子的身高相当，发型与制服又相同，黑暗之中从背后看起来想必也很相像，我不认为在这种状况下犯人能分辨得出哪个是哪个。"

"这——说的也是。"

"相反地，如果是赖子在极近距离下推倒加菜子的话，自己也会因反作用力而向后倒下，恰好就会变成瘫坐在电线杆附近的样子——这是我的猜测。不过我没到过现场检测，所以也不能多说什么。"

"京极讲的是对的。"

榎木津说。

"可是——交情很好的朋友怎么会做出——"

青木似乎受到很大的冲击。

"青木，如果你那么想要犯罪动机的话，我可以提供几个有趣的说法供你参考。只不过我不希望你直接将之与犯罪做结合，且我也不愿意看到你听了这些后对楠本母女投以偏见的眼光——"

京极堂似乎不忍继续看到青木的苦恼，先说了上述前提后。接着，不知为何将视线朝向我。

"楠本赖子似乎有相当强烈的阿阇世情结。"

"那是什么？什么海砂利水鱼［注一］的？"

鸟口问。京极堂刚刚的视线大概是示意要我回答吧。

"阿阇世情结应该是古泽博士［注二］在他的著作《两种罪恶意

注一：鸟口的同音冷笑话。海砂利水鱼与阿阇世发音有一点点相近。海砂利水鱼出自有名的相声故事《寿限无》。《寿限无》的故事大致如下：某人期望自己的孩子能长命百岁，便与博学的和尚商量，最后取了个非常非常长的名字："寿限无寿限无五劫互磨海砂利水鱼之水行末云来末风来末食处睡处与住处结实累累的薮柑子白宝白宝白宝之修林刚修林刚之古林泰古林泰之朋朋可比之朋朋可那之长久命之长助"，但由于名字实在太长了，附近来找他玩耍的小孩子光叫个几次名字，天就黑了。

注二：日本的精神科医师。一八九六～一九六八。日本精神分析学会的创办人。

识》当中提及的情感复合体吧。如果是的话嘛，我想想，因为爱母
亲所以怀有杀害母亲欲望的倾向——喂，京极堂！你到底是……"

"古泽博士将阿阇世情结与口欲期虐待结合在一起思考。这是
一种快乐与破坏欲并存的矛盾心态。以一体感与撒娇为基础，在其
上产生了因疏离而产生的憎恨与攻击，在经历过攻击行为后的原谅
与罪恶感，又再次回归一体感——简言之，就是上述心理过程的
循环。这些要素复杂地结合而成的情感观念的复合体就是阿阇世情
结。这个观念经常被拿来与佛洛伊德博士的伊底帕斯情结作对比。
我认为阿阇世情结是用来理解日本人的情感不可或缺的理论。只不
过古泽博士自己倒是不怎么公开谈论这个理论就是了。"

"说得更容易理解一点。"

榎木津不满地说。

"这是一种因过于爱母亲而产生疏离、憎恨、轻蔑的情感。特
别是在青春期目睹两亲的性行为后很容易产生。子女发现自己竟然
是在那种不检点、龌龊的行为下诞生的，进而产生无从发泄的矛盾
感。楠本赖子似乎就是如此。"

君枝的证言的确支持了京极堂的说法。

赖子偷窥过君枝与第二任丈夫之间的闺房密事。

赖子她

——赖子讨厌我。

不对，是憎恨我。

"只不过我其实很讨厌这种心理学——"

京极堂说。

的确，京极堂自学生时代开始就对这类心理学抱持着相当严格的态度。我一时曾相当倾倒于弗洛伊德的学说，那时就受尽他冷嘲热讽。他肯定很讨厌吧。但是讨厌归讨厌，京极堂却很了解心理学。如果不了解大概就不会看不起了。我曾经觉得他为了批判而学，是个很别扭的家伙。

"我们或许也可视为——对赖子而言，加菜子就像母亲的替代品。"

京极堂接着说。

"柚木加菜子这个女孩子似乎是个绝世离俗的少女。只不过由同学的证言可知她的个性虽十分古怪却没受到讨厌，可说是个拥有领袖气质的美少女。听说成绩也很好。因此赖子对如此优秀的加菜子十分崇拜。就算结为好朋友，也还是会使用'女神对她微笑了'之类的形容词。另外，雨宫的说法却是加菜子其实是由于无法忍耐孤独感与疏离感，拜托处境相同——同样没有父亲——的赖子当她朋友。因此这两人的想法之间原本就有极大落差，只不过彼此并不打算深入理解对方的心理，反而能处得很好。对赖子而言，加菜子或许等于是不愿认同的现实——母亲的相对者。也能解释成她——加菜子完全是赖子之撒娇对象，亦即憎恶对象。"

京极堂呼了一口气。

"或者，我们或许也能如此解释：赖子羡慕加菜子，强烈的憧憬促使赖子想使自己与她化为一体。抑或赖子其实是个自恋者。在因缺乏父亲而受到的迫害与歧视之中，为了维持自己人格，有必要拥有一个与世隔绝的个人世界。赖子造起了围墙，只爱着闭门其中的自己。接着加菜子闯进了这个世界，加菜子成了赖子新的自恋对象——"

"然后赖子便不断地试着与加菜子融为一体——吗？"

"总之中间过程并不重要，结果是赖子变得想拥有与加菜子相同的思考方式、相同的感觉及行动。强烈的同一化，最后被置换成抹消对方的冲动。也就是说，如果自己**想变成加菜子**，加菜子本人反而是最大的妨碍者——事实上同学们的证言亦可佐证，听说赖子最近的行为举止变得与加菜子一模一样。"

继续听下去对我来说有点痛苦。对我这种人而言，窥探这名叫作楠本赖子的少女的心中黑暗实在是件苦差事。

我无法成为"搜集者之庭"里的神官。

"另外，我们也可作如此猜想：加菜子对赖子而言是近乎于完美无缺的信仰对象。因此对赖子而言，加菜子必须在任何层面下都保持完整。加菜子不会老，不会悲伤，不会痛苦。她必须如此才行。"

就像天人一般——

"因为，加菜子等于是赖子来世的样子——虽说这原本是加菜子的概念。亦即，她必须保持完美。可是说巧不巧，加菜子那天哭了，表现出悲伤、痛苦，而且还长出青春痘。偶像坠地，就如同预言失败的巫女一样，必须以死谢罪——"

青木表情变得很悲伤。

"楠本赖子这个女孩——"

"青木，请别误会。赖子并不是什么特殊的女孩子。刚刚说的那些心境变化其实在任何人心中都很频繁地发生过，是非常普遍的事。因此不管是同情还是别的，只要将她视为特别就是一种偏见。"

"可是我觉得你的说法用来说明动机很有用。就算不算特殊，难道不能将动机归于这种心理的积累与爆发，才会导致犯罪吗？"

对我这种人而言，这些理由还比基于恨意而犯罪的情形更具真实感。

"或许将这种扭曲的阿阇世情结当作原因来考虑，或者认为赖子乃是因为过于强烈的与他者同一化愿望而犯下罪行比较好了解，同时也真能让人以为理解了真相，但这是错误的。我刚刚说的这番话正是'动机是捏造的'的最佳证据。"

"你是说——你刚刚说的这番煞有介事的话全是捏造的？"

"当然不是。我刚刚说的并非谎言，而且恐怕不是只有某项正确，而是全部正确。可是，就算全部正确，我们也不能说赖子是因此才杀了加菜子。赖子只不过是**碰上了那种状况**，且**碰上了那个瞬间才会起意杀死加菜子**。所以我说是过路魔的作为。"

京极堂如此作结。

"原来如此——中禅寺先生说的意思——我似乎有点能理解了，但是——"

青木一脸凝重，眉头深锁，陷入沉思与他少年般的脸庞很不相配。

不久，青木很难以启齿地问：

"那么，赖子为何会——在经过半个月后才又出来做伪证呢？"

"当然是为了自保。"

京极堂冷酷地回答。

"那是少女般稚拙的护身术。平常的话这种谎言不会有效，但赖子这个女孩子似乎很懂自己的本事。她多半本能地知道该如何演出才能让如此拙劣的谎言产生效果。"

"也就是说？"

"在犯下罪行之后，亦即过路魔离去后，犯罪者总是急着把失去的日常找回。赖子当然也一样。不论是隐瞒、是遗忘、是忏悔，还是装迷糊——总会驱使各种手段来为自己着想。只不过赖子上述的任何一种都做不到——"

"请问为什么？"

"**因为没人通知她加菜子的生死哪。**"

"啊——"

没错，加害者不知道被害人的情况。

"无法确定自己犯下何种罪行，所以也无法决定该采取何种态度。赖子一有机会就急着想知道加菜子的安危——这是理所当然的。赖子并不是担心加菜子，而是担心自己的将来。只要加菜子还活着，只要她随便说一句话，自己的罪行便会轻易地曝光。可是警察的报告又过于不明了，那半个月间想必她过得十分战战兢兢吧。此时，她想到了个好主意。木场大爷听到这句话，还以为赖子与加菜子的那个孩子气的轮回观有了完善的结论。但赖子并非如此爱做梦的女孩子，不至于醉心于这些梦幻的想法之中。最近的中学生现实得很。赖子想到的好主意其实是只要撒谎说另有犯人的话，即使加菜子还活着大概也能瞒混过关。这个灵机一动，透过关口的小说获得了实体依据。"

"难怪——加菜子消失之后，赖子才会那么高兴啊。感觉好恐怖喔。"

话变得很少的鸟口突然冒出这句之后又沉默了起来。

"少女这种生物，不，人类这种生物大多都很狡猾。"

京极堂在这种时候总是显得很冷漠。不知听在鸟口与青木的耳里，他的话令他们有什么感触。

冷酷的言语持续着。

"在这之前，赖子处于加菜子得救、自己就得在社会上背负着杀人未遂罪名，加菜子死了——即使能瞒过世人的眼睛——在内心就得背负着杀人者枷锁之紧迫状态。所以她内心抱着发抖、害怕的心情，外在则用足以掩饰一切的狡猾演技来度过日常生活。我想她并没有打从心底相信加菜子说的那种不可思议的轮回理论，而是以极端现实的态度来处世。但是——奇迹发生了。加菜子没死也没获救，而是消失了。赖子在加菜子消失的那一瞬间起才真正获得了神秘的启示。因为这么一来赖子总算能免于被社会问罪，也免于内心背负着杀人的内疚。足以一次解除这两种可能性的神秘发生于她眼前。上天听见了她的愿望。黑衣男子从这瞬间起失去了他的作用，成了单纯的小丑。而赖子也变了，现在堂堂正正地扮演着第二个加菜子——只不过在同学之间的评价似乎不怎么好。"

"中禅寺先生，那么我——该如何处置楠本赖子呢？"

青木表情严峻，他本性很老实。

"我没立场去干涉这些，而青木你也没有。下判决的永远是法律。我们没有同情、辩护、抨击、启蒙的必要。"

"您是说什么也别做？"

"没错。你能做的只有去保护她。放任不管的话——任凭她被人杀死的话你也无法安稳睡觉吧。保护她，并仔细问清楚事情经过。我想，只要好好询问——她一定会自白；把她当孩子轻视的话就会遭反咬一口。"

巨大的虚脱感笼罩着客厅。

这就是京极堂所说的"余味很糟"吗？

刚才说的如果全部是真实，原本有前途的少女便会因此成了有前科的少女。就算那是本人自作自受，她的母亲依然会非常非常悲伤吧。不，不是这么简单的问题，这么一来可能会彻底粉碎了那对母女之间原本就纤细如玻璃工艺品的关系。一定会带给这名叫作楠本君枝的不幸妇女一个总结她人生的巨大不幸。

而且，还不会有任何人觉得高兴。

不，这也不对。如此令人不愉快的事件的主角并不是这位母亲。

而久保——即使现在我已知道他可能是杀害了三名少女的嫌疑犯——也不适合担任此等重责大任。

久保竣公，楠本赖子。

这两人肯定是各自事件的犯人，这点毋庸置疑。

可是——

是谁？魍魉的真相是什么？

青木似乎下定决心，抬起头。

"无论如何，我都会通缉久保竣公。似乎必须将他与加菜子事件分开考虑，但他的举动却又万分可疑。"

京极堂照样表情一动也不动地从正面凝视着青木。

"请你千万要慎重，不得莽撞。走错一步事情就会变得很麻烦。虽说——就算他真的是犯人也没有什么意识去隐瞒犯罪，所以物理证据应该会多如牛毛——只不过千万别采取先从动机开始调查的做法。最有效的方法就是直接搜索他的家。我相信他应该是独居——"

很感兴趣的鸟口插嘴说：

"为什么知道是一个人住啊？而且家里有什么？啊，是凶器对吧？"

"不是。是最容易理解且最确实的证据，他家肯定……"

京极堂吸了口气，接着说：

"**有三个少女剩下的部分。**"

"怎么可能！哪有笨蛋把那种东西留下来的。"

"没丢掉当然就是还留着。他需要的是那个部分，所以肯定会有。"

京极堂断言。

"——请您不必担心，我会依您的建议仔细调查的。请相信警察机关。我们绝不会带着先入为主的判断来搜查，也不会捏造罪名将之逮捕，但只要一找到证据会立刻紧急逮捕他。所以越早越好，请您再借我一下电话。"

青木果决地说完后站起身来。似乎感到轻微的头晕，他踉跄了几步，顺势回头说：

"只不过事件还剩下两件，而且我也不能放过加菜子的消失之谜。所以待会儿也想听听您针对剩下事件的高见。我去去就回，请等我一下。"

青木就这样消失在昏暗的走廊之中。时间已近黄昏，现场笼罩着一股微妙的沉默。

打破沉默的是榎木津。

"喂，京极，你别卖关子了，别在那些女孩子们的吵架上面浪费时间。快点把你隐瞒的事情交代出来。现在警察不在，想说什么就说什么！我从刚刚开始就对那家伙在意得不得了，就是那个，戴眼镜的医生。"

戴眼镜的医生？榎木津看到了谁？

"还是说你在顾忌木场那个大笨蛋？他不在这里，你要说什么就说什么！快点从实招来。"

榎木津执拗地纠缠。京极堂看了鸟口与我，说：

"好吧。听清楚了，因为榎兄跟关口这两个人讨厌别人有事隐瞒，所以我就把我知道的事情说出来，但我顶多只说这些。接下来的部分算是我个人的推理，我没必要说给你们听。与分尸尸体遗弃事件这类有必要及早解决的现在进行式事件无关。容我再次重复，与犯罪——没有任何关联。"

听起来跟借口没两样。

"少啰唆了，你就快讲吧，京极堂。"

我与榎木津意见一致地催促他。

"——我和美马坂其实是旧识。"

这就是他握有的情报的真相？京极堂以今天之中最有气无力的声音很简短地说了。

"美马坂？是那座箱馆的主人吗？"

鸟口似乎很惊讶。

"中禅寺先生，您知道关于那座箱馆的内情，所以才每每警告我们别接近那里是吧。难道说那位美马坂会吃人不成？"

鸟口半开玩笑——又半认真地说。他发言的用意或许是想缓和在场气氛，但似乎只造成了反效果。

在恐怖的传说与木场的刻板印象下，谜一般的外科医师美马坂幸四郎给我的印象正像是会吃人的妖怪般可怕。特别是他到现在都没在事件表面上出现过更令我有如此感觉。

"他的来历大体上与里村对木场大爷说的一样。他是天才，但被学界放逐了——在公开场合下世人都认为如此。当然，我并不认识当时的他。我是在战争中与他相识的。"

"喔喔，让他治疗过伤痛吗？"

"不，我跟他曾一起工作过。在那间箱馆里。"

"你说什么！"

我没听说过京极堂在战争中的消息。只有一件事我很确定，那就是他并没有上前线。所以我一直以为那只是因为他没有从军而已。当时的他在体格上、健康状态上看起来都不像是能通过征兵检查的样子，所以很不可思议地我当时认为他没去当兵是理所当然的。但仔细一想，不同于不健康的外表，他其实没有什么慢性病，也没有伤残。

京极堂支吾其词地讲了起来。

"很多人都以为我没去当兵，没这回事。我被征兵后，被派到陆军研究所里。你们听说过登户的那间研究所吧？"

"您是说那间专门开发气球炸弹、罐装炸弹这类看起来不怎么有用的兵器的研究所吗？"

鸟口听说过。我当然也听过。只不过文科的京极堂被派去那种地方做什么？好笑的是我身为理科学生，不知是什么阴错阳差，居然也被错当成文科的派上战场[注]。

"如此一口断定也太露骨了点——那里其实还有更多其他研究，也构思过生物武器之类的东西，只不过现在就很难见天日了。至于那间箱馆则是美马坂博士专用的帝国陆军第十二特别研究设施，与登户研究所属同单位管辖。"

"你在那里负责什么工作？"

"我被分派到二楼的房间。这段过去其实不怎么想多谈，不过既然你们坚持不说不公平的话——"

他似乎很犹豫。

"陆军要求我进行宗教洗脑实验。"

"那是啥啊？"

就是强制改宗哪——京极堂自暴自弃地说了。

"——一旦'神国日本'赢得战争，势必得让无数的异教徒改宗对吧？外国有各色各样的宗教，其信徒们都将无法获得认同。既然降服于日本军门之下，就该诚惶诚恐地成为尊奉'现人神'为顶点的国家神道之信徒——等等，明明没人要求，却有位高层策划起这些无聊计划来。一开始他大概以为这是很简单的事吧。很明显地，他对宗教根本毫无理解。这终究是很困难的事情。原本属于民族宗教的神道毕竟不具备传教的机能。但相对地，基督教圈的人们却不管文化或环境，甚至连人性的根本层面都建立在宗教的基础上。半吊子的说服是不可能有效的。那是一种洗脑。某种层面下可说是忽视了人格人权，彻底是种战争犯罪。不知道他们是从哪儿听到我的消息，总之我中选了。这个工作一点也不愉快。"

"你就老实说这个工作很讨厌嘛。"

以榎木津而言算很平静的响应。

"嗯，所以我并没有认真地进行。至于说到美马坂又进行什么，里村说得没错，他在进行**不死**的研究。"

"他是认真的吗？"

"当然是认真的。若是能成功造出不死的士兵，战争就绝对不会输了。可是美马坂的认真，反而是军方的一大败笔。"

京极堂点燃香烟。

"美马坂原本是免疫学者，详情我不清楚，不过听说他着眼于

注：二次大战末期，由于兵源不足，日本政府于公元一九四三年下达特别征召令征召各大专院校文科学生上战场。而理科学生则被视为了维持战争实力，在后方进行开发兵器等活动要员，并不予以召集。

癌细胞的不死性，写了好几篇关于生命的先进论文。同时他也是日本基因与酵素研究的权威。如果他不是生在日本，恐怕早在医学史上留下许多记录了吧，他就是这么位了不起的医生。但是不知是被什么迷了心窍——开始研究起机械改造人来。"

"那是啥怪玩意儿啊？"

鸟口发出怪声。

"以人造物取代人体器官的研究。机器很坚固，坏了又能替换，故也就等同于不死。"

"原来如此，这样效率很好嘛！"

榎木津似乎大感佩服，但这么梦幻的事情不可能真的存在。如果美马坂是认真思考这种研究的话，我不得不怀疑他的精神是否正常。而采用这个研究方案的军方也一样。对我来说，这怎么想都只像是种玩笑罢了。

果不其然，京极堂也说了与我意见相近的话。

"不，一点也不好。当时的军方肯定跟榎兄的想法相同。明明又不是小孩子了，居然还无法判断现实上是否可能。当然啦，我也不排除美马坂可能在采用与否的交涉中作了诈欺式的申明——他的研究很花钱，所以非常需要经济上的后盾。只不过军方后来很快就发现计划不可行，或者说战局也逐渐吃紧，没有多余的经费花在这种研究上——总之军方也并非真的很愚蠢。"

"美马坂原来是骗子吗？果然他自己也不是认真相信这种蠢事。"

"他是认真的，只不过他的研究最后与军方的需求不一致罢了。"

这似乎与我的想法有点微妙的差异。

"他的研究简单说，就是花费天文数字的金钱来让一个人永恒活下去。说理所当然也是理所当然，将好几万战员的军队全部机器化以创造出不死的军队，这种想法本来就太贪心了。不可能达成的。"

"什么嘛，原来办不到啊。"

榎木津一脸无趣地嘟着嘴，从我的视野中消失。他又躺下了。

"后来他因此差点被军方放逐。不过美马坂的研究在九死一生之际又获得了机会。你们应该也想到了吧？日本有唯一一位不惜动用巨资也不能使之驾崩的尊贵人物存在。"

"唔嘿！"

鸟口又发出了怪声。

"万一情势发展成本土决战——这并非绝无可能。虽说本土决战最后并没有到来，但为了防患未然，上层判断他的研究或许有机会派上用场。"

"所以尊贵省［注］——出钱了吗？"

"只提供必要的维持经费而已。毕竟日本到处都缺钱，就算只给这些也已经太奢侈了。不过研究本身的确称得上很先进，只是——在某种意义上也可说是一种恶魔式研究。我想如今从那边来

注：掌管宫中事务的宫内省（后改制为宫内厅）之讳称。

的援助应该已经停止，但我不敢确定就是了。就算只有短短的一段时间，他也还是与那边扯上过关系。因此美马坂这个研究者至今也仍然是个禁忌。"

京极堂讲到此停了下来，环顾他身边的书与资料堆成的小山。

他拥有的情报只有这些而已吗？

假如美马坂实际上真的是跟那边有关的人物的话，一介小小的糟粕杂志社对他出手势必会受到严重烫伤。劝告人别靠近这种瘟神，说当然也是理所当然。但是仅就这次事件而言，知道这些对我来说一点启示也没有。

原本煽动个不停的榎木津似乎听到一半就失去兴趣了，如今已不再开口。

我继续等待着京极堂接下来的话。

"我啊，并不讨厌美马坂这个人。我并不认为只有显露出表情、或哭或笑才是人性的证明。他在我退役为止的那两年间，一次也没笑过。每天真的就像是一台机器般埋头进行研究。疯狂大概是最适合用来形容他的用词了。但是若问他是不是个欠缺了情感的缺陷者，我认为并不对。他在那两年间，只有一次提过自己的事。"

在我听来，京极堂的话语仿佛像是自言自语。

"他曾经有个分居中的妻子。"

他的话不是对在场者说的。

"他的妻子死于昭和十五年。好几年来，妻子要求进行离婚调停，美马坂每次都固执拒绝了，在这段期间书信往返过好几次。美马坂一直到她死前都没答应过离婚。他曾拿这些书信给我看过。"

もうりょうのはこ　161

他沉浸于回忆之中。

"如果我的记忆没错，寄件人的名字写的是，美马坂绢子——"

"绢子？"

"不、不好了，出事了！"

面无血色的青木一路大声呼叫，突然推开纸门。

他似乎没从走廊走，而是直接抄近路过来。

"关、关口老师，中禅寺先生！糟、糟糕了，出事了！"

京极堂停下，抬头看青木。

"怎么了，青木你冷静一点，发生什么事了？"

"分尸案，发现新的手了。"

"在哪里！"

鸟口后退让出位子给青木，京极堂双手拄着桌子，榎木津起身。

"在武、武藏境发现的。同样也是收在桐木箱里。"

"楠本赖子呢？赖子怎么了？"

京极堂站了起来。

"早在我联络之前，她母亲前天已经向警方申请搜索，地方警署的警员早就开始找人了。"

"没找到吗！"

这是什么情况！这股非比寻常的气氛令我坐立不安。

"没找到。"

"啊啊！这是怎么一回事？"

京极堂手捂着脸又坐回位子上。

"手部原主的身份——已经确认了吗？"

"不，赖子的母亲自昨晚就陷入错乱状态，无法正常沟通，所以——"

"电话已经挂上了吗？"

"是、是的。"

"找到的手是左手还是右手？"

"是双手。"

"麻烦你去确认一下，右手上是否缠着绳索，如果有，那就是结缘索。"

结缘索——柚木加菜子为赖子结上的法术。

"楠本——赖子。"

"赖子。"

青木立刻转身，再次朝电话前进。

啊啊，糟糕了，老师，这下子真的不得了了。

鸟口的声音像是由很远的地方传来的。

榎木津与京极堂一语不发，各自凝视着不同的方向。

被害者是楠本赖子，且犯人是久保竣公的话——

一切都是我与榎木津的责任。

我们前天才跟被害者与犯人双方见过面，却任由他们离去，一事无成地归来。这是多么愚蠢的事。

而且还放肆地说赖子很危险。

君枝想必发狂也似的遍寻赖子不着后才会求助于警方的吧。

要是那时先阻止她就好了——

我的不安每经过一秒就膨胀一倍，在等候青木归来的时间里已涨满了整个房间，转瞬之间化为后悔。这股压力快要将我压碎。冷汗直流，胸口悸动不止。我完全失去了言语，惊慌失措了起来。

我对赖子见死不救！杀了赖子的人等于是我。要是那时候，至少怀疑一下久保的话——

不对，在昨天以前，连京极堂都还没得到这个结论。

京极堂推理出久保犯人说是在调查名册，读过《匣中少女》，然后听过我与榎木津的报告之后——也就是今天的事。

不对，这是借口。

我很早很早以前就开始怀疑久保了。

所以——

青木回来了。

"找到绳索了，被害者是——"

别说，别说出接下来的话！

"被害者是楠本赖子。"

青木说完，捧着头。

《匣中少女》后篇

■■■

久保竣公

■■■■■

女人这种生物为何如此■■■■■■■■■■■用来实验的

■■■■■■■母■■■■■■■

乃是按照名册的顺序■■■■。

万事顺利即可。

要漂亮地拆下，必须■■■■■。幸亏带了道具，得以

■■■■■■。

确认住址，离开城■■■■■■

■■■■■

（中断）

——无法判读——

（继续）

为什么？为什么就是做不好？是做法太差劲了吗？可是已经

进行过相当多的练习，却还是做不好。没道理做不好。没道理别人

办得到我却办不到，不能容忍如此不合理的事情。绝对要完成这件事。啊啊，好污秽。为何会如此不清洁■■■■■■■■■。

　　讨厌讨厌讨■■■■■■■■■何办不到。

　　这些不清洁的体液为何■■■■呢？就算绑紧了■■■■■■■■也还是不断流出。境界变得暧昧■■■■■
　　　　　■■■

　　（中断）

　　——无法判读——

　　（继续）

　　街上充满了缝隙，放眼四处充满空虚，真叫人不愉快。多余的东西就该搬到这些空隙里填补才能保持均衡。取其长处紧密地填补短处。常觉得，干脆用灰泥把全部都埋起来还比较好。

　　（中略）

　　（继续）

　　拿到照片了■■■■■■
　　■■■■■■这是命运的启示吗？

经过三次■■■的实验，这次实行起来自然得心应手。细心■备之后，■次绝对没问题了。　　　　　　■■■■■

（中断）

——无法判读——

（继续，但是记录在栏外）
真是糟糕的母猪。多亏她，好不容易写成的原稿又被弄脏了。

（中断）

没有时间重写原稿了，这次又失败了。
因为灵魂污浊才会变得腐败的。看来最后是这个女人并非偶然。
既然那个医生知道的话有必要走一趟。现在立刻出发，去找那个女孩。

（中断）

　　木场慢慢地想起来了，那是战前的事，大概是昭和十五年前后吧。忘了是在大胜馆还是邦乐座看的。

　　名称是……对，叫作《科学怪人的复活》。那是第一次。其实这是相同演员演出的相同怪物电影系列的第三部，之前还有两部，可见还算卖座吧。

　　记得那是美国的电影。

　　战后，忘了在哪儿看过第一部。对木场而言，电影里登场的怪物一点也不恐怖。相反地，木场觉得怪物的形象仿佛与自身重叠，令他觉得很悲伤。

　　言语不通，容貌丑陋，怪物之所以为怪物与他异常的出身没有关系，世人的判断基准是外形与表现能力。

　　既然如此，自己与怪物也只是五十步笑百步，稍一不慎就可能受到扑灭。

　　这些就是当时看完电影的感触。

　　木场昨天打破了与京极堂的约定。

　　不会应付他的理论，老是不知不觉间就认同了他的观点。

　　不知道他的理论是诡辩还是真实。

　　京极堂大概是想阻止木场继续深入事件吧。虽不知他在隐瞒啥考虑啥，但木场并不想中了他的计谋。

　　能冲多远就冲多远，管他前方有什么状况在等着他。

　　其实木场也知道听从京极堂的建议是明智的行为。他总是能看清状况。所以木场想，照这样继续冲下去，最后等待着木场的肯定是痛苦的现实吧。

　　——管他那么多。

　　不管在前方等候的是地狱还是考验，接受这样的现实才适合自己。管他啥纤细心情的变化或是微妙的男女情感，木场不懂这么麻烦的东西。

　　所以木场爽约了，主动继续搜查。身上没有警察手册与手枪、逮捕绳虽十分令人不安，但木场还有顽强的肉体与莫名所以的执着。

　　昨天木场改去找川岛新造。

　　川岛是木场战前以来的朋友，听说他战争中在“满洲”以甘粕正彦［注］的心腹身份相当活跃。

　　木场与他还算亲近，不过关于他是在何种经历下成为甘粕上尉的部下，这段时期的内情木场完全不清楚。

　　川岛现在在一个小型的独立制片公司制作电影。只不过木场也不知道他的职位是导演还是什么。

　　当然，木场认为他在战后会转行进电影业界应该是受到甘粕影响，可是那只是出自于木场的想象。毕竟木场已有两年没见过他，且两年前遇到也只是在路上小聊一下而已。这之前彼此都没聊过工作的事，所以木场直到那时才知道川岛在搞电影。

　　而且，木场自己也不知道为什么突然会想要见川岛。那是前天晚上与京极堂通过电话后突然想到的。想必是基于阳子——电影——川岛这么简单的单纯联想吧。

川岛的事务所在池袋。木场被调到本厅前曾于池袋的警署服勤，所以说这一带算是木场的地盘。两年前曾讨了地址，原本想说想见面随时能见，可是木场终究一次也没去过。昨天是木场第一次造访。

听到川岛的职业时，木场觉得两人所属的世界差异太大了，有点不好意思去叨扰。电影对木场而言是用来观赏的，而不是去创造的。事务所名称很独特，叫作"骑兵队电影公司"。

川岛独自一人躺在沙发上，看来很闲。木场一到，他立刻吧嗒吧嗒地眨着小眼睛欢迎他。他的五官只有眼睛一带看起来还算可爱。

"是你啊木场修，真难得一见。随便坐吧。"

"你还是一脸很不景气的样子嘛，川新。"

彼此以外号相呼。

这是榎木津帮他取的外号，也就是说川新跟榎木津也是朋友。

川岛站起来时身子显得很长，不清楚身高有几尺，总之是个高耸入云的汉子。他的头发剃得光溜溜的，随时——即使现在——都穿着军服，加上平时还戴着墨镜，所以看起来比木场更可怕。

不过他的个性很温和，是个好人。

注：一八九一～一九四五。日本陆军军官。曾参与过"九一八事变"的策划。"满洲国"成立后担任过满洲映画协会理事长。表面上的形象虽是强权派军人，但对流行文化也十分敏感。到德国访问之际将最新的电影技术带回"满洲国"，影响了战后日本电影技术的发展。

川岛为木场带来一个意想不到的情报。

他很熟悉美波绢子的消息。不只如此，他也知道许多关于柴田弘弥的事情。过去弘弥在电影界算是个响当当的人物。

不过他似乎并不知道绢子——阳子与弘弥的关系。

听川岛说，美波绢子似乎曾遭人勒索。

他说业界一致传闻这才是绢子息影的真正理由。

倘若绢子真的遭人恐吓，理由肯定是那件事吧。

可是向柴田勒索也就罢了，恐吓者为何要以阳子为对象？害怕事实曝光的应该是柴田家而非阳子吧？不——当时弘弥已经死了，对柴田家而言就算曝光了也不是很要紧。木场总觉得这件事情听起来有股说不上来的不对劲。

虽说这次的事情全部都让人有这种感觉。

——而且，恐吓者又是谁？

川岛说曾有人见过摄影棚里有身份不明的男子——恐吓者出没，川岛本人也见过一次。只不过川岛自己当时没想到他是恐吓者，但综合见过的人的话，怎么看都是他。

"那个男的很矮，头很大，感觉起来就像是有点肥的小孩身体配上市川右太卫门[注一]的头。小绢她，啊，大家都叫美波绢子为小绢。我虽然没跟她合作过，不过她是个很有气质的女孩子。虽然演技十分差劲就是了。本想如果有机会就要跟她合作看看，可是突然变得有名所以就——小绢跟那个右太卫门小鬼走在一起，小绢看起来满脸厌恶，不过右太卫门笑得恶心极了。"

　　木场不太喜欢右太卫门。只看过去年年底他演出的《大江户五人男》，而且看也是光看阪妻［注二］而已，所以一时之间实在想不起来他到底长什么样子。

　　况且就算想起来了，由电影里戴假发穿戏服的样子大概也很难联想吧。

　　至于弘弥，则是在电影界以散财童子闻名。出钱的时候很阔气，性格却很胆小，在玩女人的方面完全不行。说什么害怕蜡烛病［注三］，就算有女人主动送上门，他也碰都不碰就回去了。弘弥还在世的时候，川岛完全不认识他本人，不过公司里的灯光师跟他很熟，常在庆功宴听他说些有的没的。

　　"欸，到头来有钱还不是没用。"

　　那个中年的电影工作者经常以此作结。

　　令人惊讶的是，川岛竟然也听说过美马坂的事。

　　川岛说是从甘粕那里听来的。

　　"我国有个能制造出科学怪人的科学家。军方高层不相信他的

能力，总是报以轻蔑的眼光，但这是错的。应该多出一点钱，让他
创造出人造军队才对。就算实际上没用也无妨，这个研究是个让列
强知道日本多么优秀的绝佳机会——"

甘粕当时醉得差不多了，所以也不知道他说的是真是假，但他
当时的确如此说过。那个科学家的名字，叫作美马坂——

川岛如此说。

——人造军队？

缺乏科学想象力的木场想不出任何具体的形象。

不过他记得曾看过同名的电影。

所以木场总算慢慢地想起来了。

想起美马坂要创造的那种怪物的样子。

记得那似乎是个——由四分五裂的尸体组合起来创造而成的人
工生命的故事。

——或许要拿去当什么材料。

——胴体或头颅或许要用在某事之上吧。

——不这么想的话，实在没有道理。

手脚用不到吗？

用来创造那个的时候——

手

"手被嵌在武藏境的民家石墙里。"

青木脸色苍白地为我们说明。

"一切都是因为我无能，我明明就掌握了跟大家一样多，不，更多的情报——却什么也不懂。昨天中禅寺先生都特意给了我那么重要的提示，我却只是听过就算了。都是我的过失。我看过御笚神的名册，也听过对名册的解说——连下个有可能是被害者的人都受到各位老百姓的提示。所有的事情都交由各位思考，我只是傻傻地等待今天到来。就在这段期间，楠本赖子被杀了。"

他似乎受到很大的打击，垂头丧气的，但看起来也像是愤怒不已。

京极堂的反应也与他相同。提出保护赖子的是他，想必比其他人更不甘心吧。

这由他的表情也能明显看出。他经常都一脸不高兴的样子，一旦生气，面相会变得更凶恶。

可是比任何人都还受到震撼的应该是我吧。

若是青木能更敏感地做好安排，或者京极堂能更早发现真相，并申请保护赖子的话——我的确能理解他们的心情。但是就算他们没能这么做，警察也已经在大前天就出动了，所以事态并不会有什么变化。

但是我就不同了。我在事件发生的前夕正巧与当下嫌疑最浓厚的嫌犯以及正往该名嫌犯处的被害者见过面。

榎木津难道不在乎吗？

京极堂说：

"如此愚蠢的发展完全超乎我的预测，太快了。青木，既然如此的话请你及早逮捕久保。如今我们已经没有时间在这里啰唆了。虽然仍有他不是犯人的可能性，但现在已经没时间考虑这些了！不能继续纵容他的罪行。他没有罪恶的意识，放任不管的话说不定明天就会产生新的被害人。总之先将他逮捕，搜索他的房子就对了。而且虽然几率很低，但赖子**或许还有气**！"

接着又说：

"好，我们也不能继续坐视不管了。有些事即使我们不去干涉也会发生，但既然我们已经涉身其中——"

"你打算做什么，京极，你要行动了吗？"

榎木津问。

"必须去驱除妖怪了吗？去驱除那个魍魉？"

京极堂回答：

"没错，得去驱除了。虽然我不是很愿意，但没办法，必须去打击御笠神了。先打击他，青木也会比较方便行事。反正单只是逮捕久保也还不够，而灵媒这类对象也不是警察能够处理的。"

"要、要怎么做呢！"

鸟口很兴奋。

"让那个箱屋老爹坦承一切。"

"该怎么办？"

"这个嘛——恐怕得有请御龟神出马吧。"

"你说什么！"

京极堂看着我。

接下来青木飞快地离去。

京极堂鲜少自己出马，而我则在搞不清楚状况中又被人拖下
水，只剩不断涨大的悔恨感仍黏滞心底。

鸟口说御笹神在星期五晚上到星期六早上这段期间集会。

星期六休息半天，星期日整天接受信徒咨询。

"那就决定明天早上好了，刚好是星期日。鸟口，信徒大约几
点会到？"

京极堂彻底不显露出表情地说。

"这个嘛，老婆婆们特别早起，在我还在睡的时候就出门了。
大概六点左右门口就开始大排长龙。这是特别早起的柑仔店婆婆说
的。"

"那就五点吧。"

"就跟趁尚未破晓前去踢馆的感觉一样嘛。"

榎木津很高兴地说，还说怕睡过头，今晚要在这里住下。鸟口
也说他回家睡的话肯定会迟到，所以也说要留下。夫人见到突然决
定留宿的客人也不慌不忙，开始轻快地准备晚餐的菜肴。时间已过
了九点。

我告别了京极堂。

晕眩坡还是一样的昏暗，我的脚下还是一样不安定，坡道两侧
漫漫延续着的油土墙背后是坟场。

我想象着。

想象着魍魉由坟场里挖出尸体，大快朵颐的样子。

魍魉在特定特征上格外明了，比方说长耳、蓬发、圆眼的部分。可是这些特征都与魍魉太不相配了，每个都像是借来的，所以整体看起来模模糊糊，暧昧不明。我真的看不出实际上是什么形状。

到底——

到底是什么东西啊！

这一夜，我终究还是无法成眠。

而今天，九月二十八日的凌晨，我现在总算到达了三鹰御笞神附近。

自发端——对我而言的发端大概是去相模湖的那天吧——到现在已过了近一个月，我真的不知道为什么自己现在还在这里。

车子停在"五色汤"后门的路肩上。

鸟口位于驾驶座上。

我与榎木津缩着身了，将自己埋进后座里。

坐在前座的京极堂先下车去勘查御笞神的情况。

我们在车内等候他回来。

冒牌达特桑跑车虽然是四人乘坐的车子，但后座太窄小了，坐得很不舒服。

车外似乎很冷，冷气穿过篷盖传了进来。凑向前方看看这个城市早晨的情景，附近笼罩着一片晨雾。

朦胧之中人影闪动。

听说影子周边的薄影叫作罔两。

人影拖曳着罔两靠近我们。

这个城镇宛如一座深海。

附近一带如此明亮，但城镇却依旧昏暗；太阳灿然照耀，光线却射不进来。光在中途受到无数粒子反射、分散，受到无数的浮游物吸收，反复着无意义的扩散与收敛之间，完全失去了它的效力。所有的存在变得一片朦胧。只能观察到暧昧的形影的话，存在本身也变得与朦胧的暧昧没有差异。外侧与内侧的界线在这种世界里显得模糊不清且不安定。

模糊不清的界线——那就是魍魉。

御筥神错了。坚固的围墙里不会生出魍魉。围墙本身，不明了的围墙本身就是魍魉。

薄影逐渐显出轮廓。

那不是影子，是穿黑衣的男子。

黑色的简便和服，手上戴着手甲，脚穿黑布袜与黑木屐，只有木屐带是红的。手上拿着染上除魔晴明桔梗的纯白和服外套，他就是黑衣男子——

京极堂回来了。

“鸟口，忠并不是兵卫的儿子。”

“啊？可是门牌上……”

“忠是指阿忠。”

“咦？兵卫的爸爸吗？”

“虽然名字的排列顺序很奇怪，不过很明显地兵卫的字是后来才写上的。姓的下面右边记录丈夫，左边是妻子，孩子生下之后又写在左边底下。虽然有点奇怪，不过应该就是这样没错。忠与正江是夫妇，他们的孩子是兵卫。阿忠既不是忠吉也不是忠次，而是单名一个'忠'字。"

"这表示？"

"这表示，兵卫的孩子另有其名。"

京极堂说完这句很理所当然的话后，指示我与榎木津下车。由于鸟口的身份已经被识破了，所以他留在车上见机行事。此外一切准备与商量也没有，我们默默地朝着御笞神方向前进。

接着，我终于亲眼见到御笞神的道场。

但是没有时间沉浸于感慨了。

京极堂毫不犹豫地打开门。

"恕我冒昧，请问这里就是封秽御笞神吗？"

一名女子从里面慌张地跑出来。是二阶堂寿美。

"是的，请问有什么事？来喜舍或来咨询的吗？"

"不，我前来拜托一件要事。"

"这样的话——"

"啊，太好了，似乎——还没有信徒来嘛。我路上还很担心万一来不及的话怎么办哪。"

"呃，请问——"

"嗯，听闻这里十分灵验，评价甚高，求救之人车水马龙络绎不绝。所以我怕万一有信徒在场的话会影响到诸位，才赶在这个时间来。若是方便，愿与教主面晤一谈。"

"这个嘛——"

二阶堂寿美觉得很莫名其妙。她身穿白衬衫与深蓝裙子，虽是十分普遍的打扮，但在这个场合下却显得极不相配。

"还是说教主仍在用餐？我想应该差不多用餐完毕了才上门的。今早比平时还慢吗？"

"不，请问您是——？"

"啊，忘了报上姓名。我叫中禅寺，乃是中野的驱魔师，算是与你们同行吧。啊，请别把我当成生意上的对手。我与教主大人的位格差太多了，无能拯救烦恼痛苦的信徒，顶多能帮人把附身的恶魔驱走罢了，是个没什么本事的驱魔师。"

"这，那请问——"

寿美完全被京极堂的步调牵着走。因为没有半个信徒，没办法像鸟口来的时候，以信徒众多为理由要求我们稍等。当然京极堂也知道兵卫已经用完餐。刚刚来勘查时，他一定已经确认过厨房的痕迹了。

加上鸟口形容气氛上有点像是酒家女的办事员兼巫女也已经化好妆做好打扮了，可知早就准备好随时迎接信徒的到来。

"其实我的目的很简单，这位男子被魍魉附身。"

京极堂指着我说。接着又指了榎木津，向她介绍：

"这位则是我的徒弟。"

京极堂故意大声说话，或许是为了让在里面的兵卫听见吧。

"你好，我是徒弟。"

榎木津开朗活泼地打了声与现场气氛极不协调的招呼。

"怎么了？谁来了？"

由里头走出一名男子。

就像是骸骨上面裹着一层皮的男人——

鸟口如此形容他。那换作是我会如何形容？的确，兵卫的容貌就如他形容般骨骼很突出，但并非很瘦，而像是多余部分被削掉的感觉。眼光说是锐利倒不如说是钝重，视线里含着重力。他视线周围的空间产生了扭曲。

寺田兵卫，原本是个毫无主见的平庸少年。是个没有任何目标、专心投入工作的青年。是个沉迷于正确无比地制造箱子的男人。而现在——

是灵媒御笠神教主。

"教主大人，其实——"

兵卫出言制止慌张地找借口解释的寿美。

"你是？"

声音洪亮通透。

"哎，这可不是教主大人嘛，初次参见甚感荣幸。我是中禅寺，乃是普通至极的驱魔师。今日来访不为别的，乃因这名男子上门求助，但我施了各种法术都没有效果，自认以我的能力不足以击退此怪，故前来此请教主能高抬贵手，助我一臂之力。"

京极堂还是一样维持着不变的扑克脸，而且还一副笑里藏刀的态度。榎木津也一样，我老在想他们为什么如此简单地就能随口胡言乱语？

"喔？所以你才——"

兵卫沉重的视线盯着京极堂。

"是的，想必教主大人一定看出来了。这名男子——如您所见，被一只巨大的魍魉所附身。如果是恶鬼怨灵狐狸妖怪之类的我都能轻松驱除净化，唯独只有魍魉不会对付。"

"魍魉？在这位先生的身上——"

视线移动到我的身上。我无法读出他的情感变化。

"听说您专门收服魍魉。哎，实在了不起，不知您在哪儿修行的？能收服如此难缠的妖怪，想必拥有过人的法力吧。"

"我——没有修行过，一切都是——"

"是的，一切都是御筦神的灵力是吧？但纵令那是具有多么强大灵力的圣具，要引出其灵力来造福世人也需要相当的人德吧。"

京极堂有意识地抢在兵卫话说一半的途中说话，故意不让兵卫把话说完。京极堂虽从头到尾保持着低姿态，却莫名地让人感受到一股压力。这种话术，不，这种语调是——

久保竣公？——

"你——很清楚嘛。难道你……"

"无须担心，我是正牌的。"

京极堂最后以我们不懂的这句话作结，反盯着兵卫看。他的视线仿佛锐利得要将人射穿。两人对看了有一两秒之久。接着我们被带往里面的祈祷房。截至目前为止，兵卫还没有时间对我们玩弄"洞悉秘密"的把戏。

　　房间就像个巨型的人偶台——我只想到这种形容。地面虽没铺上红毛毯，不过房间里排满了大大小小的箱子，就跟女儿节的人偶摆饰一样，而且还到处挂上注连绳。我很无聊地联想到盆节与新年〔注〕这句成语。地面同样铺了木板，所以看起来与道场的印象差不了多少。上面放了两个像是战国武将坐的那种蔺草坐垫。

　　兵卫坐到祭坛附近的坐垫上。受到情势所迫，跟在他身后入室的我只好坐上另一个座位。二阶堂寿美则坐在我的斜后方。

　　京极堂在干什么？榎木津呢？

　　兵卫看着我，以他洪亮通透的声音向我恫吓。

　　"说吧。"

　　"啊啊，那个。"

　　该说什么才好？我又不像他们能随口说出那些胡言乱语……

　　"怎么了？"

　　"我、我……"

　　"哎，不行哪不行哪，龟山，你来这边。坐那边小心没命。"

　　京极堂突然进来，抓住我的脖子往上揭。

　　"龟、龟山？"

　　"没错，龟山！凭你的体力没办法在这个房间里久留的。"

　　看来龟山是在说我。

　　"你叫——中禅寺是吧？这句话是什么意思？这间房间——"

　　"教主大人，您也真是坏心眼哪，您明明就知道这名男子现在消耗了多少体力。瞧，用不着受到您的灵视他便已累得汗如雨下了。"

我经常都是满头豆大汗。

"这个人的样子看起来是有点问题没错，但——"

"这样不行哪。对您而言这个房间或许没什么，但连我要避开都有点困难了。例如说那位——"

京极堂指着寿美。

"您是二阶堂女士是吧？就连这位女士也很危险哪。她看起来也不像具有什么特殊能力——"

"你究竟想说什么！"

兵卫粗声大喝一声。寿美被未曾谋面的京极堂直呼姓氏似乎很惊讶。

"装傻也没用，这个房间明明就充满了魍魉！在这种地方待久了有几条性命也不够用。龟山，小心那边。"

我不由自主地闪躲。

"你在说什——"

"教主大人，您是——故意的吧？将魍魉由信徒身上扯下放进这个房间里。捕捉了这么多，信徒也该安心了。"

"你说什么傻话，魍魉全部都封在这个——"

"哈哈，这就是深秘御笛神吗？原来如此。"

房间中在与祭坛相对方向的另一角落上设置了有如神坛的台

注：盆节是日本民俗上祭拜祖先灵魂的节庆。这句成语原本指两大民俗节庆一起到来，比喻非常忙碌的样子或值得的事情接连发生之意。关口在这里拿来形容房间的过度装饰。

座，上面安放了桐木箱，与其他箱子的位格明显不同。如果这就是御神体，安放的位置倒是很奇怪。

京极堂无声无息地走向箱子。中途看了寿美一眼，说：

"嗯，你也早点离开这个房间比较好。你受魍魉毒害已深，患了胃穿孔的毛病。不，你的身体虽叫人担心，但继续下去连你的家人也会受连累，你父亲……"

京极堂讲到此突然把话打住。他走到箱子面前。

"嗯嗯，这就是御笴神吗？嗯，做得真是好，不愧是制箱名人的手艺。这就是日本第一的箱子工匠寺田兵卫成熟期的作品吗？"

"我父亲、我父亲他会怎样？"

"你、你到底在说什么！"

京极堂的扰乱策略奏效了。

京极堂重新朝向兵卫说：

"寺田先生！难道您不害怕吗？"

"害、害怕——什么？"

"收集了如此多别人身上的痛苦与不幸，您想过要怎么处理吗？没人能独自背负着如此多的痛苦与不幸还能保持正常的。"

"混蛋！这个房间里有……"

"魍魉并没被封进箱子里！难道——您要说您什么也看不到？"

"什……"

"这个房间里不只魍魉，还充满了世上一切污秽与灾厄！看板的确不假，这里真正是封秽御笴神。但只是封印却不想办法使之宁息，我只能说你们疯了哪。"

这个傲然而立的黑衣男子，现在看起来是多么有魄力啊。

"教主大人，继续下去的话这个房间的歪斜扭曲之气将会杀了你。"

"什么！"

"魍魉不像你，不，不像**创造出这个机制的人**所想象的那么简单。很可惜的，要拜托你收服这位龟山身上的魍魉实在太可怜了。把这么大的魍魉丢在这里就回去，对你，对二阶堂女士，不，连你的儿子都会有生命危险。要是真的发生意外，我觉也睡不好。虽然很可惜，我们还是去找别人吧。走吧，龟山。"

京极堂一把拉起正要提起腰身站起的我，准备离去。这时我才注意到，原来榎木津一直站在入口处凝视着兵卫。

二阶堂寿美像是在求助般伸长了手。

"等、请等一下。请问我父亲会——"

"请跟教主商量吧。令尊因你的缘故肝脏开始出问题了，放任不管的话来日恐怕不多了。你最好也早日住院，把你的胃治好吧。"

京极堂说完，头也不回地离开房间。

兵卫僵住不动。

"啊对了，教主大人，照这样下去你可是会失明的喔。"

最后还死缠烂打地丢下这么一句。

我还没搞清楚状况，只有快步追在他们后面。

榎木津与京极堂在走廊小声交谈。虽然没事先说好，不过他们之间似乎有某种默契。

"接下来就看他们什么时候上钩了。"

"谁知道，不过我看大概一下子而已。啊，看吧。"

在说什么？

我到玄关时寿美也追了过来。

"请、请问……"

"有什么事吗？"

"教、教主大人他——"

我们回到房间时，寺田兵卫的态度与刚才大相径庭，失去了原有的威严，整个人仿佛缩小了一圈似的坐在原处。

京极堂明知故问地——开口询问：

"请问有何指教，教主大人？"

"这、这间房间里，真的……有坏东西吗？——"

"事到如今您怎么还在说这个，这些不都是您收集来的？"

"老实说——我什么也看不见。"

"想必也是。你本来就不具有特殊能力，又没经过修行。但你难道当初不是早就有所觉悟才做这些事的吗？"

"——你说的没错。可是，会有这种……"

"刚刚我也说过，这种做法是不行的。"

京极堂走近御筐神的御神体。

"箱子是做得很完美，但位置不好。"

"你、你岂敢无礼，这个御筐——"

"基本上你摆的方向就错了。对象是魍魉吧？你将御神体摆在鬼门是什么意思！"

京极堂手放在箱子上。

"你这家伙，还不快住手！"

"切莫轻举妄动！"

京极堂大喝一声。

立场完全颠倒了。

"寺田先生，你那一带特别危险，乖乖坐着比较好。"

京极堂把箱子放到地上。

"放在这里只会让箱子引来坏东西而已。"

"混、混账东西，所以才摆到鬼门的你不懂吗！听好，当坏东西囤积于心灵的空隙与精神的虚无之间时，就会从中生出魍魉——"

"我就是在说，要收服魍魉的话，这个方位是错的。"

"错的？"

"鬼门是丑寅对吧？所以是鬼。"

"鬼？——"

"鬼门写作鬼之门。牛角配上虎皮腰带——丑寅恰好就是鬼的象征。自久远过去的平安时代以来，与鬼门有关的坏东西肯定就是鬼。鬼原指死灵，因此如果你们的对象是怨灵恶灵还能理解，但既然是魍魉，这么做便是牛头不对马嘴了哪，寺田先生。"

京极堂回头。

"魍魉，又称方良。方良——亦即位于四方，绝不是只会从东北角出现而已。中国古代有个收服魍魉的专家叫作方相氏，据说他击退墓穴中冒出的魍魉的方法是执戈向四方敲打。方相氏——您应该听说过吧？"

兵卫没有回答。

兵卫只是个普通的箱子工匠，想必没听说过这号人物。

"就是中国的那个头戴黄金四眼面具，身穿玄衣朱裳，执戈扬盾，率领打扮成穷奇、腾根等十二头野兽的人与一百二十个孩子，立于驱除宫中妖魔的大傩仪式前头的方相氏。这个在——七世纪末就已传进日本，就是宫中于除夕时实行的追傩仪式。所谓的追傩，是一种大傩小傩在宫中追赶着舍人[注一]扮成的鬼的仪式。大傩象征着方相氏，小傩则是用来代替一百二十个小孩。这个仪式一样会把鬼轮流追赶到禁内的四个门。"

兵卫无法回话，这也是理所当然吧。

"神社佛寺也会举行追傩仪式。到了近代在民间广泛流行，全国都会举行。这个相信你总该知道了，就是节分驱鬼的仪式。"

"节分是——赶鬼的仪式吧，所以当然是——"

"呵呵呵，鬼在外[注二]是吧。撒豆的仪式是在宇多天皇的时代前后开始的，这是受到阴阳道的影响。所谓的节分原指季节更迭的时节，立春立夏立秋立冬的前一晚就叫节分，故一年理应有四回。古人认为立春前夜阴阳对立，邪气生，易有灾祸，故为了驱走邪气才会举行追傩。在追傩变成撒豆的时候，魍魉这种跟不上时代的妖怪也随之消失，取而代之的就是鬼。"

"鬼——"

兵卫痛苦地硬挤出这个字来。

京极堂的兴致更高昂了。

"如前所述，鬼的字义原指死人之魂魄。在中国，所谓的鬼指的是死灵或祖灵。传进日本之后这个字被用来指反朝廷势力——也就是不肯归顺的人们。例如与当权的朝廷对抗的虾夷人与肃慎人就被人以魅鬼这个蔑称称之。四方不顺服之鬼神——在《日本书纪》中如此称呼后逐渐普及、固定下来，同时鬼的字义也随之变化。最后，代表着污秽与灾恶的鬼就这样诞生了。所以鬼算还好对付，要是你没把魍魉找出来就好了，魍魉可是**比鬼还古老**的。"

"所以我才——"

"促成鬼的诞生的是阴阳师。就如同基督教的传教必定伴随着恶魔的存在，阴阳师们失去了鬼也无法存在。"

京极堂吐了一口气，瞄了一眼门口。

榎木津站在那里。

接着，又继续说：

"阴阳五行的思想当初与佛教一起传入，可说非常古老。但阴阳道的成熟与完成则又要等到好几世纪以后。阴阳道正式被朝廷采用已经是在奈良时代后期以后的事了——"

京极堂边说边缓缓移动。

注一：宫中侍奉皇室、贵族，负责杂务的下级官员。

注二：节分撒豆驱鬼的仪式中，一个人扮鬼，其他人拿着炒过的大豆丢他，并喊着"鬼在外，福在内"来祈福。

"——当时的权力者吉备真备就是促成此事之人。他废止了原本负责统率咒禁师的典药寮，将他们使用的方术与基于阴阳五行等大陆最新知识完成的阴阳道做结合。接着来到了平安时代，阴阳道被发扬光大。在由律令神祇祭祀转移到王朝神祇祭祀的过程中，可说是阴阳道祭祀的集大成版的四角四堺祭完成了。"

兵卫真的能理解这段话吗？连我都有好几个部分跟不太上了。

"驱除并清静宫城四个角落的是四角祭，保护都城四境的是四堺祭。这是——将污秽由四边与四角构成的**四角结界**中赶出去的祭典。此时四角的方位所指就是干、坤、艮、巽，亦即戌亥、未申、丑寅、辰巳。你说的丑寅——鬼门在此登场了。但这个仪式所驱除的对象必定是鬼，而非魍魉。"

"那、那又怎样？"

"所以说，如果你说鬼门是不宜的方位的话，那么你要驱除的对象就必定得是鬼才成。"

"愚、愚昧至极，古早以前是怎么做的我不知道，我——"

"事情可没那么简单，你分明也使用了古老的仪礼。寺田先生，你踏过反闪吧？"

"反闪？"

兵卫的额头上渗出狼狈的色彩。

"他是怎么对你说的？反闪？还是禹步？或者说，他根本没告诉你名称？"

兵卫只是保持沉默。事情演变至如此的状况已经没人能跟京极堂相抗衡了。

"就是你脚踏地板的**那个**动作。我没亲眼见你踏过,不过我想应该是这样吧。"

京极堂踏起很像是在踏四股〔注〕的奇妙动作,把地板踩得砰砰作响。

"天武博亡烈!"

铺上木板的地板很响亮。

"这叫五足反闩,如果是九足反闩则是如此。"

京极堂手切"临兵斗者皆阵列在前"的九字诀,同时唱诵着相同的咒语踏响地板。

这就是鸟口录音的那个砰砰作响的动作吧,节奏也很相似。

"这是阴阳道或咒禁的方术,能跨越邪恶方位的魔术步伐。你学到的跟这个很相近,这边恰好是寅的位置。"

京极堂向前踏出左脚。

"天蓬。"

右脚靠上踏出的左脚,接着又踏出右脚。

"天内。"

京极堂重复以上动作绕了一圈。

"天冲、天辅、天禽、天心、天柱、天任、天英。"

再度回到寅——东北东的位置。

"这原本是要在中间设有祭坛的地方进行,重复四回方才动作

注:相扑的基本动作。手扶膝,左右交互高抬起脚,用力踏地。

的步法——这个步法记载于《尊星都蓝禹步作法》，与你的踏法很像吧？"

想必很像吧，兵卫没有回话。

"这种步行术的原型可在道教中找到，也是种与方位有关的咒法。你在不知情的状况下使用了这种师承自阴阳道的咒术。"

京极堂走到兵卫的正前方。

"若问阴阳师们为何能在一时之间独占了原本隶属于神祈官的职责的宫中祭祀，那是因为原本的作法是将污秽驱除，而阴阳师们却是与你相同，将全部污秽揽于一身；因为**他们本身成了污秽**，人们才会注意到他们的存在。后来阴阳道被逐出中央，他们本身也变成了鬼。传说中有名的阴阳师们大半都是异类的末裔，是鬼的同类。创造出鬼的阴阳师们——最后自己也成了鬼，也因此产生了更进一步的混乱。"

听这番话的兵卫才真的达到了混乱的极点。这也难怪，因为他正受到一个突然闯入的莫名其妙男子用无法理解的道理抨击。

"民间流传的方相氏后来变成什么了？这——你已经知道了。你自己刚才也说过，就是撒豆。神社佛寺中举行的古老形式的节分追傩仪式里还将方相氏与鬼作出区隔，但到了民间，方相氏本身却被当成了鬼的象征，追逐者反成了被追逐者。但是，阴阳道靠着创造出鬼来获得权力是在十世纪时，另一方面追傩的仪礼则是远在七世纪末时便已传入我国。因此，这其实是**池鱼之殃**。方相氏原本是以驱赶邪恶之物为职责。而这里所谓的'邪恶之物'在阴阳道的影响下不知不觉中变成了鬼这个名字，随着阴阳道在中央的失利及大众化，结果方相氏本身也被人置换成鬼。于是——"

京极堂笑了，残虐的微笑。

"于是我们又想到了另一个也是受到池鱼之殃的民间信仰。只因没有适于形容的言词，在阴阳道的影响下原本并不是鬼的东西却也被叫作鬼了。"

兵卫后退，京极堂向前踏出一步。

"我知道有个民俗艺能中的鬼跟你一样踏着反闩，唱着跟你一样的祝辞。就是花祭的——杨桐鬼。"

"杨桐鬼——"

兵卫的反应只剩下有如鹦鹉般重复念着京极堂的话。京极堂又更踏出一步。

"神乐〔注〕中登场的杨桐鬼在各个地方的称呼不尽相同，台词也不太一样。但身份高贵，在某些地方甚至只有特定家系的人才能扮演。这个鬼如同其名，背负着杨桐树，因为与神官进行问答输了，所以负责踏反闩平定五方。所谓的五方是指东西南北四方加上中央这五个方位。接着，比这个杨桐鬼还要有意思的是西国的被叫作荒平、大蛮、柴鬼神的鬼们。我认为他们是杨桐鬼的更古老的形态。在某些地方这个鬼，你们知道吗，这个明明是鬼的妖怪，竟然手执剑，切五方，以驱恶魔。这岂不是与在变化成撒豆的鬼之前的古老的方相氏之所作所为相同吗？"

注：日本民俗的祭神歌舞。

京极堂压低身子，脸对脸凝视着兵卫。

"不管是杨桐鬼还是荒平，现在虽然都被叫作鬼，但原本并不是鬼。那么，杨桐鬼踏步平息的或荒平挥剑驱逐的怪物又是什么？他们在平息、驱逐怪物时，口中唱诵的是《古事记》中登场的神祇之名。那是为了祈愿还是为了平息并不清楚。"

当两人的脸即将相互接触时，京极堂忽然无声息地站直了身体。

"例如说，有种称为恶切的镇守四方咒像这样。"

京极堂像在跳舞似的以手刀向四方挥斩。

东方，木难消灭，木之御祖，句句迺驱

南方，火难消灭，火之御祖，轲遇突智

西方，金难消灭，金之御祖，金屋子彦

北方，水难消灭，水之御祖，罔象女

中央，土难消灭，土之御祖，羽根屋须姬

王龙，风难消灭，风之御祖，级长津彦

"不论歌词或舞蹈都随着各个地区而有所不同，名字的表记方式与读法也各地略有差异，但内容大体上是一样的。王龙是另一个中央。关于这点有很多解释，例如说我们可以将之当作是阴阳五行思想里的二土，亦即中央需经过两次；或是我们也能把中央当作地板，而王龙便是屋顶，这么一来六方便完全受到包围，**箱子于焉形成**。在思考日本的鬼时，这个杨桐鬼与荒平的问题富含了许多人们容易忽略的启示，实在是饶富兴味，是个很重要的主题。这些暂且不提，现在有问题的是关于北方的罔象女。"

"罔象——女。"

"罔象（mitsuha）就是罔象（moushou），也就是魍魉（mouryou）。因此既然你把魍魉这么古老的妖怪拖出来，那至少不该是鬼门——东北，而是水的方位，也就是在北方——"

"——在这里摆箱子才对。"

"嗯嗯。"

我不由得发出赞同的声音。

之前讲到魍魉时京极堂很苦恼。不过在听过御筥神的祝辞以及我跟鸟口的话后，他想到一件事。

——魍魉的话方位不对。

"另外就是，传说中魍魉乘着火车。火车就是火焰之车——也就是火的方位，南方。另外魍魉也被称作木石之怪，所以木的方位与金的方位，亦即东与西也合乎条件。魍魉充满四方，但我想绝非——只限于东北。"

京极堂先仔细凝望着兵卫。

"接着。"

接着再次走到御神体的箱子前面停下。

"你说魍魉好金气，但民间传说中却说魍魉厌恶金气。而且不知为何，魍魉绝对不会属于中央——也就是土。这一定有其意义。阴阳五行认为东西南北中央代表了木火土金水，五行指形成世界的五大元素——木火土金水间的轮回与作用。这些元素各有其所代表的方位，彼此形成相生相克的关系，这就是阴阳五行的根本思想。但在这之前，木火土金水有所谓的生成顺序，这个可以配上数字。根据《尚书》的说法，水一、火二、木三、金四、土五，这十分值**得注意**。所以我想或许魍魉的秘密能用易经来解释。我试过河图、九星、洛书等排列，但仍无法明了。因为不懂所以不擅长对付，不懂就无法驱除，我驱除不了魍魉。魍魉并非普通方法所能对付，是种非常古老又不明所以的怪物。魍魉这个名字——是不该轻易挂在嘴上的。"

"呜。"

兵卫闷哼一声。

"可是你却——你却轻易地谈论魍魉，还想要将之封印，而凭借的还是乱七八糟的咒法。"

京极堂再次单膝挂地，蹲下身子。

"杨桐鬼踏反闩时，口中唱诵的祝辞不知为何竟是十宝祓。这是一种由一数到十，手拿十种神宝缓缓摇晃的术法，由石上神宫传承的镇魂方术变化而来，在祝辞之中并不稀奇。你唱诵的祝辞也与这种属于同类。"

他是说——那段祝辞吧。

"创造这篇祝辞并传授给你的人应该查过很多资料——但是，他似乎搞错了。十种神宝祓是摇动十种神宝，让自己奋勇向上的祝辞。亦即，是一种唤醒生命力的祝辞。因此杨桐鬼拿这篇祝辞来与反闩并用，这个行为本身在某种意义上就是搞错了方向。我认为这是由于身为杨桐鬼原型的荒平本身在传说中就分作执剑斩魔的恶切型以及握有能使人返老还童与复活的死反生杖类型的两种，所以才会产生这样的混乱。大概是在某个时期发生了混淆吧。总之十宝被是摇晃生玉、死反玉等十种类的宝物，**令衰弱的事物活性化的咒文**。"

——So te na te i ri sa ni ta chi su i i me ko ro shi te ma su
——Shihuru huru yura yura shihuru huru

兵卫的咒文在耳中响起。

这原来是——伊势吗——

"除此之外，你唱诵的数词是中世纪伊势神宫的神官创造出来的读法。伊势神道是种很特殊的神道，浓厚地反映了阴阳五行思想。另外——听说流经伊势神宫境内的御裳濯川分歧点的水中祭祀着冈象女。因此着眼点实在相当不错——但却不适合用来驱除魍魉。"

"不适合？"

兵卫很没用地发出孱弱的声音。

"是——没用的意思吗？"

这不像是教主该问的问题。

京极堂又笑了。

我想，他其实很愤怒吧。

为自己只能眼睁睁地任凭楠本赖子被杀害而愤怒。

“不是没效。**有效得很呢**。我是说，只可惜并不适合。”

果然如此。虽然从旁几乎无法推量出京极堂的情绪，但这种做法并非京极堂的一贯作风。明明他自己对于魍魉尚未有所结论，而且他看起来也像是在虐待兵卫。

“寺田先生，你是个诚实的人，你完全没有说谎。你就像自己宣称的一样，没经过修行，也并不是拥有特殊的灵力。你所做并非为人驱除净化不洁之物而是将之封印，对人的训诫也没有大幅偏离世间常识而是遵守道德规范的模范内容，实在——很巧妙。你并不向人请求破格的祈祷费，而信徒们捐献的喜舍现在应该也还是老实地摆在箱子里，并没怎么被动用吧？”

“当、当然了，这——”

“如此具有良心的灵媒，我近来还真的没看过。但是，这个又是——”

京极堂慢慢地降低声音的音压，在暧昧不明之处停顿下来。

“什么，你到底想说什么——”

兵卫外在虽仍完好如初，但已逐渐开始由内侧崩坏。

“——请你告诉我这个又是什么！”

“你的御笠神的咒法各个部分都是继承了非常传统的咒术，可说是正统派。但是整体却又如此**拼拼凑凑**，扭曲不堪，一点也不正统。用来应付骗小孩的婴灵供养或许十分有效，但用来对付魍魉——你的对手太危险了。”

“魍——魉——”

“你随便对信徒们的不幸赋予了魍魉这个名字，给了这些烦恼一个莫名其妙的形态并装进箱子里带回。既不将之平息也不使之净化，所以这个房间如今已成了魍魉的巢穴。你知道吗？福来博士的壶中之所以放进写着'魍魉'的纸条，原因其实没什么，不过是这两个字笔画很多而已。你却将之视为天启，拘泥于这两个字，这就是你的失败。"

"你，你说什么？"

"听好，寺田先生。为你创造出唱诵的咒语、为你考虑使用的咒法、创建出御笴神的结构的人头脑似乎很好，但有一件事他却计算错了。"

"——是——什么？"

"就是他**不该轻视咒术的效力**。就算是随口胡说的咒文，只要经过唱诵祈祷，依旧能产生真正的效果。俗话说'只要相信，泥菩萨也有神通'。这并非只是种比喻，你的祈祷的确发挥了很大的效力。"

"发挥效力——"

"虽然你自己本身莫名所以，但咒术却**已经发挥了机能**。信徒能增加到数百人是因为真的有人因而得救的缘故。创造御笴神的人恐怕没计算到会到这个地步吧。"

的确产生了效果。至少——楠本君枝就真诚地相信了。在那么凄惨的生活环境下，她依然认真地崇敬着这名男子的话。

京极堂的眼神一瞬间闪过凶恶的光芒。

"可惜，若是你没搬出魍魉来我还能应付。现在这种窘境我已经无能为力了。我说过好几次，我不善于对付魍魉。"

"你是——正牌的吗？"

"我不是一开始就说过了？**我是正牌的。**"

"说的也是，我什么也没说过，你却似乎通晓一切。但是——"

"你还不相信吗，那么这招如何？御筥神**真正的御神体**是这个箱子吧。"

京极堂从排列在祭坛上的众多箱子中，拿起一个恰好能装下一颗头颅的钢铁箱子。

"那、那是！"

"我知道。里面装了**他的手指**对吧？"

"啊——"

兵卫完全崩溃了。

他如今已完全中了自己平常使用的手法，而二阶堂寿美也一样，在莫名其妙之中虚脱了。

京极堂已经在事前取得了各种情报，多半也包含了榎木津的幻视。但是这两人并不知情。对他们而言，京极堂"洞悉了他们的秘密"。

京极堂应该算打败了御筥神吧。

教主——寺田兵卫陷入恍惚之中。

"我，我该怎么办才好——"

"照这样下去，你仍会如你背后的那位真正的御筥神所期望的，继续收集他人的不幸——魍魉——下去吧。那样也是为了世人好。只不过，没错，如果继续进行下去，你的性命顶多再活半年。不，在那之前，那位——真正的御笥神恐怕会先有危险。"

兵卫发出目前为止最大的反应。

"啊啊，这样的话——"

"你不愿意见到这种情况是吗？但是这不是你们自己期望的情况吗？自作自受罢了。"

"请，请帮帮我们！请，请救救我们吧！"

兵卫向京极堂磕头哀求。

寿美带着迷惘的表情看着兵卫的举止，接着以见到怪物般的表情看着我们。

"寺田先生，我说过好几次了，我无法拯救你。你想得救就只有一个方法。"

"是——"

"把魍魉尽数奉还回信徒身上。"

"还回去？"

"魍魉聚集在一起的话会产生很大的危险，但个别还回的话，对个人就只是没什么大不了的不幸。所以你只要把信徒喜舍的金钱全部还回去即可。同时，对他们这么说'你的不净之财已经洁净了'，如此即可。"

"可是，这是——"

"当然是谎言。反正你们收来时也撒了谎，再说一次也不会办不到吧？这么一来魍魉就会变成普通的不幸离开你的身边。不，将会换了个称作'希望'的新名字回到信徒身上。这是只有对普通的不幸赋予魍魉之名的你才办得到的事。不管诅咒还是祝福都随着言语变化，跟你的心情无关。就算发话者在说谎，离开你口中的言语将会自动传达进对方心里，任凭对方解释。问题不在于如何表现，而是听者如何解释。"

"这怎么行！"

寿美发出声音。京极堂又浮出残虐的微笑说：

"当然，得包含你用掉的部分。"

兵卫看着寿美。

"你——你竟然——"

"请原谅我，我只是一时鬼迷心窍——"

"二阶堂女士，不可能是一时鬼迷心窍吧。你打一开始就是为了这个目的才会进入御筥神，接近寺田先生的吧？"

"不，我是……"

"别想瞒过我的眼睛。你的伯母是个热心的御筥神信徒，应该是——叫作二阶堂清子对吧。她很早就成了御筥神的信徒。你听过清子伯母说这里的事后便来到这里。"

"这——"

"你一开始是来商量的。寺田先生，她应该是四月或是五月来的吧？"

"好、好像是五月初——的样子。"

"来过两三次后，就在这里待下了。当时二阶堂女士应该如此说过：'不需支付我薪水，请让我照顾您的生活起居，我知道您的做法，是否能让我帮您的忙——'"

“没、没错。”

寿美面如土色，看来不是因为脸色发青的体质的缘故。

“二阶堂女士。你早知道一切内幕，才会自告奋勇要当情报收集者。你一开始就是为了信徒们的喜舍而来的。果不其然，教主寺田先生对金钱没有兴趣，信徒喜舍来的金额全数未经清点就直接放进箱子里。你想说——就算只抽走一成，也是笔可观数目。”

“我、我——”

“你提议替收下的金额做账。本性一板一眼的寺田先生本来就很在意这点，自然二话不说就同意了。所以你就开始小小篡改金额，做起假账来，对吧？”

“原来——是假——的吗，那本账本——这样不就没办法还钱给信徒了。这、这很伤脑筋。”

兵卫手足无措，原本的威严早已消失得无影无踪。

“放心好了，**双重账本缺掉**的部分很快就会回来的。上面正确地记录了二阶堂女士暗中抽走的部分。二阶堂女士，你最好努力工作，早点把钱还给信徒。”

是清野的名册。那本连合计栏也没有的半吊子账本，原来是二阶堂寿美自己偷偷做的双重账本。原来如此，在将联络簿抄写到笔记本上的时候，寿美还不知道谁是信徒谁不是信徒。

京极堂在不知不觉间变回了平时的表情，语调平板地说：

“另外，你最好早日回你的老家吧。令尊担心离家出走的你，正每天靠酗酒度日哪。”

寿美双手趴在地上，深深地垂着头。

　　低头不语的男女，以及站在他们面前的黑衣男子。榎木津呢？
榎木津到哪儿去了？

　　"接下来，寺田先生，你还有一件必须要完成的事情。就是拯
救真正的御筥神——也就是你的儿子。"

　　"救——我儿子？"

　　京极堂的说话响彻了整间祈祷房。

　　"你的儿子是——久保竣公对吧。"

⇓

　　"久保——竣公——就是这里。"

　　邮筒上写着名字。

　　青木站在久保家前面。并且——

　　青木现在充满了确信。

　　久保就是武藏野连续分尸杀人事件的犯人。

　　昨晚，青木回去时遗体——虽说也只有手部——已经几乎可以
断定属于楠本赖子。接到青木的联络，原本在当地警署受到保护的
楠本君枝立刻被叫去进行确认工作。

　　精神错乱的母亲真的光看手部就能确认吗？

　　青木提出质疑。木下回答：

　　"关于这个嘛，当然不可能直接让她看尸体，也没跟她说女儿
被分尸了，毕竟她的精神状态真的很不稳定。所以我们想尽办法问
出她女儿的身体特征。君枝反复地说着烧伤、烧伤的，君枝似乎在

赖子七岁时因自己的不小心使得她左手手肘附近受到烧伤。详细询问位置与大小后，经确认后确实有。是个很旧、很小的伤痕，而且那个位置不仔细看就找不到。我佩服地说她竟然记得住，她回答这种事情是忘不了的。"

木下又说——幸亏从赖子生前使用的物品上也成功采取到指纹，现在正在比对。

就算不做这些鉴识也知道。那只手是赖子的。

因为那只右手腕上，有中禅寺说过的加菜子为赖子缠上的结缘索。

之后召开了紧急搜查会议。

青木在会议上提到了久保。

原本青木打算尽可能、尽可能客观地说明，但无可否认地在说明过程中，他的语调变得越来越热切。他觉得这样反而也好。

如同人被推时总是想要退缩。搜查员们听到青木热切的说明，大多冷漠地表示出怀疑的反应。

但这么一来，在搜查真相上反而比较好。全体都抱着相同意见的话，反而会使得搜查只朝同一方向进行，造成扭曲真实的可能性。

要是在慌乱之中逮错了人，那就无法达成与中禅寺的约定了。

反正目前并没有第二个可疑人物，久保是唯一真实存在的嫌犯。最后决定对久保展开搜查，并且由青木担任这项工作。这是大岛的英明决定。

与他搭档的是木下，几天后木场就会回归岗位。

青木决心在木场回来前解决事件。

搜查会议结束之后已经过了凌晨一点。依照常识判断，搜查通常会在隔天早上才开始。但青木等不及了，因为赖子就是在他们的等待之中死去的。青木至少想先知道敌人长得什么样子。

很幸运地，久保的照片一下子就到手了。

青木抱着姑且一试的心态，先打电话到文化艺术社的《银星文学》编辑部试试，不行就算了。意外地电话一下子就接通了。截稿前的编辑似乎比搜查杀人事件中的刑警还忙。但是希望很快就落空，因为责任编辑已经下班，其他人不知道照片放在哪儿。对方说明天一早就请编辑找看看。青木询问一早是多早，对方回答该编辑上班时间多半是十一点左右。青木闻言立刻很有礼貌地婉拒好意，没时间等到那个时候。

接着他打到稀谭舍的《近代文艺》编辑部。听关口说下一期应该会刊载久保的作品。这边则是责任编辑亲自接的电话。

告诉对方自己的身份与来意，顺便也提一下关口的名字。

能利用的人就算是父母也照样利用——这是木场的口头禅。

只不过青木记得应该是"站着的人"才对[注]。或许说"能利用的人"也通吧。

责任编辑自称小泉，是名女性。青木一听她说今晚会在编辑部过夜立刻出发。

原来最近的职业妇女也彻夜工作。

毕竟是深夜，编辑室里果然没几个人。人一少，原本杂乱的房间更显得十分空旷。

看似小泉的女性所坐位置显得很遥远。

远远看也看得出她是个很纤瘦的女性。

小泉似乎正忙着与别人说话，没注意到青木他们。正当青木没办法，打算出声呼唤时，木下不小心弄倒了堆在入口处的杂志。

听到声响，几乎办公室中的所有人都朝青木他们的方向望去。

"啊，青木先生！还有木下先生。"

很耳熟的声音。

与小泉热烈交谈的对象原来是中禅寺敦子。这时青木才想起来，虽然所属部门不同，她也是这家出版社的员工。只不过原来她也工作到这么晚啊——

青木对木场的朋友大体上都抱持着好感，对当中这位活泼的女性更是抱着高度好感。与她的相识是在上次的事件之中。在现场肃杀的气氛中，这名女性的笑容莫名地为青木带来一股安定心神的力量。在相模湖再次见面时，也令青木急着想打招呼。

"感谢您这么晚了还愿意协助我们办案。事态紧急，刻不容缓——敝姓青木。这位是木下刑警。"

青木递名片给小泉，郑重打过招呼后对敦子说自己不久前人还在京极堂书店。或许是因为没说明理由，敦子的脸上显现觉得不可

注：日本俗语。原文作"立つている者は親でも使え"，意思是站在身旁的人就算是父母也要叫他去办事。比喻事情紧急。

思议的表情。

小泉已经准备好照片。

见到照片时，青木对久保竣公的第一印象是仿佛电影明星般超凡脱俗。青木总觉得会拍出这种照片的人多半没有所谓的私生活。

敦子说：

"青木先生——我正好在跟小泉姊讨论这个问题，请问——久保老师他？不，如果在搜查上有什么秘密或人权维护上的问题的话，那我就不问了。"

其实就是这类问题。青木在会议上发言时就注意到了，听中禅寺说明时，旁证有如魔法般一一现出，一点矛盾也没有，犯人除久保以外不作他想，但轮到自己解说时却觉得一点物证都没有。虽然中禅寺本人再三强调这只是他个人的推理，但即便如此青木还是觉得久保犯人说能够成立。这恐怕与中禅寺故弄玄虚的话术有很大关系吧。因此，对于不知道内情的人实在不能贸然地说久保有犯罪嫌疑，即使对象是那位中禅寺先生的妹妹也一样。

敦子说：

"既然如此，那我知道了。事实上我听到奇怪的传闻，而传闻中的人物怎么看都像是久保老师。我跟小泉姊正在讨论这点呢。"

"传闻？"

愿闻其详。

"我最近其实都在连续分尸杀人事件遗体发现的现场附近取材，调查现场附近会流传哪些谣言。简单地说，就是我在调查不好的传闻或怪异的传闻的流传速度究竟有多快之类的问题。"

“听起来很有趣嘛。”

真的很有趣，特别是与分尸事件有关这点更不能放过。

“可是调查结果却很奇怪。集中在分尸事件的遗体发现地点附近流传的却是一些与分尸案完全无关的奇妙传闻。去其他地方调查也发现没人知道这些传闻。”

“是——怎样的传闻？”

“是有关于**抱着箱子的礼服幽灵**的传闻。”

“你是说箱子吗！”

“是的。主要以小孩子到中学生为中心流传，可信性近乎于零。内容大体上是穿着礼服抱着箱子的男幽灵在城镇里徘徊的事。有人说他穿的礼服是黑衣，也有人说是丧服，再不然就是晨礼服。种类很多，不过大体上都是这类很正式的服装。因为是传闻，所以并没有说明得很清楚。其他还说什么手会发光、脸色苍白、脚步不动却能前进、看起来是用走的却怎么追也追不上等等。在这些奇妙的传闻之中，只有服装是共通点。至于为什么是幽灵则没人提到，所以有点莫名其妙——总之是个小心翼翼地抱着箱子的幽灵，这点比服装更具共通性，几乎人人都不约而同地提到了幽灵小心翼翼地抱着外形像是用来收藏挂轴的桐木箱这一点。”

“桐木……箱吗？！”

青木不由得发出喊叫。他看了木下一眼，木下也讶异地回看青木。

箱子一事并没有对外公布。警方要求发现者、发现地点的家人们要保密。而在警察赶到之前并没有群众围观。大概是因为尸体并没有直接暴露在外，平时总是不被当作一回事的保密令，在这次的事件中难得地发挥了功能。这类传闻平时总是很快泄露出去，但这次截至目前为止还没听过有报章杂志报道，当然青木与木下在进行搜查时也没听说过这类传闻。

青木听到的就只有火车丢弃尸骸的故事而已。

"这些传闻诸如——看到幽灵三年后就会死、箱子里会跑出活手臂追人到天涯海角等等，已可说是种怪谈，跟红披风〔注〕没两样了。只不过传闻中的幽灵的样貌跟久保老师很相似，所以我才会来讨论这件事，结果刚好又听说久保老师这次要刊载的作品也是个关于**迷恋箱子**的男人的故事——小泉姊，这个说出来没关系吧？反正明天就要上架了。标题叫作'匣中少女'，是个有点恶心的故事。一听到这件事，我就觉得果然没错。我想久保老师应该就是幽灵的真相吧。"

青木带着轻微的兴奋说：

"请问，久保竣公是不是每时每刻都穿着那种——正式的服装啊？"

小泉回答：

"虽然我只见过老师三次——啊，连颁奖典礼也算进去的话就是四次。典礼上穿的是正式服装，不过平常并非总是如此喔。只不过老师是个很爱打扮的人，总是把自己打理得整整齐齐的。这么说来，旁人看起来的印象应该与穿着正式服装差不了多少吧。"

看起来很正式应该是手套的缘故。

不管什么服装，只要穿戴整齐并戴上手套的话，看起来自然很正式。所谓发光的手应该也是由白手套而来的——

"总之呢，老师来出版社时总是穿着这种感觉的服装，小敦应该也这么觉得吧？"

敦子表示同意。

"敦子小姐——那个幽灵，真的是以分尸尸体发现地点为中心出没吗？"

"不是以之为中心，而是只在发现地点附近。只不过传闻逐渐扩大，且各个发现地点彼此也蛮接近的，传闻招引传闻，所以现在流传得十分广。由于我打一开始就随着事件的进行取材到现在，所以很清楚——"

敦子从相模湖的时候就开始取材了。

"尸体在田无一带总共出现了三次是吧。我记得最早是在芝久保发现的，当时在芝久保时就已经有幽灵的传闻了。不过我当时也曾去田无车站对面的柳泽采访，就完全没听过这件事。但是，当下一个尸体在柳泽发现后我又去了一次，那时已经发生传闻，某某曾看过之类的传闻在小孩子间议论纷纷。"

如果这是事实，就该采用来当作证言。警察由于过分隐匿箱子的情报，反而失去了重要的目击证人。当然，在搜查时是会问关于带箱子的男人的事情——但总不至于会去问小孩，至少青木就不曾

注：昭和初期流行的都市传说。据说有个身披红披风的怪人在各地出没，会绑架小孩并将之杀害。

问过。因而很多目击者都没把箱子与分尸事件结合起来考虑。拿着箱子的男人早在久远以前便消失于记忆之中——

久保多半既不躲也不藏，堂堂正正地拿着放入尸体的箱子在街上昂首阔步，所以小孩子们才会因其毛骨悚然的形象流传起怪谈吧。

"敦子小姐，你还记得采访过的那些小孩子吗？"

"这个嘛，我是还记得他们就读的学校，可是——这跟事件有关系吗？"

"大大地有关系。最后想再请教你一个问题，相模湖附近曾经流传过这类传闻吗？"

"这么说来，相模湖附近的确没有这类传闻呢。"

"谢谢你。"

他们看了久保的原稿，当作参考。有如使用了标尺刻画出来的整齐文字满满地塞住格子。接着又问了地址，久保的住处在国分寺。概略地看来——也不能说不算相模湖以外的发生地点的中心点。

意外地，或许很快就能破案。

向小泉拿了刊载久保作品的最新一期的杂志。

青木一直考虑到早晨来临。天一亮，青木决心前往久保的住处。木下一副很想睡的样子。

有点担心。但并不是担心——万一久保不是犯人，而是担心没做好万全准备就去找久保可能会被他逃走。木下劝青木跟大岛商量

一下比较好，但青木等不及大岛回来了。反正并不是要去搜索他的
住处，只不过作为参考人去询问事情而已。这很稀松平常。

　　于是青木来到了久保的自宅。
　　以前听说国分寺有很多别墅，也听说最近有许多逃避战祸的
人们移居到这里，造成人口急速增加。所以青木凭印象想象，还以
为久保住在那种很潇洒的洋房里，但事实却与想象之间有很大的差
距。
　　那是一间以车库改装而成的，**宛如箱子**的家。
　　离车站很远，地理位置上比较接近小平、小金井等地。
　　周遭一片荒芜，邻近也没有住户。傲然孤立。是犯下杀人罪的
绝佳住处。
　　生锈的大型铁门旁有个简便的门。门的左边设置了一个全新的
邮筒，写着久保竣公的名字。青木此刻正凝望着名字。
　　中禅寺他们现在应该已经到达御笁神那里了吧。那个叫作寺田
的诡异教主，现在应该正与那个有如理论化身般的中禅寺过招吧。
　　木下似乎有点困惑，站在车旁看着青木。
　　"久保先生，很抱歉这么早打扰你，我有些事想询问你。"
　　青木说完敲了敲门，没人响应。拉门把，门毫无窒碍地被打
开。屋里黑暗，一道铁制的楼梯通往楼上，看来久保的起居空间是
在二楼。青木向木下招手，指示他在门口待命。这是为防万一。这
间房子应该没有后门，万一他想逃跑，只要守住这里就能放心。
　　青木登上楼梯。

楼梯尽头的右侧有个相同的门。

"久保先生，久保先生，很抱歉在你休息的时……"

"请问你是谁？"

门突然打开一半，声音由缝隙之中传出。

久保由缝隙之中露出半张脸来。

"啊，请问你就是久保，久保竣公老师吗？小说家的——"

"是的，你是？"

"我是这号人物。"

青木让他看了警察手册的封面。大岛虽然再三要求要提出身份证明时一定要让对方看到内容，但青木并不想让这名男子看。

"我不需要找警察，我很忙，请你改天再来吧。"

"不，是我找你有事。如果你还在休息的话——"

"我就要出门了，我不是那种太阳升起了还贪图睡眠的懒人。抱歉。"

当久保想把门关上时，青木把上半身凑上去，硬是夹在门中间好阻止他关门。

"不会占用你太多时间，我只有几个问题想请——"

"你已经占用我太多时间了！我的一分一秒都很宝贵。对我来说，与不需要的人说话就是一种浪费。"

"一般市民有义务协助警察的搜查，我进门了！"

青木勉强挤进房间，房间里应该藏着不想让人发现的东西。

"啊。"

房间中什么也没有。没有家具，什么都，没有。只有中央有张桌子。

"失礼的家伙，竟然擅闯别人的**工作室**！"

"工作室？"

原来这里不是住处而是工作室？

看起来的确无法在这里生活。

窗户完整地填满，地板上没铺瓷砖，水泥直接暴露在外。房间中一点突起物也没有。完全是**箱子的内部**。天花板上吊着一盏荧光灯。待在这个房间里，不管日出还是日落都不知道吧。

"你到底有什么事，快点办完快点滚。我要外出了！"

久保显得焦躁不安。

"事实上，我来是想问你有关箱子的事情。请问你去年是否曾在三鹰的寺田木工制作所定做过大量木箱？"

他会如何回答？

"有。那个工匠的水准很高。那又如何？"

毫无所惧的男人。

"能让我看一下吗？"

"为什么我就得拿给警察看？我又没做什么亏心事，没必要拿出来给人看。"

"其实是因为被看到很不妙吧？"

"你到底想查什么？要我帮忙，却连在搜查什么也没说。总之你们这群警员一点教养也没有，要问人话时多少用点逻辑，别浪费人的时间。跟笨蛋讲话会害我被传染。滚吧！"

久保推开青木。

他的眼神完全瞧不起人。青木火气上升。

为什么就该受这种家伙的辱骂？实在令人忍无可忍。

"既然你那么想知道我就告诉你！我是来阻止你的疯狂犯罪的！别瞧不起警察！你这杀人犯！"

"杀人犯？"

久保的眼神变了。

"没错，你就是武藏野分尸杀人事——"

"你说什么！谁是杀人犯！谁杀人了！我才没杀人！你们这些笨蛋岂能理解我的心情！你们这些头脑差劲的笨蛋凭什么说这种话！"

久保陡然变得怒气冲天，前后态度差距极大，令青木觉得有些狼狈。久保嘴角喷沫，宛如无理取闹的小孩高举双手高声叫骂，朝青木冲了过来。

"呜哇啊啊啊啊！"

青木被冲倒，猛地撞上了门。久保对倒地的青木使劲乱踢一通。久保的袭击实在太突然了，完全来不及抵抗。

"木、木下。"

青木像个胎儿一样蜷曲着身体，失去了意识。

"久、久保他——"

"久保原来是寺田的儿子，真叫人意外。"

很不可思议地，我已经恢复了平静。

事件并非结束了，但能有一部分获得解决仍是好事。

"虽说在鸟口的调查中已经得知手套男子应该是兵卫的家人了——"

几乎是在自言自语。京极堂与榎木津都没听见。

兵卫对我们坦承了一切，向警察自首了。

可见京极堂的虚张声势非常有效果。

我们回到京极堂的客厅，以与昨天相同的态势百无聊赖地等待青木的联络。

"话说回来，京极堂，你不会真的看得见魍魉吧？"

我很想找人说话，想得不得了。

"我怎么可能看得到那种东西。我不是说过好几次了，我不善于对付魍魉。"

"可是你不是已经很逼近魍魉的谜团了？你说的那些还不知道兵卫能懂多少呢。"

"别说傻话了。"

京极堂吃着夫人端来的红豆饼回答：

"那是我随口乱说的。想到什么就直接说出口罢了。到现场之前我连想都没想过。"

"是这样吗？那你说用易经能解开魍魉之谜也是胡说的吗？"

"嗯，那是讲到一半觉得似乎是个好点子，拿来用应该不错才讲的。是不算说谎，但整体说来就像你常说的一样，是种诡辩。"

京极堂吃完红豆饼，喝起茶来。

"可是你说魍魉不近鬼门听起来还蛮有说服力的嘛。"

"我不是说不近鬼门，而是魍魉不应只存在于鬼门，因为我想起恶切的四方镇守咒。虽然我是说方位在北。"

"难道不是吗？"

"哼。听好，太古的方相氏入墓穴执矛击四方以退魍魉，这不是谎言，但他打击的是**四隅**而不是四边。因为墓穴是做成东西南北四边通达的形状。四隅是东北、南东、北西、西南。丑寅包含在其中。"

"喔，原来如此，你真是个诈骗师。"

"说诈骗太过分了哪。不过这么说也不算错，我是情急之下才拖荒平出来。其实本来没必要做到那种地步，只要针对教义的矛盾攻击，他就会动摇了。只不过他多半不知道自己有所矛盾，他打从一开始就不相信自己的咒术。因此非得先请魍魉这头大妖怪现身，让魍魉为他带来灾害才行。所以我才会一方面要让他理解咒术的正当性，一方面却又得使之产生破绽。真是费了我好一番功夫。"

真是的，实在不能小看这家伙。

"我也好想在现场看啊。"

鸟口说。

"那其他的'洞悉秘密'是怎么做的？你比普通的灵媒还像灵媒——"

"关口，陪你讲话真是麻烦死了。我前天早就打过电话调查过了。我先打电话给二阶堂寿美的老家，是她母亲接的电话。她对我发了许多牢骚，我就是靠这些来推理的哪。那个叫寿美的女人年近三十，碰不上好男人，至今仍维持单身，爱乱花钱又喜欢奢华。但做父母的不管如何还是很疼这个独生女。爱多管闲事的伯母就想说要为她介绍御筥神，结果却因此一去不回。有信仰当然是好事，他们在伯母面前也不好意思说什么，所以她的老爸那之后就天天沉溺于酒精之中。大概是舍不得孩子离家吧。”

“所以你听到喝酒过多就说肝脏有问题是吗，真是简单的推理。”

“没错。然后那个寿美身上穿的衣服，看起来十分高价，是高级品。没有重新缝制的痕迹，也不像自己买布料亲手做的，所以应该是成品。没有工作的女性是买不起的。而且由她母亲的话听来，她也不像是会诚心信仰的人，所以我才作此推理。”

“原来如此，难怪你大胆猜测她的目的是钱。那说胃痛又是怎么回事？”

“那完全是大胆猜想的。她的嘴角粗糙干涩，这是胃不好的证据。每天都做着良心不安的事情，也难怪要胃痛了。良心的苛责也会反映到健康上面。她本来就不是什么十恶不赦的女人。只是想要一点金钱与刺激罢了。”

“那兵卫的眼睛呢？”

“我看他有白底翳，瞳孔有点混浊了，我想已经开始产生视力障碍。”

“那是啥玩意儿啊？”

鸟口问。

“就是白内障哪。得及早治疗才好。要是并发飞蚊症，要设陷阱就更容易了。不过看样子他的症状已经十分严重。"

我虽然不懂他的意思，不过问了也不懂所以就不多问了。

所以说到处都有"洞悉秘密"的谜底，榎木津的幻视想必也成为材料吧。我开始觉得寺田兵卫有点可怜。对他这个半路出家的灵媒而言，京极堂这个对手太强了。

我慢慢地反刍兵卫的话。

兵卫真正的妻子名字叫作阿里。

兵卫说他在昭和六年结了婚，是相亲结婚。主要理由是前一年母亲死了，家中需要女人打理。

翌年，孩子——竣公（Toshikimi）诞生了。竣公这个名字是祖父寺田忠命名的。后来阿忠坦承自己原本打算取的其实是俊公，当时喝醉酒写错了。

"竣"这个字并不念"toshi"，字义上是完成或终了的意思。所以竣公只能以"shunkou"〔注〕的身份活下去。

竣公诞生的隔年，阿忠死了。

之后寺田家逐渐变得不正常。

阿里有精神方面的毛病。阿忠还在世的时候，由于他的性格很随和又大而化之，所以并没有造成什么问题。

阿忠一死，阿里就不再照顾孩子了。兵卫原本以为是葬礼时的疲惫所致，帮忙照顾了两三天，但根本上的问题并不在此。

阿里一整天什么也不做。

兵卫觉得很困惑，与妻子也无法沟通。兵卫本来就不擅长体贴人、照顾人，且他原本在与人沟通上就很蹩脚，要他去了解妻子的心情或去传达自己的心情给妻子更是难上加难。

笨拙又冷淡的兵卫从来就没考虑过结婚生活有何意义，也不知道该怎么处理这个问题。不只没有能商量的亲戚，在阿忠死了之后他连愿意为他设身处地着想的亲友也没有。而且他也抱着家丑不可外扬的心态，一直将这个问题隐藏起来。兵卫说：

"不过我还是觉得孩子很可爱。一开始虽然嫌他烦，但没办法置之不理。"

兵卫低着头说。

经济上没充裕到能雇请奶妈来照顾，也怕人说闲话。而且处事认真的兵卫觉得这算是自己的义务，该由自己亲手解决。

他努力了半年左右。自己没空处理的工作，就严格鞭策底下的工匠负责，工作的品质倒也因此提升了。他天生就是讨厌做事半吊子。

但是这样忙碌的生活对体力的负担很大，且这个工作也不可能背着孩子进行。

阿里一直没恢复。

幸亏她并没有随意到外面走动，仅是一直把自己关在客厅——现

注：原本的"俊公"的训读（基于意义的读法）读作"toshikimi"，但"竣"在意义上并不能念作"toshi"，所以只能改以音读（基于汉字字音的念法）念作"shunkou"。

在的祈祷房——里。不管碰到什么事都一直喊着好想死、好想死。

大概是忧郁症吧。

忧郁症不易治疗，但并非治不好。只是，要治好需要靠周遭很有耐性的亲友们的体谅与帮助。

我也曾是忧郁症患者。

我的症状还算轻微。但是我认识几个患者的家庭，他们每天都过着痛苦的日子。但痛苦的并非只有家人，我想最痛苦的恐怕是本人吧，所以才必须有能体谅的亲友。

只可惜，阿里似乎缺乏一个能理解她、帮助她的环境。

兵卫想要多赚钱，便去借钱买了机器，开始制作起金属的箱子。兵卫说他当时想——只要有钱应该就能解决这个困境。但我不太相信他的说法，因为他那时与其说是要钱，似乎更像陷入了被箱子附身的状态。

他莫名地就是想工作，不管醒着还是睡着都——在意着箱子。

那个角落照那样处理就好吗？照蓝图制作的话强度没问题吗？

他说他那时开始觉得小孩与阿里异常的烦人。

"倒也不是讨厌孩子，只不过就是一直想工作——"

兵卫说。

兵卫除了做饭以外，不再照顾妻儿。

竣公在澡也不洗、没人关爱、几乎彻底被放任的环境下成长。

他成了一个只会跟母亲两人静静地待在客厅的孩子。这对兵卫而言并非是值得烦恼的事情，对他来说这样反而比较方便。因为这样一来就能彻底埋首于工作之中。

或许受到兵卫沉默寡言的性格影响，竣公也是个从不开口的孩子，他的玩具是父亲制作的箱子与设计图。兵卫专心致志地工作，工匠们也受到影响埋首于工作。工匠们甚至连兵卫的妻子与孩子待在里面的房间里这件事情也不知道。

竣公五岁时——由于兵卫对于社会情势完全不关心，所以实在很难从他话里判断到底是何时，大概是昭和十二三年的时候吧，不知怎么回事，阿里开始恢复了。

这并不见得是好事。

对兵卫而言，逐渐回复人类情感的阿里只是个比过去更难以应付的对象罢了。

或许是不正常的生活过得太久了，此时的兵卫比阿里更缺乏情感。

阿里开始外出，也开始照顾竣公。但是这似乎不是个简单的问题。这并不奇怪，对她而言竣公是个刚出生不久的婴儿。她跳过那段失落的时间，以当时的态度去面对竣公，可是竣公已经是个年过五岁的孩子。对她而言，竣公成了难以理解的存在。

与孩子完全无法沟通，阿里把这股郁闷之情发泄在兵卫身上。自己的孩子变成不带有一切喜怒哀乐的情感的怪物。将他养育成这样的人是你——阿里如此责骂兵卫。一切都糟透了。

但是一语不发的竣公还是上小学了。至少当时母亲并没有爆发忧郁症，这算不幸中的大幸吧。

世局变得不安定，缺乏工作，战争爆发，兵卫被征召入伍。出征时，别说是高呼三声万岁，连送行人也没有，很寂寥的出征。

兵卫在战场上碰到了生死关头。

虽说真要说的话，每个士兵都碰到了生死关头。兵卫碰上的生死关头有多严重我不得而知，总之兵卫说他在军旅生涯中逐渐回复了人性。

"在战场上无时无刻不想着父亲、老婆与孩子的事。天天只想着原本几乎不曾交谈，既不厌恶也不喜爱的家人。我实在不懂人际的羁绊是什么。彼此对彼此的想法根本不重要。原本长期在一起生活或血缘的关系这类很无聊的羁绊在霎时之间成了重要的事。我那时想，如果能活着回去的话，一定要过更像个家庭的生活——"

虽然兵卫如此说，但他的愿望终究没实现。

复员之后回到箱屋的兵卫，等待他的是一个空荡荡的箱子。

幸亏没受到空袭，箱屋完好无损。但房子里没半个人影。

放在工厂里的箱子全数遭人破坏。只见里面的客厅的榻榻米中央染黑一片，在那片污渍上孤零零地摆着一个铁制的箱子——

里面收着四根干掉的手指。

没人知道这是怎么回事。

去避难了吗？还是死了？

怎么想也想不通，兵卫觉得很可怕。

那之后又过了好几年。在这段时间里，兵卫一直过着一个人的生活。不管是家人还是情感，兵卫全部都忘记了。

兵卫又再次逃避到箱子制作的工作上，把自己放进箱子里，盖上盖子。

儿子竣公再度出现在兵卫面前是前年，也就是昭和二十五年十一月的事。

兵卫出征时——虽说我并不知道兵卫出征是哪一年——还未满十岁的儿子竣公，如今已成长为一个英姿风发的青年。

"我吓得背后发起抖来。"

兵卫说。

——是我，你的儿子。快，把我的手指还给我。

这就是竣公所说的第一句话。

阿里在兵卫出征之后再次病发了——竣公说。但是或许是因为有竣公陪在身旁，这次并没有陷入长期的忧郁状态。

——那女人很糟糕。

这是竣公对母亲的感想。

阿里忧郁症病发时连饭也不吃，正常时又过分溺爱竣公。竣公说自己没有朋友，也说在兵卫出征后就再也没去上学。

——这是你造成的，我离开这个家以前完全不会说话。朋友？学校？笑死人了。不过现在我反倒很感激。托此之福，我才免于拥有一群低劣、头脑差劲、老是说些感伤或回忆的朋友。

——结果那女人上吊自杀了。在九州的山中。

——你问为什么？她说箱子很可怕。那女人怕箱子怕得不得了。所以就从这里逃出去了。这里一直都充满了箱子，不管那时还是现在都一样。

——你们夫妇也是空空如也。

——里面什么也没有。

——都是笨蛋。

——帮我制作箱子，爸爸。

不知这是阿里的过失还是意外，抑或是阿里异常的精神状态造成的影响。由竣公的话里无从判断。

竣公的四根手指——右手的无名指与小指，左手的食指与中指——被兵卫制作的那个铁箱子夹断了。

阿里陷入半疯狂状态，没有帮他治疗，也没为他包扎。

客厅到处血迹斑斑。

——那女人，只会呜呜、呜呜地吼叫。

大概是刚好碰上忧郁症发作吧。

等到恢复过来时，阿里更疯狂了——竣公说。

客厅的箱子在那之后——一直到兵卫复员归来为止，一直保持那个状态弃置于那里。

这之后，阿里变得害怕箱子。虽不知是何种悲伤的重力以何种形式对她的精神加以压力，阿里或许渴望着将所有一切的灾厄浓缩置换成箱子这个对象以维持自己精神的平衡。

阿里将家中所有的箱子都破坏后逃走了，她再也没办法继续在箱屋生活下去。

九州筑上求菩提山——

　　是京极堂提到的那座山。不知为何，阿里逃往了南方。

　　那是一段很艰辛的旅程。

　　逃到求菩提山的里鬼门方向［注］的犬岳山中，不知是因为无力还是绝望，阿里上吊自杀了。竣公受到修验者的保护，托付给一名信徒照顾。

　　久保竣公的人生由此展开。

　　照顾他的信徒——兵卫不知道她叫什么名字——是位年过六旬的老妇人。她担任过教职，教养很好，而且是个很严格的人，因此她的管教也很严格。老妇人亦热心于祭拜，经常带着竣公参加宗教活动。

　　应该就是京极堂说过的那间祀鬼的神社吧。

　　竣公原本有所缺陷的人生在这段期间一一填补起来。

　　但是，他受到的待遇并没有很好。一方面是因为战争，迫不得已。另外则是他遭到周围强烈的排挤，竣公在那里也还是受人孤立。失去了手指，失去了言语，失去了情感，将自己的亲生母亲唤作怪物的少年，虽受到周遭的迫害，还是在异乡外地逐渐长大成人了。

　　战争结束了。

　　竣公不知道自己正确的年龄。

　　只不过终战时他已经上中学了。

　　这表示竣公在很短时间内就弥补了过去的空白时期。假定他出生的时候是昭和七年，终战时是十三岁。如果信任兵卫的自我申

注：即鬼门的相对方向，也就是西南方。

告，竣公在这段期间内就几乎完全恢复正常，速度真是惊人。我想他原本头脑就很好吧。

但是竣公在终战后一年离开了筑上。因为身为养母的老妇人多病，所以去投靠伊势的亲戚，而竣公也跟着被一起带过去。

竣公无疑地被当成了讨厌鬼。

竣公在这里也受到了孤立。虽曾上学，不过大半的时间都在神社境内。

昭和二十五年九月，妇人去世了。

问题是遗产。妇人有一笔为数不少的财产。当然，伊势亲戚的亲切毋庸置疑地也是为了这个。

只是，他们的如意算盘打错了，老妇人没与任何人商量过，竣公在不知不觉间成了户籍上的养子。应该是妇人趁着战后的混乱动的手脚吧。她其实十分讨厌这些利欲熏心的伊势亲戚们。

竣公继承了财产，来到了东京。距离失去手指后离开以来已过了八年以上的岁月。

竣公诉说的这段半生故事，只让兵卫觉得恐怖。儿子的话毫不留情地刺激了兵卫扭曲、纠缠、好不容易才显露出来而瞬间又被塞了回去的人性情感。儿子亲手将沉入兵卫心中深处的情感之箱挖开来。

竣公每天都来，而且没有一天不对他诉说自己的事。他的眼神像是在施虐。兵卫在他诉说时总是一句话也不说。

——我很不幸吗？爸爸。

——你很幸福吗？爸爸。

竣公的话有如恶魔的私语，一点一滴地侵蚀兵卫。兵卫好不容易维持起来的心灵平衡完全被打破了。

竣公似乎原本想进大学，但他说他放弃了。

——我有钱，请帮我制作箱子吧。

——没人责备你，你为什么要那么害怕？

不久，竣公在箱屋住了下来。只要客人不在，便一整天都在兵卫耳旁诉说个不停。

没事好说时就会扯到宗教上。

不管他说什么，兵卫都没办法响应。不管是什么内容的故事，都是种拷问。

——我无法满足，不管做什么都一样。

似乎总是欠缺了什么。

我的手指在哪儿？

兵卫将放入手指的箱子封起来，藏在天花板里。因为他舍弃不了，又不敢放在身边。

除夕那天，隔壁邻居吉村来了，带着兵卫祖母托付的"魍魉之箱"。

这么令人毛骨悚然的偶然是怎么回事？**封印在天花板里的箱子——**

对兵卫而言这并不是偶然。同时对恰巧人在隔壁、顺理成章地偷听到的竣公也不是偶然。那个箱子也跟求菩提山的**深秘御筥**一模一样。

　　兵卫说他在那之后就觉得有点轻松了。

　　"总觉得自很早以前就注定变成如此。不管怎么挣扎，人的命运也不会改变。感觉自己的命运自祖母时期就被收藏在这个箱子里了，所以反倒觉得有点轻松。"

　　接下来就换那位阿山登场了。鸟口的调查很正确。

　　"那时，有个叫作阿山的漆工心情很郁闷。他害儿子受伤，脚短了三寸，一边的眼睛也失明，整个人可说是废了。老婆因此悲观地跑掉，害他没办法专心工作。总觉得他的情形跟自己的遭遇很像，就难得开口安慰他。一开口却停不下来，一生中从来没说过这么多话过，连我自己也很惊讶。阿山一开始也很惊讶，后来却哭了起来，对我千道谢万道谢后回去了。"

　　竣公从头到尾听了经过。

　　——这世上也有如此不幸的人啊?

　　跟我们比起来谁不幸?

　　这世上究竟有多不幸?

　　这表示凡事都不充足?

　　还是凡事皆被不幸所填满呢? 爸爸。

　　兵卫无法回答。突然，竣公变得很凶暴，疯狂地殴打他，兵卫被揍得体无完肤。

　　——混蛋家伙，你有时间去安慰那个笨蛋，为什么不来填补我? 你为什么不肯还我欠缺的手指!

后来兵卫就对他唯命是从。

兵卫成了竣公的仆人。

接着——御筥神诞生了。

“久保为什么要创造御筥神——理由我实在不太懂啊。定做大量箱子的理由我也不懂。京极堂，你知道吗？”

京极堂正在吃第二个红豆饼。

“我想，应该就跟‘搜集者之庭’写的一模一样吧。兵卫虽然没提到，但我想神官与修验者的问答应是他们父子俩的问答。兵卫窥视了竣公心中的黑暗，被他深不见底的恶业所迷惑，否则也不会自愿打扮成那副模样担任起教主来。兵卫他找到了自己隐藏的才能与渴望。他是自愿担任的。久保也知道，所以才会觉得有趣，将现实直接写成了小说。这个主题的确很有趣。况且时间上也没有矛盾。久保与兵卫之间如果有所问答，应该发生于一月左右，这之后竣公很快就离开箱屋过独居生活了。《银星文学》的本朝幻想文学奖的截止日是三月底。道场的完成是八月底。文化艺术社的审查很快，发表是在十月底。接着是得奖、出道，过程大概就是如此吧。因为他描写的都是事实，所以才会充满了现实感。他描写的是人。”

京极堂微微地笑了。

“所以你坚持主张久保的风格就是只知把现实**原封不动地**写入？——可是久保的‘匣中少女’中出现的男子的人生与久保的人生差异相当大啊？”

“没这回事。那是在——描写求菩提山以后的生活。久保的确并没有成为官吏，父亲兵卫也还健在。不过小说的主角对于父母并没有任何描写，关于父亲之死也只有短短的一行，母亲则连提都没提。可是相对的，祖母的丧礼却描写得很详细，也写到他梦到尸体被挖起的梦。所谓的祖母，是指养育他长大的妇人吧。父亲则——实际上并非死掉，而是成为御笃神了。从那瞬间开始，兵卫已不再是父亲而是竣公的仆人，所以跟死了也没两样，所以小说中就没描写丧礼。接着不是有段描写写到搬家吗？那段应该就是久保从箱屋搬到现在的住处的描写。而在那段之中述说的心理就是久保大量定制木箱的理由吧。"

"京极堂，那你是说久保真的像小说中一样睡在装土的木箱中吗？那不就跟吸血鬼一样了？"

真的很像。

"不过没想到兵卫真的愿意去向警察自首啊。"

鸟口吹着红豆饼的碎屑，似乎感到很佩服。我以在场者身份直率地说出我的感想：

"反正他也早就隐约感觉到久保犯下的罪行，收藏手脚的箱子应该也是出自兵卫之手。另外还有很多地方例如名册顺序需要他出面做证，他不出面也不行。所以，我们这位京极堂大师很巧妙地玩了点把戏。"

"怎么做啊？"

"还不简单，到最后兵卫已经不是御龟神而是京极神的信徒了，根本是唯命是从。他对兵卫说什么就算把钱还给信徒，久保还是很危险，继续下去的话，这几天内久保可能会丢掉性命，魍魉就是这么恐怖的东西……之类胡说八道的话——"

"这可不是胡说八道，是真的，久保的性命真的有危险。"

京极堂语气严峻地打断了我乘着性子随口说说的话。

"兵卫也很痛苦吧——他也是为人之父，与其坐视孩子死去，宁可顶着犯罪者的烙印活下去。所以他才会去向警察自首。他不也说过——不管关系变成如何仍是父子。"

"可是为什么久保非死不可？你是说他会自杀吗？"

犯人——明明就是久保啊。

京极堂没回答。

鸟口说：

"久保——创造御筥神至今的经过与心境，说理解我是还能理解。可是我真的不懂的是——他为什么会干出分尸杀人案来？虽然久保犯人说从单纯的灵感发展到现在有旁证但没物证，我觉得十拿九稳不会有错，可是——"

我的感想也相同。就算有物证我也觉得难以释怀。我带着讽刺说：

"动机吗？只是这位京极神听到人家谈动机可是会生气的哩。"

京极堂保持沉默，我继续说：

"只不过啊，久保短短二十年的人生真的很不得了。他会变成那么扭曲的性格一点也不令人意外。幼儿时期受到虐待、贫困、忧郁症的母亲、双亲不和、自闭的性格、失语症、对身体的残缺的自卑感、母亲在眼前自杀、受人欺负、孤独——一切能成为动机的要素几乎都体验过了。说经历过这些还不变得奇怪的话真的是谎言。"

"可说是原因大会串——的状态嘛。"

"总之，应该算没有理由的犯罪吧——勉强要说的话就是精神分裂性的杀人犯——"

京极堂用力拍了桌子。

"关口，别说这些愚蠢的话了，适可而止吧！"

京极堂大喝一声，瞪着我。

我吓得不小心把茶洒了出来。

"干、干什么，突然大叫。"

"从刚才听到现在就只听到你净说些胡扯的话。你什么时候变成歧视主义者了！说什么自闭症失语症，过去的你不也一样？那这么说你也是精神分裂杀人魔了？话可别随便乱说哪。那么你也会没有理由地走在路上随便杀害路上的人们吗？我不是在说成长过程不构成远因，而幼儿时期受到虐待的人在人生中的确也常背负着巨大的创伤，但是这绝不是犯罪的真正理由！也有为数众多的人跟久保一样度过了悲惨童年，但他们如今却能过着正常生活，这表示忽视这些远因也无妨。听好，**一定有所谓的契机**。只要没有契机，久保也绝不会干出这种事情！或许他就会以幻想小说界的旗手身份活跃于文坛，度过平稳的一生。而寺田兵卫也会以这么杰出的儿子为傲，安稳地度过余生。先有契机开启了反常之门，接着又有御笥神这种令他觉得实行计划也没有问题的特殊环境后，犯罪才真正成立。犯罪是结合了社会条件与环境条件，以及过路魔上身般疯狂的心情摆荡才成立的。久保只不过是**恰巧碰上这些条件**，就是如此罢了。"

他是真的感到愤怒。我——

"我懂了，是我不对。我似乎是太希望回到日常了，才会像你说的那样急着想洗落污秽的犯罪吧。"

接着我问：

"可是久保又是——**碰上了什么了？**"

"不是说了？就是魍魉哪。"

京极堂突然变得平静起来，如此回答。

"这家伙还有事瞒着我们！"

原本一直躺着的榎木津蓦然起身。

他说了他不喜欢红豆饼沙沙的口感后就一直躺着。

京极堂什么也没说。

我已经没有力气诘问了。从京极堂刻意保持沉默一事看来，最好别问比较好，问了只会越听越痛苦。

"久保这个姓氏——应该是由求菩提山〔注〕来的吧。"

京极堂若有似无地自言自语。

这时，纸门拉开，夫人探出头来说：

"东京警视厅搜查一课的一位自称木下的刑警先生打电话来，好像很急。"

注：久保念成"kubo"，求菩提念成"kubote"。

"你说木下？"

京极堂奋力站起来。鸟口也跟着起身。我则是由于坐太久了，双脚缠在一起。

这时看了一下时钟，下午三点。

"喂喂，是的，我是中禅寺。木下吗？是木下吗？青木呢？"

"青木他——"

&

青木——

青木醒来发现自己已经躺在病床上。

"要一个星期才能痊愈。今天你一定要好好躺着休息。"

大岛站在枕边。

"警部……久，久保呢？"

"别问了，交给我们负责吧。是我的判断错误，他才是真犯人。我应该好好接纳你的意见才对。"

"证、证据在……那个……车库的、车……"

"我知道，现在鉴识小组已经去了。木下的话不用担心，那个笨蛋竟然背对门口呆站着才会发生那种事，他只受了擦伤。"

那时。

受到久保拼死拼命的乱踢之下，青木瞬间失去了意识。

但是很快又在传遍全身的剧痛中醒来。

连滚带爬地下了楼后，见到木下昏倒在信箱前。

由他的姿势看起来应该是被人殴打到后脑勺。

摇他也没反应。久保早已不见踪影。

——让他逃走了！失败了！

靠车子的无线电与本部联络。仅仅做了这些事情就觉得疼痛得快昏倒。

肋骨大概骨折了吧。

总之他至少犯下妨碍公务与暴力伤害等罪行，立刻拜托本部紧急通缉他并派人来现场支持。

接着——

——证据。

不知道自己究竟昏倒多久，这段期间要是证据被湮灭了的话——

——不太可能吧。

中禅寺说，他的家附近一定藏有尸体的一部分。

如果他没说错，应该是埋在土里，这么短的时间内想挖起来带走是不可能的，且尸体又有三四具之多。

只不过要是埋起来的话，在支援的人手到达前，青木也没辙，现在光是抓住东西支撑身体站着就已经很痛苦了。

——混蛋，我才不认输。

要是让木场看到自己现在这副可怜模样肯定会嘲笑不已。青木再次爬着上楼梯。

房间正中央有张桌子，抽屉里应该会留下一点证据吧。

打开门，里面——

岂止一点证据而已。

仔细一看，满地都是斑斑血迹。

桌上有一叠纸，是稿纸。

上面似乎写着字？笔迹与在稀谭舍看过的相同，很有特色的笔迹。

　　没有时间重写原稿了，这次又失败了。因为灵魂污浊才会变得腐败的。看来最后是这个女人并非偶然。既然那个医生知道的话有必要走一趟。现在立刻出发，去找那个女孩。

青木应该刚好是在他写到这里时到达的吧。这是笔记？还是小说？

是日记——

青木打算翻到下一页，很难翻，稿纸上似乎沾着墨水还是什么的痕迹。

不对，这是血液！稿子被黏糊糊的血液黏住。第二张稿纸上的栏外似乎写着一些字，勉强能够辨识。

　　真是糟糕的母猪。多亏她，好不容易写成的原稿又被弄脏了。

什么！这家伙为什么能若无其事地写出这种事情！青木觉得背

脊发寒。这个地方很不妙，继续站在这里似乎会冻结起来。

打开抽屉。发现了一本以同样笔迹记录的账本，不，应该是联络簿吧。啊，这就是鸟口拿到的名册的原始本！没有记载金额的字段，取而代之的是——

持续不断地被记录下来的不幸与灾难。以细小的字，**密密麻麻地**。连清野的调查都为之逊色。总觉得，绵密到令人感觉邪恶。

——够了。受不了了。不，再也不想看了。

青木走下楼梯。痛楚已舒缓不少。

突然，他在意起楼下。久保是在楼下的车库区起居吗？

在房间里寻找电源。一片黑暗，什么也看不清楚。

没有力气打开铁门。

总算在入口附近找到。

打开电灯，屋内也没变得多亮，不过视野总算广阔起来。

——这是，什么？

格外的寂静。没错，这里也没有起伏。只有箱子，整齐划一地堆放着的箱子。

没有任何空隙，箱子——箱子箱子箱子箱子——

箱子——

整片墙壁完全被大大小小的箱子所遮蔽。

这些都是寺田做的吗？

不像是市面上流通的成品。

证据就是每个箱子之间有如镶嵌木工艺品般紧密地贴在一起，

丝毫没有凹凸不平之处。

前面摆着一个棺材大小的箱子。

青木迟疑着是否要进入。

这里充斥着——圣域般的气氛。

——管他什么圣域，入侵就对了。

青木进去了。他打开盖子。桐木盖并不很重。箱子里填满了土。

——这到底是怎么一回事？

看着旁边，棺材旁并排着四个小小的箱子。昏暗的光线令他看不清楚。

箱子旁整齐地堆着许多细长的箱子。那是……

——用来收放手脚的——箱子？

毫无疑问。青木有印象。那些与用来收放手脚的箱子相同。

既然如此，那么这些就是——

青木打开并排的四个箱子中最右边的箱子。

青木又——

再度失去意识。

箱子里，被切断四肢的楠本赖子——

紧密地被塞在里面。

带着宛如还活着般的苦闷表情。

楠本赖子。

楠本赖子被杀了吗!

——说什么"所有遗体在犯人的自宅中全部发现"?

"第五个被害人已经确定，为住在小金井的中学生楠本赖子
（十四岁）？"

"啥已经确定!"

木场用力把报纸摔在地上。

顺势一脚踢走烟灰缸。

警察都在搞啥鬼!都在睡大觉吗?

中禅寺还是啥也不做，成天窝在家里看书吗!

这些家伙……

而自己也是个大笨蛋。

——再过两天，为啥连两天也撑不了。

瘫坐在武藏小金井站内月台上的小女孩。

月光辉映。

那天之后已过了一个半月。

木场回想起楠本赖子的容貌与声音。

那女孩很爱哭，是个叫人摸不着边际的女孩，一下子就听不懂
她在说什么。

——要不是碰上这个事件，一点也不可能跟这种人有交集。

那么这也是预定调和［注］？

预定调和？多么无趣的词汇。又不是中禅寺，这种狗屁道理不适合木场，去吃屎吧。

这些狗屁道理一点也没办法帮忙木场回想起赖子。那女孩——

——那女孩她。

可是，木场却怎样也无法明确地回想出赖子的脸，总是会跟柚木加菜子重叠，然后，与阳子重叠。

早知道就该更清楚地把她的脸看个仔细。木场后悔了。

再也没机会看到了。

能回想起来的事情太过稀薄，令人无法承受的失落感再度使木场变得凶暴。

木场捡起报纸。看着标题。

是早报的头版。

——犯人是年轻当红的新晋作家？

这个作家是从哪儿冒出来的？凭木场的感性一点也注意不到这种家伙。这么说来，中禅寺似乎提过有个奇怪的年轻人。不管如何，一定是在他玩弄那些麻烦难懂的道理时神不知鬼不觉地冒出来的家伙。

聪明、知性、理性，还有无懈可击的小聪明。

每个特点都叫木场觉得疏远。

——没有更普通一点的人吗？

——只剩两天，真的能忍吗？

木场再度把报纸摔了出去。

走吧，去搜索，总之不能乖乖待着。

——只剩两天，两天后一定要去把这个事件作个了结!

只剩两天——

✦

两天。

全国紧急通缉久保竣公之后，已经过了两天。

多亏青木他们的闯入，找到了证据。第二天立刻断定久保就是凶手，发布通缉令。

一看便很清楚地知道这里就是犯罪现场。凶器也找到了。最重要的是——找到了四名被害人的剩余部分。要说证据，恐怕没有比这个更确实的物证吧。

警方当然随即采取了适当的处置。警方投入大量的搜查员，全国展开紧急准备。但是——

不知消失到哪儿了，久保依旧杳然不见踪影。

各大报纸一致抨击警方的慢动作。

杂志则是基于兴趣本位，对前所未闻的离奇杀人魔久保竣公写

注：德国十七世纪哲学家莱布尼兹（Gottfried Wilhelm Leibniz）的学说。他认为世界由无数单纯且唯一的单子基于因果所构成，而一切的因果则在至善的神之意志下预先决定了。

出大大小小虚实参半的中伤报道，煽动了社会舆论。也不知道他们是去哪儿查的——多半是伊势的亲戚那里吧——大半的报道都带着大量的诠释与想象介绍了久保异常的成长过程。而有识之士们也针对久保煞有介事地进行了京极堂最痛恨的动机探讨与解说。

不过警方似乎依然封锁了少女们被塞进箱子里的消息，没有媒体提到这件事。

我觉得厌烦透了，再也不读相关报道。因为我好像觉得楠本赖子等四名少女遗体的骇人模样直接对我的灵魂倾诉，要我别再阅读这些报道了。正如京极堂所言，事件就是一切。那些陈腐的动机，在尸骸的面前一点效力也没有。被塞进箱子里的少女们比任何一切都更哀切地诉说着悲怆的现实。

令人忧郁。

《近代文艺》采取的行动就显得很明智。

一般的出版社肯定会大幅加印吧。毕竟是世所稀有的"现在通缉中的连续离奇犯罪者在犯罪前或犯罪中写下的小说"，肯定会大卖特卖。

但不知是基于山崎的决断还是稀谭舍的方针，听说所有刊载了"匣中少女"的《近代文艺》全部停止铺货，而已经流通出去的也全数收回。

幸亏是发售日的前一天，摆在店头的《近代文艺》寥寥可数，因此这项工作并没费太大功夫。

回收的理由是有恐违反善良风俗。

但是经过这次行动，稀谭舍势必也受到社会的注目。想来多半已在别的地方已经做好能贴补损失的打算。

——明天去探望青木吧。

我想着。已经十月了，最近觉得天气有点凉。

这么说来，木场应该差不多也要回归岗位了吧。

只不过青木与木下发现遗体的翌日——也就是久保被通缉的日子以来，木场就失去了行踪。那天中午左右，榎木津去他住处找他没找到，他早一步离开了。

京极堂担心木场会做出什么行动。

但是我实在想不到——还有什么能比眼前的发展更惊人。

柚木加菜子由密室消失之谜，尚未解决的种种伏线。

我已经觉得无所谓了，让秘密继续沉睡下去才是最好的。

或许正因如此，京极堂才很在意木场的行动。

希望只是我杞人忧天——京极堂说。

当然是杞人忧天，肯定如此。我打了个盹。

——睡吧。

我想着。

但是，却未能如愿。

"老师！关口老师！"

是鸟口的声音。事到如今还想做什么？这家伙老是来妨害我的安眠。

结果《实录犯罪》并没有刊载久保与御笛神的报道。

与其说没有刊载，其实是下一期休刊了。

明明《实录犯罪》是能最早且最正确报道这个事件的出版社，真叫人无法理解。白白糟蹋了这么好的独家消息。就算没亲自见过犯人，鸟口肯定比警察更详细地了解整个事件的细部。

听说鸟口的理由只是一句"我下不了笔"。明明事件解决的开端算是由鸟口的灵感而来，他本人也花费许多劳力与心思来解决这个问题，为事件的解决带来了巨大的贡献——或许正因如此才会下此决定——总之他似乎丧失了写报道的力气。我觉得他有点可怜。不过他的上司妹尾居然也答应了他的要求。

哒哒哒，传来喧闹的脚步声。

纸门被人粗暴地打开。

"老师！唔嘿，现在不是睡觉的时候了。"

鸟口冲进我的房间里。

"干什么，太失礼了吧！未经许可就……"

妻子站在他的背后，看来不是未经许可。

"什么未经许可不未经许可的！不得了了。"

"啥啦，快说！"

"久保竣公的——"

"久保竣公遭到分尸的遗体被发现了！"

十月一日早上，事件又回到了起点。

老旧的血痕泛黑了。没清洗过。

所以有丛林的味道。

穿起来的感觉有点潮湿，紧紧贴附在身上，冰冰凉凉的。缝线脱落了，四处开了洞。身上的伤痕与开洞的位置恰恰相符。

木场穿上军服。没有其他服装比这件更适合现在的自己了。

在身上紧紧地缠上布条，披上军服上衣，缠上绑腿。

——不像刑警咧。

没错，木场是士兵，无法在既不明朗又暧昧模糊的世界里生存。与穿这件军服的那时相同。就是把那些讨论是生是死、是敌是友、是善是恶的价值观带进来，才会让问题变得繁杂起来。就是在道理上去争辩正确不正确，才会让自己失去明确的方向。爱思考的人就让他们去思考吧，木场有自己的解决方法。

自己很明白自己错了。木场并不是笨蛋，不至于连这点也不知道。自己不适合现在的这个世界。这个世界，已经不需要——士兵了。

因此木场是上一世纪的遗物。但是——

——这个事件。

已经变成木场的故事。

闭门思过的惩处到今天结束，木场等待着这一天的到来。木场一大早就去向课长大岛打招呼，并欺骗了大岛。不，不算欺骗，只是稍微煽动了一下。大岛把警察手册交给木场，说：

"警察是公务员。你听好，我们在写了报告、拿了印章之后才能把右边的东西拿到左边去。我不是不懂你的心情，但我不懂你的想法。至少纪律要好好遵守，特例是不受允许的。"

木场老实地道歉，然后告诉大岛自己打算立刻投入事件——连续分尸杀人事件的搜查之中。

木场对大岛说——大体经过已经听青木说过。既然青木暂时无法行动，决定先与木下搭档。已经跟木下讨论过，打算立刻前往现场。

所以希望大岛能批准携带手枪。

就是为了这个才乖乖等到今天。

其实木场根本没跟青木联络过，也没跟木下碰过面，全部都是谎话。

他只听说青木受了重伤的消息。

大岛考虑了一会儿，二话不说地答应了。木场想，这应该是青木受伤带来的影响吧。现场是很危险的。而且大岛大概以为木场的惩处刚结束，总不可能立刻胡来，所以……

木场现在手里拿着手枪。这是用来杀人的装置。这个铁块在一瞬之间就能让对方的人生闭幕。为什么自己会这么想拥有如此危险的东西？

思考这个问题会变得自我厌恶起来，所以木场不打算去思考。

思考就交给爱思考的家伙负责吧。现在这把杀人工具是木场的护身符。

——这种杀人的工具，居然是护身符吗？

多少还是觉得有点讨厌。

前天下午到今天早上，木场都去监视。才刚开始监视不久烟囱就冒出烟来，那道重低音的低鸣又出现了，从那之后到现在声音都还没停过。此外没有其他动静。只不过昨天，那家伙曾经外出去买过东西，应该就是那时吧。

　　街上正因大选而喧闹纷纷。木场不打算去投票。因为现在——必须立刻出发了。

　　——该出征了。

　　木场修太郎站了起来。

　　好，该如何行动？

　　✒

　　"总共发现哪些部分？"

　　"发现欠缺无名指与小指的右手，与欠缺食指与中指的左手，还有双脚。"

　　"地点在？"

　　"在町田发现的。"

　　"有箱子吗？"

　　"没有收进箱子里，只用绳索捆绑起来。"

　　"确定是久保的遗体？"

　　"听说现在正在跟由久保自宅采集到的指纹比对中。最近的科学办案很迅速，结果应该很快就出来了吧。而且除此之外，手套上沾着衣服纤维——经检验结果确定是我的。应该是拉扯时沾上的。"

"那切断面如何？是否有活体反应？"

"这我就没听说了。木下在这里只待了三分钟不到，没机会问个仔细。"

"是里村检验的吗？"

"我想没错。"

"你——虽然我们是来探病的，问这个问题不太应该——你现在能行动吗？"

"嘿嘿嘿，当然行。幸亏只是肋骨裂了点小缝。"

青木说完，似乎很痛地笑了。

京极堂坐在枕旁沉思。

我跟鸟口则呆呆地站在他身后。

"搜查本部一片混乱，原本累积的搜查成果全部崩坏了。当然，原本假定犯人是久保以外的搜查也没效了。久保被杀，且被害者的遗体在久保自宅发现，并且那里肯定就是杀害现场的状况下，这个案件绝不可能跟久保无关。但久保本人却成了被害者，这该怎么说呢，杀人的悖……"

"悖论[注]。"

"对，就是这个。全部得从头开始了，我也不能继续躺着……疼疼疼……"

"别勉强哪。对了，木场大爷是今天回来吧？我——还挺在意他的行动的。"

　　不知是忍耐疼痛，还是觉得困扰，负伤的刑警做出两种都说不上的表情。

　　"是啊——只不过木下什么也没提到。"

　　"关口，有件事想拜托你。"

　　京极堂没看我，盯着枕旁的水壶说。

　　"鸟口，也有你的份。还是说你已经厌烦了？"

　　"当然不会，我想看到事情结束。"

　　鸟口似乎变得比过去更坚强一点点了。

　　京极堂回过头，说：

　　"麻烦你们到美马坂近代医学研究所一趟。现在马上去，或许已经来不及了。"

　　"美马坂？为什么？"

　　"那辆公司用车怎么了？"

　　"这个嘛，被榎木津先生开走了……"

　　"是吗。我知道了，等我一下。"

　　京极堂站起，自言自语地说：

　　"这笨蛋，**做得太过火了**。"

　　今天早上听到鸟口的通知，我受到相当大的打击。只不过我什么也应付不了，也不知该做什么。所以慌张也没有用，但就是冷静

注：悖论（paradox）是一种自相矛盾的命题。似是而非，似非而是。例如像阿基里斯与乌龟赛跑的故事便是一个著名的悖论。

不下来。

　　最后我还是决定先打电话给京极堂，我认为总之该让他知道这件事。电话是夫人接的，她说京极堂刚出发到淀桥探望青木。我们赶紧跟着出发了。

　　青木的伤似乎好很多了，不过做某些姿势还是很痛。他真的是被痛揍了一顿。

　　京极堂说要我们等一下，却去了三十分钟还没回来。

　　"久保是犯人，毫无疑问。只要去过那里，去过久保的住处就知道。那里不是人住的地方，不是所谓的鬼窟蛇巢，你只要站在那里就能感受到——一直待在那间房间里的话，或许连自己都会杀死那些女孩。那里就是那样子的地方。"

　　青木虽然形容得十分不清不楚，不过看着他的脸就能了解一切。

　　那里就是**那样子的**地方。

　　因为那间房间等于是久保本身，青木窥视了久保的内在世界。

　　每个人在心中都有这么一片地方。

　　这种地方连自己都不想看。

　　更何况是去窥视他人的——

　　——等等。

　　那里就是"搜集者之庭"。

　　青木回想着当时的情况。

　　"我也算看过很多尸体的人。但是那张脸，只有那张脸我一辈子也忘不了。幸好我不认识生前的楠本赖子，要是认识——我想我暂时都无法恢复吧。"

　　青木感触良多地说。他在战争中是特攻队员，但他的感性与其来历实在不怎么相称。小芥子木偶般的年轻容貌，看惯了其实也十分男性化，也就是说这两种同时存在的容貌，才是这个男人真正的样子。

　　"要不是我捅出娄子来的话，案件现在早就解决，而久保也不会死了。各位好不容易引导我顺利进行，真是没脸见各位。"

　　青木低下头，胸口似乎很痛的样子。

　　京极堂回来了，他似乎很急。

　　"好了，关口，还有鸟口。我们准备**将一切结束掉**吧。片刻也不能浪费了，赶快行动吧。"

　　"赶快行动，是要怎么行动？"

　　"榎木津在外面等候了。我已经跟他交代好了，你们快上车吧。"

　　"你叫我们上车，那你呢！"

　　"那是四人乘坐的，**我坐不下了**。而且我也还有必须确认的事，一旦办完我会立刻追上。别啰唆了，快去！"

　　我跟鸟口像是被人扫地出门般离开了房间。

　　"青木，那我先走了，你多保重啊。"

　　我最后的招呼怎么听都很愚蠢。

　　榎木津潇洒地登场了。

黑色的古典西服配上红色领巾，这男人的服装品味从来没对过。

"嗨，小关跟阿鸟，三天不见了啊！你们继续拖拖拉拉的话会被京极下诅咒喔。"

看来鸟口的绰号已经确定是阿鸟了。

我们缩进后座里。京极堂很快就消失在我们眼前，前座还没人坐上来，冒牌达特桑就发动了。惊人的紧急发动，维持这个速度要不了几分钟肯定会被逮捕。

"榎兄，好快！太快了。"

"你说什么傻话，就是在赶时间才需要这辆车啊。放心好了，这辆不是正牌的，所以也飙不了多快。"

"京极堂什么也没对我们说明，到底为什么要那么赶？"

"他说我的竹马之交的那个大笨蛋现在正面临千钧一发的危机，要不然原本办事悠闲的我才不会这么赶。用不着担心警察！我们正为了警察而赶路。我现在，是个为了笨蛋朋友而奔驰的笨蛋车手！"

榎木津过弯时也毫不减速。鸟口用力地撞到我身上来。

"为什么我的朋友全都这么不正常啊！榎兄，木场大爷是怎么了？"

"京极说，那个笨蛋今天一回归岗位立刻填了携带枪械的申请单，跟警部骗到印章，拿着手枪说要去搜查后就消失得不见人影了，而且上头没对他下什么指示喔。京极刚刚问过他的上司了。"

木场带着手枪？

"所以我说啊，那个上司就是不懂木场修这条汉子！那家伙跟一颗核弹头没什么两样，让他拿到武器可是真的危险得不得了啊。"

我看榎木津的驾驶才真的危险得不得了。不过话说回来，木场又是打算做什么？

"反正整个事件肯定会在这回落幕了，赶快一点也没什么不好！"

榎木津大声说了之后，又踩紧油门。

可是榎木津高速前往的方向却不是美马坂近代医学研究所。

"喂，榎兄，你要去哪儿？走错路了。"

"笨蛋，我哪有可能走错路！"

"榎木津先生从来不迷路吗？"

鸟口问。他伸展着身体来忍耐高速。

"当然！"

我们到达的地方看来是小金井。

"好，就是这里了。"

榎木津从车上跳下来，跨着大步消失于巷道之中。我困惑了两三秒后也跟上去。鸟口张着大嘴留在原地。我没追上榎木津，不知道他进了哪户人家里。正当我迟疑半天时，榎木津拉着女人的手从围着黑墙的家里出来。

"走吧，女士出门准备总是很花时间，但不巧的是我正在赶时间。"

"您是、哪位、要……"

"我是侦探，一看不就知道了？"

"侦探？请问、请问要去哪儿？"

"名字我哪记得啊。反正是要去一间叫什么宫前还是团合坂[注]的奇怪建筑去就对了。总之，木场很危险，你**深爱**的那个男人的性命已经有如风中烛火，继续拖拖拉拉就会……"

会死喔——榎木津说。

深爱木场的——女人？

因为要让这女人上车，所以京极堂才不搭车的吧。

"木场先生，木场先生怎么了！请问发生什么事了？我会去，我会去的，所以请您别——"

"详情等你上车就会有猴子跟小鸟帮你解说。反正你不化妆也跟化过妆一样漂亮，用不着不好意思！"

榎木津用力地拉扯女人的手腕。

一个分外皙白的女性被拉了出来，出现在门口。

"啊啊，我懂了，我懂了嘛，请您别再拉了——"

美波绢子！

"懂了就赶紧上车吧！"

美波绢子对木场？——

"啊，这位是小关，然后那位是阿鸟。"

榎木津在介绍自己之前，先急忙为美波绢子介绍我们。

"这位则是事件的核心人物——"

"我是柚、柚木……阳子……"

阳子——没错，不是绢子。绢子是……

绢子？这么说来，京极堂在那时……

——寄件人的名字写的是，美马坂绢子。

记忆混在一起了。

等等，我听到的是，没错，榎木津好像说过……

——母亲也叫作绢子。

母亲。是阳子的母亲。原来如此，那么——

我像是被用塞的一般挤进车里，阳子则被硬拉进前座。

她的外表看起来就像个易碎品。

只是，虽然内心十分动摇、十分不安，却没有表现在外表上。

车子再度极为粗暴地急速发动，我们又再次出发。

这次总算——真的是朝美马坂近代医学研究所前进了。

但是——木场——

木场——

木场不知道自己为何会陷入必须做出这种行为的境地——当眼前又再次见到那座巨大箱子时，木场思考了一下。

因为迷恋上阳子？或许是如此吧。

注：美马坂念作"Mimasaka"，宫前念作"Miyamae"，团合坂念作"Dangouzaka"，后两者与美马坂发音略微接近。

因为木场的天性？或许也没错。但最重要的理由是——

因为自己是警察吧。

要是木场**不是警察**的话，就不会发生这种事情了。

警察是唯一能合法地揭发他人秘密并予以纠举的特权阶级。

当然，这只限于对方的行为可能触犯法律的情形——

但这个法律也是人制定的，没有绝对。证据就是，所谓正确的事情天天都在变化。在每次的变化中，对于社会或组织而言的妨碍者就会成为法律抵制的对象——也就是犯罪者。说法律的守护者听起来是很好听，但说穿了不过只是替社会打头阵的提灯仆役罢了。

提灯笼的仆役能拿的不只灯笼，还有手枪。

允许佩带手枪的人，在日本国中只有警员而已。

现在木场的胸口藏着这种恐怖的杀人工具，不会受罚。因为这是经过正当的书面申请下获得批准的。不论动机是什么，至少目前的行为并没有违背法律。只要继续收好不使用就没有问题。

但要是木场不是警察的话，不管他是惩恶扬善的正义之士也好，为理想燃烧生命的理想家也罢——仅是持有枪械就是有罪。不管他是用在什么地方，或者根本不用也一样，持有枪械就是非法行为。

因为木场是警察，所以才能携带。

但是，就算木场能携带枪械，那也不代表他就能任意拿来杀伤他人。

表面上枪械对警员而言是护身用的，即便是警员，任意开枪也是有罪。

　　但在立场上具有杀伤他人的**可能性**这个事实仍旧不变。毕竟——手枪本来就是为了杀伤他人的工具。

　　木场恰巧是拥有这种可能性的特权阶级。

　　要是木场从事其他职业的话，就算以同样方式牵涉于事件之中，也难以相信他会采取相同的行动；同时，就算想这么做也办不到。

　　明明不管从事何种职业，木场这个人的性质都不会有多大差别。

　　很多情况下，决定事情的并不是内容，而是外侧。

　　箱子的存在价值在于箱子本身。

　　所以木场今天带着手枪来了。

　　他并非存着要杀害他人的危险想法。而是，手枪乃是木场这个箱子作为箱子的最具震撼力的证明。

　　战车装甲般的大门。

　　有如碉堡般可笑的建筑物。

　　要战胜这个对手，需要有对等的装备。

　　木场潜入箱子之中。

　　⇩

　　"潜入？木场先生——为什么？"

　　"那个没大脑的笨蛋大概是搞错了！不过这一切都是京极太拐

弯抹角了，没跟那个笨蛋说清楚。那家伙只是个单细胞，早早说清事实早早让他绝望还比较好！反正本来就跟分尸事件没有关系，让木场受伤又没什么好处。"

"木场先生——会受伤？"

"还不都是你的错。你早点告诉他你的心情不就好了。你也还没犯太多罪吧？"

"罪？——不，我——"

"木场是个不把话说清楚就绝对不懂的家伙。因为他是笨蛋。你看是要扮好人还是扮坏人都行，总之把你的立场表明清楚吧！"

我完全听不懂榎木津与阳子在说什么。

但是至少知道了木场带着手枪潜入美马坂研究所这件事。

到底为了什么——那间研究所里面究竟有什么？甚至不惜全副武装——

到底他的目的是什么！

🌿

"你到底想干什么？"

"我有话要问美马坂，让开。"

甲田站在螺旋阶梯前面，脸上表情僵硬。这个在事件当中完全没现身于表面舞台的技术人员目前正挺身阻挡于木场面前。

"你从何时开始就在这里了？"

"啥？我——在战前就为他工作，早就忘了从什么时候开始的。"

"那你应该知道美马坂在做什么研究吧。"

"我只是个做机器的技工，没兴趣管别人要拿去用在哪儿。"

"是吗，既然不知道就让开。"

木场用力撞了甲田一下，老人撞上墙壁倒下。

"呜，干什么！"

没办法像电影那样很漂亮地让人昏倒，但撞得太大力又会害他受伤。木场摆脱甲田的纠缠螺旋而上。

只不过撞那一下似乎还是发挥了效力，甲田追到楼梯的第二段就放弃了。越过接待室的门，朝美马坂房间的大门走去。之前一次也没进入这个房间。木场粗鲁地打开了圣域之门。

——粗鲁一点比较好。

美马坂不在。房间里与楼上相同，只是摆着许多箱子般的计量器。

但是与楼上最大的不同是这里的计量器排得极为整齐。除了塞满了书籍的书架以外，就只有摆在角落的床与桌子，一点生活味也没有。

——那家伙在这种地方生活了好几年吗！

换作是木场恐怕连五分钟也撑不下去。这时才发现，那些由缝隙吹入的令人痛恨的冷风原来是必需品。

木场门也不关地朝更上一层前进。

加菜子消失的场所。整整一个月没来过这里。

那不是奇迹，而是魔术。

那么——

能设置魔术机关的人只有美马坂。

——为啥没人怀疑过？

因为没有动机？那只是还没发现而已。

还是受到某处而来的压力？就算有也跟木场无关。

那家伙——是地狱来的魔术师。

"美马坂！"

美马坂幸四郎独自一人坐在四周散乱的箱子堆中。

他看到木场也不讶异。

美马坂静静地合上台子上的箱盖，看着木场。

"你叫木场是吧？有什么事吗？"

"你不先责问我擅闯房间的事吗？"

"又何妨，就算你来了也对事情没有影响。"

美马坂十分冷静。

地鸣低沉地响着。木场直到此时才总算注意到这股自始便一直听见的声音。

美马坂站起来，面对木场的方向。

他就像是理性的化身，眼神有如爬虫类一般冰冷。

这是木场最不会对付的人种，而且他的等级还远超过了增冈。

"你对柚木加菜子做了什么？"

"治疗。"

"怎么治疗的？"

"要对你说明恐怕得花上一段时间。你似乎连一点医学知识也没有。"

"你把她藏到哪里了？不，她现在哪里？"

"不知道。因为你们警察没用，她才会遭人绑架，我才想问你们她到哪儿了。"

"才不是被绑架，是消失了吧？"

"是吗？可是在物理上如此不合常理的事并不可能发生。"

"就是不可能发生所以才来问你。你——其实不知道我跟楠本赖子以及福本巡警三个要来会面吧？批准会面是柚木阳子的自作主张，我没猜错吧？"

"你说对了，我不记得我曾批准会面。"

"果然没错，所以才会发生这种在物理上不可能发生的状况。这就是聪明反被聪明误的下场。"

"很难理解你到底想表达什么。"

美马坂的表情完全没有变化，仅有嘴唇微微挪动。

"我跟你不同，头脑不好，没办法看穿你让加菜子消失的魔术是怎么变的。可是美马坂，我好歹知道你一定有犯下过失。"

木场关上门，箱子盖起来了。

"那时……"

木场回想着记忆。

在记忆发生的地点，回想着那反复过无数次的记忆。

"——啥也没发生的状态持续了近一个星期，加上警察们打一开始就不相信会有人来绑架，所以那时在守备工作上明显很松懈，连外行人都一目了然。"

"这我一看就知道。如果只是呆呆站着，看门狗还比较有用。真浪费人民的血汗钱。"

"但那就是你的**可乘之机**吧？"

就算知道没效，木场还是对他恐吓。

"木头人不管有多少结果都一样，没用的人来再多也还是没用。人数一点也不重要。事件发生后才连忙回想便知道，完全没人看守的空白时间实在太多了。那些家伙有太多可乘之机了。"

"你对我夸耀自己所属组织的无能又是想干什么？"

"哼。"

木场坐在其中一个比较低矮的箱子上。

"我记得你向警官们展示加菜子的存在是在——消失的三天前。我一开始不知道，后来才听说加菜子动过大型手术。那之后就一直谢绝会面，没人能见到她。你其实是——**为防万一才禁止别人会面的吧**？算了，反正就算不禁止，大概也没人想进去里面。"

"看不出来你说话居然这么拐弯抹角，想说什么你就直说如何？"

"我是在说，你应该——在里面动了什么怕被人看到的手脚吧。"

"为什么？"

"只要禁止进入房间，警员们便无从得知加菜子是在何时、如何消失的。能看到房间里面的人只有你而已，发现加菜子不见的也一定是你。因此加菜子消失的时刻肯定是在诊察到下次诊察之间。一切都在你的策划之中。不管在什么情况下，只要在诊察到诊察之间，选定警员们最疏忽的时刻当作绑架实行的时间即可。只要设定好**发现的时间**，**绑架的时间**就由警察们来决定——这就是你原本的计划吧？你们事先决定加菜子消失的时间，然后你为了实行计划准时登场。只是——你不知道在那之前，我们恰好刚目击过加菜子——"

美马坂的表情没有变化。

"——因为不在计划之中的访客，在发现被绑架时间的不久之前亲眼见过加菜子，导致能实行绑架的时间变成只能**限定于极短的时间内**。从确定还在到确定消失之间只经过了数分钟。事情超乎了意料，加菜子的绑架变得在常识下绝对不可能成功实行。加菜子变得不像被人绑架——而是怎么看都像是消失了——"

"这——"

美马坂以他金属般的低音很有力地说：

"这又有何意义？你们确认了存在，我确认了不存在，这两者的间距很短——你想说的不就只有如此？这样就能怀疑我牵涉其中，你的思考未免过于跳跃了吧？况且就算有人真的订立了这个计划并付诸实行，我也不认为这种程度的意外就是致命的瑕疵。"

"是吗？想伪装成不可能发生的犯罪通常是失败之作。就算订立这样的计划也没有意义。绑架是可能的犯罪，但消失则是——不可能的。"

"你表面看起来虽然很粗莽，骨子里倒是很讲逻辑。但消失与绑架的差异仅存在于言语层面上，是认识上的问题。在眼前有如一阵烟般消失倒还另当别论，就算只有几分钟，只要是观察者视线曾受到遮蔽，现实上就该考虑那段时间中受过了**某种处理**。不这么想却使用消失这类物理上不可能发生的言词来形容，这不过只是逃避现实罢了。"

美马坂像是要威吓木场般挺直了腰。

"有人计测过所谓**常识下**的犯罪是几小时到几分钟吗？重复进行足以采取平均值的实验，观察这个犯罪超脱了平均犯罪时间多少，几率性有多低——至少担任犯罪搜查的负责人应该先以这种科学精神来思考、发言才对吧？这个时代没人会接受只凭印象的批评，你懂吗？木场。"

"谁管那么多。"

美马坂似乎有点讶异。

"老子可没打算听你演讲。我想说的不是这些。不管在啥情况下，加菜子肯定是在**极短时间内受过某种处理**，这点小事我当然知道。我不相信道理的同时也不相信奇迹，管他合常理还是不合常理，肯定**有人干了这件事**。要说这是不可思议还是合理，就像你说的，是知道这事的人的主观认识的问题。但是——"

木场勉强盯着美马坂的眼睛说：

"——干法又当别论了。没有人能因刻意伪装成不可能犯罪而获得好处！如果是要些例如想尽办法要嫁祸给他人或伪装不在场证明之类的小手段我还能理解，只有侦探小说家才会高高兴兴地设计出密室杀人或有人凭空消失这类仿佛恐怖故事般的犯罪。这类不可能犯罪通常是小手段失败了才偶然形成的，是失败的犯罪。所以要还原失败前的情形才能找出凶手。这个事件中，只要实行成功的话，你就具有完美的不在场证明。"

"你真愚蠢，就算如此——即使犯罪失败了，我不也还是拥有完美不在场证明？"

"所以才说这是失败的。"

——没错，大大地失败了。

"你的计划失败了，连你以外的嫌犯也被排除了。在场全体，不，包含了外来者，**全部都有了不在场证明**。失去了外来者混入的空间，所以魔术才会变成了奇迹。"

"原来如此。不过你似乎已经一口咬定了我就是犯人？"

"对。"

"根据什么？"

"没有。"

"哈！"

美马坂眉间的皱纹皱得更深了点。

"招引计划之外的访客，打乱全盘计划的人是阳子，所以她不可能是犯人。警员与石井等小卒根本无须一提。能进行犯罪的只剩下能自由进出加菜子身边的你而已。要什么时候让她消失，什么时候让人发现，你都随心所欲。"

"正确说来发现者并不是我。"

"须崎死了。"

"你想说是我杀的吗！"

美马坂第一次发出带有情感的声音。

"须崎是最理解我研究的人，同时也是唯一的后继者。失去他之后——你知道我每天有多悲伤吗！除了他以外，没人能托付后事了！将来也没机会碰上须崎这样的人才，你知道这有多么绝望吗！为什么我必须干出这种事来？"

"为了研究吧。"

"什么？"

"你为了自己的研究啥都干得出来，难道不是吗？"

"什么意思？"

美马坂急速地冷静了下来。

"我一直在背后的焚化炉附近看守，一整天有空就去那里绕。被我发现了。那附近埋了大量骨头。"

"那又如何？"

"那个形状说是**野兽**也太奇怪了。看起来也不是啥小型生物。"

"看来你对动物学与解剖学完全无知。那是猴子。大型类人猿的骨头。用在动物实验上，死了所以焚化埋掉。"

"我听说你们会偷偷搬野兽进来，但并不是只有野兽吧？"

"你，你想说什么？"

"你其实是拿人体当作材料进行创造人造人的研究吧！"

"你，你在说什么玩笑话。现实可不是骗小孩的空想小说，你的科学思考力真是不可思议的低落！完全缺乏医学知识！完全缺乏常识上的判断力！"

有如京极堂会说的话，这种程度木场早听惯了。

"你在念什么咒文？对我没效的。"

　　木场站起来向前踏进一步，近距离瞪着美马坂的脸。

　　"你到底把加菜子用在什么地方上了？其他女孩子又用掉了什么部分！"

　　"莫名其妙，我听不懂你到底在说什么！"

　　"你被学术界放逐不就是因为在进行不死研究吗？这栋建筑物是前帝国陆军的设施。你在这里创造过杀不死的人造人！用人类作为实验材料，真叫人寒毛直竖。不管是加菜子还是赖子，全部都被你用在实验上，切割成碎片，重新组合！"

　　美马坂失去了表情。

　　接着——

　　他笑了出来。

　　这个男人也会笑吗？

　　"木场，我真佩服你的无知，我想都没想过会受到如此愉快的怀疑。你懂吗？人类的身体不是黏土工艺品，可不是能够拿来剪剪贴贴的啊。"

　　"普通人或许是做不到。"

　　美马坂倏地收起了笑容。

　　他看着木场的眼，木场已不再回避他的视线。

　　"活体姑且不论，能从尸体移植的器官只有角膜而已。角膜移植的技术在二十年前就已经发明了。"

　　"谁说是尸体了？尸体能用的话，用不着去杀活人，早听说就有人在买卖。你使用的不就是从活人采取的**活体**吗？"

　　美马坂显得有点慌乱。

“木场。”

接着他毅然地说了起来：

“五十多年以前，有个叫作贾布雷的医生试图进行异种移植，他将山羊或猪的脏器移植到人类身上，但失败了。那之后，人体器官的移植在技术上碰上了巨大的障壁。就是抗原抗体反应，也就是免疫系统。”

除了下颚以外，美马坂一动也不动。

“人类有所谓的免疫系统这种机能，就是当异物入侵身体时予以排除的性质，跟你们警察很相像。为了维持生命，免疫系统会排除不适宜的东西，是人体中的警察。”

木场闭嘴，先让他尽情地讲。

“这种免疫系统远远胜过现实中的警察组织，极端规律、能干且勤勉，绝不会随便敷衍。大抵只要是异物都会遭到排除，可说是生物在生存上所不可或缺的性质。是生物在进化过程中获得的了不起机能。但是——”

他的眼神有如爬虫类，无法看出情感变化。

“例如说移植他人的内脏器官时，对身体而言移植进来的部分是异物，会被当作是抗原。不管拥有多么优秀的机能，就算那能补足自己欠缺的机能，但只要是外来的器官全部会予以排除。会不兼容，会产生拒绝反应，就算是血肉相连的亲兄弟也差不了多少，只比外人的器官好一点罢了。虽说抑制这类拒绝反应的药物已经在开发了，但我还未听说完成呢。且除了动物实验以外，以当今的医学水准，连一颗肾脏也移植不了，就算成功了也活不过几天。想要根绝拒绝反应就必须在基因层级上做调整。我——过去曾提倡过，但没人理睬。现在这种技术连实验阶段都还没达到。"

"那又怎样？你不就是因为没人办得到才要实验的吗？只有你才办得到所以你才做的，不是吗？"

美马坂以侮蔑的视线看着木场。他的表情、姿势都没变过，但在木场眼里就是有这种感觉。

仿佛在证明这个感觉一般，美马坂以很不屑的语气说：

"愚、愚蠢至极！你是真心说我是分尸杀人事件的犯人吗？而且还是趁活着的时候进行实验？你是认真地在想这些事吗？"

"当然是认真的。"

"可是我昨天看到报纸，上头说前天或大前天时已经找到了剩下的遗体，并且真凶也确定了。"

还在装傻。

木场又更进一步逼问。

"被警方当作犯人的那个男子已经死了，被人发现他在这附近遭到分尸了，昨天晚上的事。我记得你出门买东西恰好是昨天下午。"

"——你想说什么？"

"尸体并没有全部找到，少了一具。不，把加菜子也算进去的话是两具。不，扣掉手脚的话应该是一具半吧。要创造一个人可说十分足够了。从五个人身上自由采下想要的部位，把多余的部分凑一凑不就刚好四人份？"

"愚蠢，又不是拼图游戏！只要稍微调查过，任谁都知道这是不可能的。还是说凭日本警察的科学力连这点事情也不懂？你们的法医难道还在读《解体新书》[注]吗？”

“住嘴！”

不知不觉间，木场已经来到美马坂面前。

“我昨天看到你开卡车运送布包进来这里，那是什么？”

没有回答。

木场伸手进军服的胸口内部。

“我看你连一点罪恶意识也没有吧？说啥为了学问为了研究为了科学进步医学发展，啰唆死了！切割别人家的女孩，你真的觉得很快乐吗？很幸福吗？很满足吗？喂！”

木场揍了附近的箱子一拳。

“住，住手！”

美马坂狼狈起来。

到底是要木场别再说了还是心疼机器，木场就不知道了。

“就算你很有学问，自以为了不起地讲一堆话，对我来说都是个屁！你的话根本传达不到我心里。难道你就没有好痛、好痒这种话吗？像啥悲伤或痛苦之类的。”

“说啊，说你很害怕。”

枪口抵住美马坂的额头。

“混，混蛋，快，快住手。我不能因为这种没有道理的理由死掉。”

"那就快说，全部老实招来，既然我的话是错的你就快纠正我啊，用我——用我能够接受的理由说服我啊！"

"……"

美马坂停止眨眼，换上了爬虫类的眼神。

他没有怕得逃跑，是胆识过人的缘故吗？不是，是因为他很理性。他认为警察不可能没有理由袭击一般市民。净耍些小聪明。

"柚木阳子至今仍相信加菜子会活着回来。听说楠本赖子的母亲疯了。至于其他女孩子的家人也差不了多少。一家离散、入院、破产……当然你才不管这些，反正各人有各人的人生，所以只要跟自己无关，别人是死是活都无妨。但是既然已经扯上关系的话，不管是你是我都有责任，别想耍赖说自己跟事件无关！快——"

木场拉动后膛，子弹被送入膛室之中。

"这个故事的结局，你会怎么撰写？"

准星瞄准之处是美马坂的脸。

美马坂紧抿着嘴，全身僵直。

木场的手指靠在扳机上。

这个房间里只有他们俩，没别的人。

枪声大概传不到楼下吧。

木场对这个男人处于绝对的优势。

注：江户时代的医学书，由德国人写的解剖学书籍之荷兰文版翻译而来，译者杉田玄白。

现在的话，**能够杀死这个男人**。

可能杀人的状况降临在木场身上。

杀人是非常简单的事，只要稍微弯曲一下右手食指的关节，命令肌肉稍微收缩一下子即可。跟搔鼻头的痒差不多，有如痉挛一样。

木场并不恨美马坂，也完全没打算杀他。手枪并不是为了**这种事情**才带来的。更何况，木场一点也没有理由杀害美马坂，相反地，如果他死了反而很伤脑筋。

但是，**这些事都已经无所谓了**。

过路魔，无时不在，无处不在。

在食指上，多施一点力气的话。

施一点力气。

⚘

"没力气的车子是废车！"

榎木津大叫。

"冒牌货毕竟是冒牌货！阿鸟，这辆车真是中看不中用啊！"

方向盘摇摇晃晃地振动着。

阳子缩着身体。车窗外的田园风光，与现在的阳子一点也不相配。据增冈所言，阳子的年龄是三十一岁，跟我一样大。但是我怎么看也看不出来，就连坊间以为的二十五六岁都不像，看起来只像个刚过二十的小女孩。但是这个肤色透白的女孩与楠本君枝相同——都是为人之母。君枝现在怎么了？我很担心那位不幸的母亲。

"榎木津先生，在前面转弯！"

"我才不听你这个认不得路的路痴指示！"

榎木津弯进了那条小径，接下来就是笔直的路了。

"就是那栋！"

"喔喔，就是那栋四四方方像块豆腐的建筑物吗！"

"榎兄，快减速！"

"我没空管这么多了，小心自己脖子！"

果不其然，没办法完全停下来。

赤井先生制作的达特桑跑车型改造车大幅向右转弯，但没有完全弯过去，与美马坂近代医学研究所的大门相接触后总算停下来。

美其名为接触，其实就是冲撞。

"你、你开车太危险了吧？"

"喂，你没受伤吧？我们快走吧！"

榎木津半开半踹地打开门，先让阳子离车。

阳子的表情因恐惧而显得僵硬。坐在前座的她想必有如身处活地狱之中吧。

"好，我们走吧，希望你最重要的人还活着。"

建筑物的坚固大门的合页部分被撞坏了，开了一半。

脸色很差、像快要昏倒的鸟口要我快点下车。我完全忘了要跟在那两人后面。

　　这栋建筑实在是相当奇怪，走廊只有一道，此外就只有两旁的铁门而已。前面已经看不到那两个人。我的脚好像没力了，走起路来摇摇晃晃的，很快就被鸟口追赶过去。不管是气力还是体力都比不上他。

　　尽头是电梯，右边则是螺旋阶梯。

　　一个中年男子蹲在螺旋阶梯的旁边。我们通过他面前时中年男子什么也没说，只是茫茫然看着楼梯。

　　我跟在鸟口后面。木场人似乎在三楼，门开着。

　　榎木津，阳子，跟木场。

　　那个人就是美马坂幸四郎——吗？

　　木场穿着军服握着手枪。

　　跟七年前的那个南方丛林一样。他打算干什么？这栋异常的建筑物，对他而言跟那个可怕的战场相同——是这个意思吗？

　　在我们到达前，他们之间发生了什么事？

　　现场的气氛的确非比寻常。

　　直到榎木津打开门之前，这座密室中放射出来的不寻常的紧张感胀满了整个房间，几乎就要破裂。现在一口气被解放开来，这两个男人都变得恍惚起来。

　　木场与美马坂的额头沾满了汗水，闪闪发亮。

　　榎木津走向木场，揍了他一拳。

　　"大笨蛋，适可而止吧。"

　　木场没有响应，取而代之的是闪动他的小眼睛不住地看着阳子。

阳子的视线投注在木场背后的——

美马坂身上。

"礼、礼二郎，你、怎么……"

木场大口喘着气。美马坂一口气松懈了下来，沉坐在椅子上。

"你们到底是谁？快、快点把这个人带回去。这个人——疯了。"

美马坂的呼吸也很急促。我对美马坂的第一印象是聪明且理性，充满科学家的风范。原本一直抱着怪物般的印象，所以见到本人时反而更觉得正常。

"啊，总算见到本人了。我在意你的长相在意得不得了。每个家伙都带着你的影子，害我觉得恶心死了！这下子总算畅快了。"

"你在说什么？你也是刑警？为什么会带着——那女人。拜托你快点把这群人带回去。"

美马坂擦着额头上的汗水说。

"真可惜不能如你的愿。再过不久我朋友就会来了，我们已经约好要在这里会合。还有，我这个人才不想从事刑警这类充满暴力的工作。一看就知道，我是个侦探。附带一提这个人是小说家，另外那个则是办杂志的！"

"侦探？侦探又是为了什么得在这里会合？"

"今天再过不久——**为了终结一切故事，某个阴沉的家伙就会到来了。**"

那是我的小说中的句子！

"故事？"

"你的、这个女人的、还有这个笨蛋的故事。很快就到了，请等一下吧。"

美马坂感到困惑。理性越强的人越苦于应付榎木津的言行。

"喂，你也该把那把丑陋的机械收起来了吧。木场修，让你拿着这种东西肯定不会有什么好事。还是要我帮你把这个弄坏？"

"说的——也是。"

木场老实地收起手枪。

电灯啪嚓啪嚓地闪烁，电力供应不安定吗？

美马坂不安地抬头看着上面。

静寂，不，这是什么？这股有如地鸣的机械声是？头脑好像变得一片模糊。

听说持续一段时间听着超出听觉所能捕捉范围外的重低音后，判断能力会变得显著低落。

难道不能关起来吗？

美马坂静静地说：

"这场闹剧打算上演到何时？我有必须做的工作，你在等的人又是何时会来？"

机器声令我烦躁不安，难道不能关起来吗？

美马坂比我更烦躁。

"啊啊，为什么！为什么你们要妨碍我！我该去——"

"看诊的时间到了吗？教授。"

京极堂——

黑衣男子站在入口。

京极堂总算到了。青木跟在他身旁。另一个人是谁？此外还有一个警员。

"中禅寺——你来做什么？"

美马坂静静地对他威吓。

"来向你打招呼的，教授。你现在能肆无忌惮地为所欲为，一切都是托我之福，希望你能先向我道谢哪。"

京极堂照例作那身驱魔时的打扮。

这里对木场而言是战场的话，对京极堂而言就是——

"我今天，是来驱除魍魉的。"

黑衣男子说。

"魍魉？你在说什么。你还是老样子只靠一张嘴皮子就想游走天下吗？"

"但要不是我这张嘴皮子，你的项上人头早就飞了。只不过现在我后悔了，当初不该为你辩护。要是当初你因骗术被人看穿而遭放逐，至少现在也不会发生这种事了。"

京极堂说完，环顾房间。

我受到影响，也跟着观察起来。大大小小的机器有如墓碑。

木场没说错——这个房间就像个坟场。

阳子看着京极堂，她看起来似乎异常地害怕。而我——老实说则觉得有点安心。京极堂看着木场时不知为何稍微眯起了眼。

"太慢了。京极，我们很快所以赶上了！好，要做什么就快做。要驱除魍魉就快驱除。用不着顾忌木场！"

榎木津说完露齿一笑，接着说：

"到时候这个笨蛋就会切身地体会到你的亲切！"

京极堂也微笑了。

"魍魉是不着边际的怪物。掐住头，尾巴就溜掉，抓住尾巴就断尾逃跑。越知道魍魉你就越不懂它。所以要驱除就得将之整只吞下。"

"中禅寺，你说什么我听不懂。现在的我没有时间听你的长篇大论，你已经严重妨碍到我了。快回去吧。"

美马坂很不愉快，脸颊不住抽动。

"教授你死到临头还不死心吗？我原本想说，如果你的态度很合作，我就尽力不张扬地乖乖离去，看样子想这么做也不成了。我自己倒是没关系，但其他人可是很困扰的。"

"其他人？这些人跟我又有何关系？"

美马坂带着无法理解的表情看了在场所有的人。

"演员总算到齐了。教授，因为你的行动，使得在场的所有人都受到魍魉所害。美波绢子——也就是柚木阳子、侦探榎木津礼二郎、事件记者鸟口、柴田财阀顾问律师团的增冈先生。"

这男人——原来是增冈吗？

"警员福本、警视厅的青木、木场修太郎。以及另外一人。"

另外一人？

另外一人是指我吗?

"——啊,我忘了关口。接着,我事先警告你,警察们——"

京极堂看着青木。

"除了青木与福本以外,外面也有许多警员待命。"

外面有警察?

"我想——是用不着担心你会逃亡,但也不得不防着会有人来救你。所以教授,请你最好别轻举妄动。"

"我不懂,中禅寺,听你这么说来,在场的不是刑警就是侦探或律师,可是我的行为跟犯罪毫无关系!"

"真顽强哪。你的确是没做出什么抵触法律的行为,所以警察无法惩罚你。但是**你的患者**却是杀人犯——"

——患者?

"警方——想要带走那个人。"

美马坂瞪着京极堂。

"你要我——把患者交出来?我办不到,事关他的性命。"

实在很难理解。

"喂,京极堂,哪里有患者?二楼吗?那个患者是真正的犯人吗?"

"关口,你错了。我看你身上的魍魉果然是最大的一只。仔细一想——你的症状最严重。"

这又是什么意思?至少我自认是在场的所有人当中与事件最没有关系的。

美马坂神经质地仿佛在看着脏东西般盯着京极堂不放。

"总之别阻挠我！而且你又从什么时候开始帮助警察了？这是游戏吗？就算我的患者可能跟犯罪有所关联——也跟你没有关系！"

"我——对犯罪一点兴趣也没有哪，教授。我的职业不是侦探，而是驱魔师。情势所逼，我必须替在场全员驱除魍魉。我原本打算一一进行，但是失败了，魍魉似乎必须得一口气同时驱除才行。手段可能粗暴了点，但也顾不得那么多了。阳子小姐。"

京极堂叫了阳子。

阳子依旧以畏惧的眼神看着这名黑衣男子。

"对你来说或许有点痛苦吧。另外——"

京极堂看着木场。

"大爷也一样。"

"少瞧不起人，京极。"

木场说完坐到箱子上。

"我不知道魍魉是什么。你还是老样子，老说一些让人听不懂的话。中禅寺，我再重复一遍，我很忙，我不想听你最擅长的长篇大论。"

美马坂意兴阑珊地说完，开始调整起身旁的某个装置。

美马坂对京极堂，以及京极堂对美马坂，他们对彼此都很熟悉。

一看美马坂开始工作起来，我们这几个纷纷在椅子或机器上坐下。

接着，京极堂总算开始说明这漫长事件的"终结"。

"开端，我想是从阳子变成美波绢子的时候开始，是吧？"
阳子没有反应。
"经历与柴田弘弥的私奔之后，靠着柴田家细水长流的援助过活的阳子小姐在意想不到的机会下成了银幕的明星。事实的情况与脍炙人口的说法差不多相同，所以我相信站在那边的福本警员以及身为美波绢子**热烈影迷**的木场刑警比我更熟悉才是——"
阳子很惊讶地看着木场。福本也一样。木场摆出大佛般的扑克脸侧过头去，表现出一副"随你们讲吧"的态度。
"后来，女演员美波绢子的人气越来越高，不过柴田家对这件事情并没有表示什么不满。或许是因为柴田家认为——一旦有名的话，阳子小姐自己也不想与丑闻扯上关系，相信会更加严守秘密；抑或是反正弘弥先生人也死了，其实早就无所谓了？"
"两种都有。耀弘先生很讲义气。其实在弘弥先生去世时，及阳子小姐已经在女演员的事业上成功，甚至获得生活上的安定时，甚至更早以前的阳子小姐的母亲绢子女士去世时，都有人建议过应该停止对她的经济援助，但耀弘先生全部驳回了。因为他很顽固地坚持——早就说好要援助到加菜子十五岁为止。所以说耀弘先生自己还曾以为——阳子小姐是故意选择这一行来表示自己绝对不会暴露秘密的决心。但话说回来，当时的柴田集团的基盘并没脆弱到会被这么点丑闻击倒，底下的人也的确觉得无关紧要，这部分也的确是事实。"

　　增冈非常快速地响应。但话又说回来，京极堂为什么要带这个人来？是为了让他说这段话吗？不——京极堂刚刚说增冈也受到魍魉的影响，但是在我看来实在不觉得如此。

　　"原来如此。所以说当时，柴田家与阳子小姐之间会产生争执的因素已经不存在了是吧？但是，如果仅仅是演出两三部电影还无妨，但美波绢子似乎变得太有名了点。"

　　京极堂接下来看着阳子。

　　"你的人气急速上升。你的脸不仅在银幕出现，也频繁刊登在报章杂志上。接下来，你还获得主演一流的大制作电影的机会。结果，有个人注意到美波绢子就是柚木阳子——"

　　阳子静静地忍耐着。既不悲伤，也不痛苦。

　　"那个人，就是须崎对吧？你被须崎勒索，后来还为了逃避他而离开演艺圈隐居起来。"

　　"京极，为啥须崎会在这时出现！"

　　木场怒吼。

　　"因为须崎知道'秘密'，而且他知道美波绢子的真实身份就是原本行踪不明的阳子，所以才会来与她接触。目的是为了钱，或者是——"

　　京极堂故意不把话说完，大概想说"或者是为了身体"。

　　阳子低着头，一句话也不说。就算这是事实，她也不可能回答吧。

　　木场瞪着墙壁，接着小声地说：

　　"原来右太卫门是——须崎吗？"

京极堂确确实实地听到木场的这句话，接着问阳子：

"他是不是对你说，如果不听他的话就要让加菜子知道秘密？"

阳子还是一样低着头回答：

"——是的。"

面对着墙壁的木场听到这句话，突然不高兴地大声吼叫：

"勒索的内容是什么！京极，你快给我说出秘密的真相！"

木场砰地用力踏了地板。但是他激动的情绪却轻易地被京极堂否决了。

"时机尚早，凡事均有所谓的顺序。"

京极堂——并不是来解开事件真相的。果然，他是想用灵媒的方法论来为我们除去魍魉。他曾说过，刻意操作情报公开的顺序才是灵能的秘诀。

顺序才是最重要的——他说。

黑衣的阴阳师转身朝向白衣的科学家。

"美马坂先生，我记得须崎在你身为帝大教授的时期已经是你的左右手。这位须崎先生，如同阳子小姐所言，是位卑劣的勒索者。你长年雇用这名男子当作你的心腹——现在听到真相，难道什么感想也没有吗？"

"中禅寺，你别老问这些愚蠢的问题。我认同的是他的灵感、技术、知识与理解力。至于须崎是不是勒索者，是不是性格异常，这些问题并不影响他作为科学家的资质。"

美马坂的语气没有变化。京极堂走到阳子面前停下。

"阳子小姐，你听见他说的话了吗？！美马坂幸四郎就是这种人，你也该由这个男人加之于你身上的莫名其妙的诅咒中解放出来了。还是说，就算如此你也没有意思离开他的身边吗！"

什么意思？我好像能懂他所说的意思。

是——

"您——全部都知道了吗？"

"当然。我尽量努力不说出口来解决事情，但很遗憾的，这已经是极限了，死了太多人了。"

阳子的脸色越发惨白，反射着荧光灯的蓝白光线，肌肤看起来就像刚羽化的蝴蝶般半透明。

木场看着这只蝴蝶。美马坂将嘴巴抿成一字形看着京极堂。

阳子——绢子是——绢子——对了……

"原来如此！阳子小姐是美马坂教授的女儿嘛。"

我不由自主地脱口而出。

"什么！"

木场大喊一声，随即又陷入沉默。

京极堂以一副无奈的表情看着我。

"真的吗！这是真的吗？美马坂！"

木场怒吼。

美马坂没有回答，而是冷冷地瞪着京极堂。阳子则只是默默地忍受着。

自见到这名女子以来，就一直觉得她好像在忍受着什么。

增冈快步走向京极堂。

"中禅寺先生，请问这是事实吗？我的组织也针对她调查过很久，最后还是查不出她的底细。你又是如何得知这件事的？"

京极堂瞄了我一眼，说：

"增冈先生，很遗憾的，这是事实。"

美马坂硬挤出声音说：

"中禅寺，你——是怎么知道这件事的？"

美马坂的表情变得十分凶恶，但一点惊慌失措的样子也没有。我想这件事情就算被知道了对他而言也不痛不痒吧。况且阳子就算真是他的女儿，这件事情也成不了勒索的材料。我说出口后才发现，这件事只是我们不知道的事情，算不上什么"秘密"。

京极堂回答：

"很简单哪，教授。因为我早就知道了。你不记得了吗？在决定这间研究所是否该继续维持下去的那天晚上，你曾经跟我聊过你的私事。"

"嗯，我还记得。但我记得我并没有——告诉过你妻子与女儿的名字。"

"教授，信封上面不会只写收信人的名字而已，还有寄信人的名字吧。"

"那种地方——你看到那种地方上的名字，而且还一直记得吗？我只是拿在手上，甚至还没递给你看——"

"但我就是记得。所以说人永远不知祸从何降，今后务必小心谨慎为上。"

京极堂说完，转个一百八十度面对我。

"好吧，多亏这个疏忽者搞乱了顺序，虽不情愿，但我的工作也多少变得轻松了点。阳子就是被美马坂抛弃的女儿，须崎当然见过她。但是这种事情并不足以成为勒索材料。"

"当然。"

增冈立刻响应。我简直就是个小丑。

"不过这就是'秘密'的伏线。阳子小姐应该就是此时向须崎问了这里——美马坂近代医学研究所——的住址与电话号码的吧？"

"——是的。"

阳子似乎已经做好心理准备。这个纤细的女性是否能忍受接下来将一一进行的"秘密之洞悉"呢？

"须崎拿来当作勒索的材料真正的'秘密'——"

"中禅寺，住口！"

美马坂简短地责骂。

"中禅寺！够了吧，接下来我——"

"**这件事，与加菜子不是柴田弘弥的孩子一事有很大关系。**"

"——是的。"

"你说什么！这是真的吗！"

这次换增冈慌张起来。

"所以你本来就是真心地没打算让加菜子继承遗产。"

"——完全没有这个打算。"

"中禅寺！你——"

美马坂不知为何愤怒起来，因为无法忍受女儿的私生活被人公开吗？

"教授，很难看哪！我现在不得不在这里讲这些原本根本没必要说出口的话，追本溯源都是你的责任啊。"

"你说我又有什么责任了——原来如此，我可不会上当！你这混蛋，想让我亲口说出**那件事**来。"

"爸爸！"

阳子痛苦地发出声音。有如透过玻璃管发出的声音。

美马坂则做出莫名其妙的表情沉默下来。

那件事是什么？

此时——阳子开口了。

"够了，已经够了吧？我已经——无法忍受了。对不起，爸——爸。我没办法帮上您的忙。"

阳子说完，掩面哭了起来。

增冈毫不留情地接着说：

"你！阳子小姐，这么说来你瞒骗了我们整整十四年？不只如此，你前阵子还表示你愿意以加菜子代理人的身份继承遗产！太过分了，这是诈欺！"

"非常对不起。一切、一切都是我错，一切都是——"

泣不成声。

增冈听到这里似乎也不忍再多说什么，眯起眼镜后面的大眼依序看了我们。

京极堂表情严肃地说：

"增冈先生，原谅她过去的作为你也不会受罚的。虽说十四年的经济支持，总额算起来的确十分可观，但相对柴田财阀的规模不过是沧海一粟罢了。请将之当作柴田耀弘先生买梦的费用吧。"

"梦？"

"耀弘先生在死前还一直做着自己事实上已经断绝了的血统仍旧存续下去的梦吧？阳子小姐的谎言可说是赠送给孤独巨人的最后礼物。不过——那足以买下半个日本的财产当然没有必要交给阳子小姐。不只因为加菜子不是弘弥先生的孩子，而且——"

京极堂看着阳子。

"——我想，她也已经死了。"

阳子发出不成声的悲泣。

"反正就算钱交给了这个无欲无求的女性，也只会尽数落入那位先生的口袋罢了。"

京极堂指着美马坂。

美马坂一语不发地瞪着京极堂。

"好了，教授，这么一来你的计划近乎全部都失败了，已经没有隐瞒任何事情的必要了吧。你的实验也到此为止了，快，把患者交给警察吧！"

"你——就是存心想把我当成犯罪者吗？"

"岂是，我这是在防范你成为犯罪者于未然哪。你差点就诈取到天文数字般的研究资金，而没经本人同意进行的**不必要的外科手术**难道就不算伤害罪？若是因此而死的话更不用说，就是伤害致死了。”

美马坂以木场形容的爬虫类般的眼神看着台上的铁箱子。

“那也就是说，这次的事件——目的原来是为了诈取柴田家遗产吗？”

青木说。

多么典型的动机啊！原来是为了财产。规模虽然不同，但与那些把养育久保的老妇人接回家里照顾的伊势亲戚们在动机上可说如出一辙。但是，京极堂否定了。

“青木，并非如此啊。加菜子如果没遇上那件惨剧，这位女性应该还是会继续拒绝遗产的继承。如此一来，增冈先生终究会放弃的。”

“我是差点就放弃了，但是我的组织并不允许我放弃！还害我不知梦到多少次自己擅自改写遗书，可见她有多么顽固。只不过现在想起来，与其说她是无欲无求，倒不如说是忍耐不了良心的苛责。”

增冈推了好几次眼镜，讲话的速度依旧快速。

阳子断断续续地开始说了。

“我只是希望安静地——生活。对我而言，这种没有情感起伏的平庸生活，每天重复着相同事情的生活，是无比珍贵的。加菜子跟雨宫虽然是**虚假的**家人，但长期在一起，感情就跟真的家人一样——我已经不想再过充满了激动生气或深刻悲伤的生活了。爱情不正是在这种不断反复的平凡日子里培养出来的吗？所以，我那时多么希望增冈先生别打扰我们，让我们过平静的生活。”

"我也不是自己喜欢才做的！本来就是你骗我们才会有这种下场，我是受害者！"

看来这个重责对增冈而言十分辛苦，一副愤恨无处可发的样子。

阳子继续说：

"我当时没想到事情会闹得这么大。提议者是弘弥先生，他很同情我的境遇——我那时既痛苦又悲伤，不管谁都好，只求一个依靠。但是那时——在与弘弥先生相遇时，我的肚子里已经怀了加菜子了。"

"原来你连弘弥先生也骗了。"

增冈把长期的怨恨全部发泄在阳子身上。木场斜眼瞪他。

"不是的，弘弥先生全都知道。所以——这些、这些都是他想出来的。"

"什么意思？"

"他不只同情我的境遇，还在知悉一切之下对我求婚。不，就是因为我怀了别人的孩子才会选择了我。"

"为什么，怎么可能有这么愚蠢的事情！"

增冈的表情很复杂。

"这是真的。弘弥先生嘴上常挂着——祖父是饿鬼、是拜金奴、是资本主义的奴才、我才不认同那种人是我的祖父——之类的话。如果他的意志力更坚强一点的话，大概就会去进行那种运动——我不晓得那叫什么运动——吧。他总是在说资本主义怎样怎样、劳动者怎样怎样。"

　　原来弘弥是无产阶级运动者？叫人难以相信，我想他一定是那种只会装个样子的假运动家。

　　"所以他经常夸口要把祖父的财产全部用光，好像真的撒了不少钱。但是他也早就知道祖父的钱怎么撒都撒不完，以致他的行为跟普通的公子哥儿看来也没什么差别。因此他总是被真的具有思想而活动的运动家们瞧不起，又常被想要他的钱的人利用——我觉得他有点可怜。他是个人很好，爱充面子又倔强，但——非常温柔的人。他曾经对我说："让你肚子里的孩子成为柴田家的继承人，让污浊的柴田之血断绝吧。所以，请你**为此**跟我结婚——""

　　"你说什么！"

　　增冈叫了出来。

　　"你是说弘弥先生为了反抗耀弘先生，企图让你腹中不知谁的孩子成为柴田家的继承人吗！多么愚蠢，多么愚昧，我——"

　　弘弥的想法似乎超出了增冈的理解范围。

　　"我那时不知道弘弥的话具有多重大的意义，我只是无论如何都想把孩子生下来，所以我需要依靠。当时的我只想着这件事而已。所以当结婚不受认可——这也是理所当然吧——他要我一起私奔时，我也跟着他去了。被抓到后，我就立刻放弃了。之后，我靠着弘弥先生偷偷给我的那笔钱生下了加菜子。我觉得这样就够了。但是——你们并不放过我。"

　　"为什么？"

　　木场还是老样子，面对着墙壁说。

　　"为什么那时你不说真话！你一开始固执地拒绝援助，却不肯说出加菜子并不是弘弥的孩子。如果你那时说了真话，就不会有人坚持要援助你了。"

阳子沉默了一会儿，小声地说：

"就算是谎言，我也希望加菜子能有个父亲。"

"少推脱了！"

木场生气了。怒火沉静地，却又很旺盛地燃烧着。

"你根本就没跟加菜子说过父亲的事。你果然还是想要经济援助、想要那笔钱吧！老实说啊！"

阳子没看木场，什么借口也没找，老老实实地承认了。

"或许——是吧。您说的没错，母亲生病的负担对我来说太沉重了。说实话，有柴田家的援助，真的帮助很大。所以我——"

"啊啊。"

木场似乎想起什么，愤怒在建筑物的震动中被打散了。

"你确实再三对我强调过，自己是说谎者——"

木场再度回归沉默。

"美马坂。把阳子小姐——你女儿逼到这种地步的人就是你自己，你真的没什么话想说吗？"

京极堂瞪着美马坂。我不懂他的真正意思。似乎还没轮到说明的顺序。

美马坂笑了。

"中禅寺，你的兴趣也真低级，在这种场合到处挖人隐私又能怎样？穷极无聊。"

下一瞬间，美马坂又回到严肃的表情。

"那如果我说：'一切都是我的错，是我抛下患了不治之症的绢子让阳子照顾'，你就满意了吗？增冈，中禅寺说责任在于我，那么你要责备就责备我吧，如果你要我们还钱，那我就还吧？"

他不是真心的。美马坂说这些根本不带半点真情。

增冈也听得出来，和木场一样故意不朝向他，反唇相讥。

"我不相信你有能力偿还。难道你要卖掉这间研究所？做不到的事就别夸口吧。只不过——"

增冈接着看着阳子。

"——只不过难道你就不能处理得更完满一点吗？要说真话还是说谎话都行，不管采取哪种方式——都有更好的处理方法不是吗！"

阳子的视线缓缓地由地板移到木场身上。

"木场先生也——对我说过类似的话。他说要是当初我肯撒一些谎，让事情完满结束就好了。"

木场没有动静。

他正感受到阳子投注在他背上的视线。

"但是，我再也不想撒新的谎了。我们的生活原本就建立于谎言之上，在谎言上堆积谎言——只会让我觉得更痛苦而已。但是——虽然我什么也没对加菜子说，但我想那孩子知道我是她的母亲。那孩子只是什么都没说而已。"

木场宽广的背变成了银幕，阳子在其上投影出自己的回忆。

"总之，我什么也不想对加菜子说。所以增冈先生说想跟加菜子直接谈时我无法答应。但是我也害怕——如果真的对增冈先生说加菜子其实不是弘弥先生的孩子的话，他会要我偿还**过去支付的援助费**。对现在的我而言，真的没有能力偿还。所以只好采取这种模棱两可的态度来回答。我在经济与政治方面很无知，没想到柴田耀弘这位先生是如此了不起的人物。所以我想，只要继续拒绝的话，总有一天增冈先生会放弃的。"

"柴田对社会的影响力，我跟你说过上百上千次了！就算你不说谎，解决方法也有很多种。如果你向我坦承加菜子不是柴田的血脉的话，要我帮多少忙我都肯啊！不过只是小事罢了！"

增冈似乎非常不甘心。

"你为什么不肯剖心交腹与我商量！我真的就那么不值得信赖吗？你——你明明连雨宫那个落魄的家伙都愿意相信！我看起来就那么像凶神恶煞吗？真丢脸。"

这是真心话。增冈本来就不是什么坏心眼的家伙或冷血动物，只不过有点笨拙而已。他正为自己无法传达真心想法而感到懊悔。

木场背对着增冈说：

"增冈，言语这种东西分成两种，打得动人心的跟打不动人心的。不管你心中真实的想法是什么，你的话很难打进人心里。"

增冈头也不回，无视于他的发言。

京极堂继续说。看得到事件全貌的人只有他，没有其他人能主持这个局面。

"总之，为了让加菜子避开连夜来访的增冈先生，你不得不半强制地让加菜子外出。虽说加菜子已到了上中学的年纪，家里为了什么而争吵我想她多半看得出来。还好加菜子以前就喜欢在夜里散步，所以也不怎么觉得痛苦。"

阳子怀念地抬头看着虚空。

"那孩子真的是个好孩子。我真的不懂她为什么能如此无忧无虑地成长呢？但是，我也知道那只是在我面前拼命装出的假象。那孩子很辛酸，很痛苦，心情很扭曲。我什么也不懂，但雨宫就很了解加菜子的事情。听说在我开始当女演员时，她几乎每天晚上都会散步，在我辞去工作后也仍没有停止。但是，反正她也没学坏——所以我就默认了。"

阳子的语气带着哀愁，内在的现实在说出口后变成了故事。她有如刚羽化的蝴蝶，就像是介于美丽与丑陋、优雅与孱弱中间的女人——

京极堂继续进行"秘密的洞悉"。

"同时，恰巧在这个节骨眼上，你的消息**被刊在糟粕杂志上**了。"

"嗯——"

木场有所反应。

"须崎再度以恐吓者的身份来到你的身边。只不过他没先找到你，而是先碰上了加菜子。"

"我想——应该就是如此。"

原本处于怀旧气氛中的阳子表情逐渐换成懊悔的样子。

"秘密的真相被加菜子猜中了，她深深地受了伤，并试图离家。只不过，她应该曾对雨宫说过目的地。"

"你为什么知道？"

京极堂没跟雨宫接触过。当然我们所拥有的关于雨宫的情报都是由木场、阳子及增冈而来。我想他们一定没人知道这件事。

"待会儿就知道了。"

京极堂接着说：

"加菜子邀了同样在家庭方面有严重问题的唯一朋友——楠本赖子一起离家出走。然后——在赖子的手中——变得半生不死。"

"什么！京极，你……"

木场听到之后忍不住回头过来。他的表情有如幽魂——这么形容似乎好听了点，总之是非常憔悴且面相凶恶。这是当然的。我跟鸟口与青木听到结论时不知有多么震撼。没有证据与动机，真的能让人信服吗？

"正是如此哪，大爷。这个事件就是如此。**恰巧碰上那种状况来临**的赖子将加菜子推下月台。"

第一事件，加菜子杀害未遂事件——

木场的脸上失去了张力，变成一副难以理解的表情。

"原来——如此。"

木场似乎很快就理解了。反而无法理解而惊讶不已的是增冈。

"什么，是那女孩！那……个……"

"原，原来是这样吗！呜呜……"

福本警员捂住嘴，泪水盈眶。

"原来楠本同学才是——犯人？加菜子原来不是自杀吗——"

说出犯人名字时，阳子讶异得张开嘴。阳子对赖子难道没有憎恨吗？还是说——要从惊讶转为憎恨需要一点时间？

"要自杀的人不会告诉家人他正要前往的目的地。也不像经过伪装。那么是否是在中途改变主意了？——那至少也会等到达目的地再自杀吧？在出发前的月台上改变主意是很少见的。"

事情太出乎意料，木场有气无力地说：

"她们说要去看湖，不过没跟我说为什么要去。"

"加菜子告诉过雨宫这件事情，而且雨宫——应该也知道目的地。加菜子并没打算去多远的地方。加菜子顶多只是——**想去相模湖罢了。**"

"相模湖？"

好几个人异口同声地反问。

"不是狭山湖也不是奥多摩湖，而是相模湖。"

地鸣的声音扭曲也似的摆荡起来。瞬间，荧光灯一闪一闪地明灭。

"但加菜子没死，她只是受了重伤。正常而言，这么重的伤肯定没救了，阳子小姐与加菜子的悲剧在此就该落幕。但是幕布并没有被放下，因为阳子的父亲是——美马坂幸四郎。"

在场的全体人士此时都朝美马坂方向望去。

"接下来要换你来说明吗？教授。"

"不巧我是科学家而不是你这种诡辩家。只不过，不管你如何卖弄口舌揭发我们的秘密，我也不会受到问罪。就算刑警跟侦探在场也一样。"

美马坂在众人的环视之中，沿着由台上箱子伸出的管线到各自连接的计量器上读取数值，记录在手中的纸上。

京极堂悲伤地看着他。

"接到阳子小姐暌违十四年的电话，想必你一定很惊讶吧。你没想到阳子小姐知道**这个地方**。不仅如此，她还对你说**女儿快死了**。对你而言，就算没碰过面，加菜子也还是无可替代的血亲。相信你也一心一意地想拯救她。"

阴阳师语气变得有点激烈，接着说：

"教授，不是吗？你因为加菜子是你的血亲——不，是**超乎血亲**的关系，所以你很想救她。难道不是吗？如果不是请你纠正，否则你这位可怜的女儿的——"

"魍魉将无法离去。"

京极堂说。

美马坂则是——

美马坂则是无视于他的发言。

每当言语停止时，机械声就显得格外清楚。

美马坂面无表情。京极堂更进一步地说：

"加菜子的身体已经不堪使用。她的伤势太严重。你先紧急动起手术。阳子与你都提供了几乎危及自己性命的血液量。这是一场大手术，助手只有须崎一个，如果不是由美马坂这位天才来进行——且患者是加菜子小姐——绝无成功的可能。"

"从刚才就净讲这些无聊事。"

由我的位置没办法同时看到美马坂与阳子，我朝出声者望去。

"手术只是技术，没有必要带着感伤面对。"

"是吗？那么你的技术果然是第一流的。"

京极堂盘起胳膊。

"就我所知，这位美马坂幸四郎在日本可说是才华数一数二的科学家。他以免疫学为基础的研究领域跨越了派阀与分野，提供了较学界先进达数年至数十年的前瞻观点。也曾提倡过基因操作之类的又如梦想一般的治疗法，只可惜太过先进而遭到抹杀。只是——这时的他顶多因受到敬畏而受人疏远，绝不是会被赶出学界的异端学者。"

自己的半生被人简洁地整理出来，美马坂难道都没有什么愉快或不愉快的感觉吗？

还是说他根本没那个耳朵倾听饶舌的诡辩家的话？

美马坂只是默默地进行他的工作。

"他的挫折是从妻子的病症开始的。肌无力症虽不是什么不治之症，但在目前的医学水准下，其病因尚不明了，严重的话治愈的几率极低。绢子女士是——重症。美马坂教授不是遭学界放逐，而是为了治疗自己妻子的病症，放弃了一切公务，我说的没错吧？教授。"

没有回答。

我在意起阳子，转头看她。

这段故事是她的双亲，同时也是她的故事。

阳子又再度进入忍耐的姿势。她就只是静静地忍耐着，等待这段时间过去。

"美马坂幸四郎想着对策。妻子的病情一天比一天恶化，病魔腐蚀了她的精神。精神受到肉体的侵蚀，这就是美马坂最无法接受的事。原本开朗、温柔的妻子，逐日变得嫉妒、怨恨，不断诅咒身边的人，变成了可怕的鬼女。他想治疗这样的妻子，所以他考虑应用他长年研究的活体移植技术来治疗。"

"京极堂，可是肌无力症这种病不是移植几个部位就能治疗的吧？"

据我所知，这是一种会导致肌肉异常疲劳、进而衰弱的神经障碍。

"详情我也不是很清楚。本人在这里，却由我来说明，老实说有点奇怪，总之这种疾病的原因被认为是位于运动神经末梢称为终板的区域的盐基性物质——乙醯胆碱合成不良所导致的。听说这与胸腺分泌过多之间可能有因果关系。说到胸腺，各位都知道这是淋巴球分泌的大本营。免疫专家美马坂教授思考出什么治疗法，不是我这等凡夫俗子所能得知的——总之，结果失败了。此时他察觉到了，不只限于脏器，医学上的活体移植有其极限，就算未来能消除排斥反应的发生，若没办法经常确保适合的献体也无法成功。所以就有人提倡使用机械代替，就是人工脏器。但是机械毕竟无法与活体完全兼容。因此——"

"因此他想到**把身体整个替换掉**。"

"这是什么意思？"

"制作一副机械身体，坏了就替换掉。如此一来便能半永久地不会衰弱。他想，或许获得了不会衰弱的肉体，灵魂也就不会污浊了。"

"这就是——这就是不死的研究？是军方投资的技术？"

鸟口问。

"这种事真的办得到吗？"

"似乎——已经办到了。"

京极堂环顾房间。

"人工脏器的概念并不是什么特别先进的想法，例如人工心肺在十五年前早就制作完成了。记得发明者是吉朋吧？"

向美马坂问话没有意义，京极堂自己再清楚不过了。

"虽说开始迈入实用化阶段也是最近的事情，而且也只能当作心脏外科手术时的代用心肺。现在在临床上应该也开始使用了吧？"

没有回答。

"是有其他医师思考出人工肾脏或人工肝脏。但包含脾脏肺脏心脏肾脏肝脏胰脏，胃腑肠腑膀胱胆囊三焦，所有一切，连感觉器官也包含在内，只有他想要完全用人工制作出来。平常的医师只会考虑将人工脏器用于治疗、手术或临床手术上，但这个人的想法却非常与众不同。"

"有什么不同？"

增冈开口。

与增冈有关的部分已经结束了，但他仍不由得想知道。

在这里的全体人士都是深陷于事件的人们。

我们，其实全部都是——搜集者。

"一般人顶多想到把其他异物置入人体这个箱子之中。这样的想法是理所当然的。但是天才美马坂却打开了人体这个封闭的箱子，并且——在其外侧制作了更大的箱子。"

"中禅寺，别用文学的形容方式来表现！别在事实认识上植入不必要的先入观念或成见！那只会给人愚蠢的印象而已。"

美马坂安静但严峻地说。

他终于忍受不了京极堂的挑衅了吗？不，他只是手上的工作结束了罢了。

京极堂笑了。

"那就应你的要求吧。在我看来，你的研究除了代用接受器官以外已经完成了。接下来只剩下临床实验。虽说我不怎么想用临床这两个字来说明你的研究。你应该很希望进行人体实验。每次都使用红毛猩猩跟黑猩猩，实在很花钱吧。"

"红毛猩猩与黑猩猩？那种东西很容易入手吗？"

"我听小司提过，有个家伙专门从帛琉等地趁时局混乱走私进来。一头的价值不菲，不是随随便便就买得到的。"

小司是指专营输入杂货的司喜久男。

不知为何，他在东南亚的非法地带很有本事。

只不过真的有人肯掏出大把银子买猴子吗？虽说当然是有人买才有人卖啦。

"我从来不过问实验用动物的入手渠道，全部都交给须崎处理。须崎很擅长这方面的事务。总之我做的是动物实验。木场，懂了吗？"

美马坂朝木场的方向说。

木场大脚张开，坐在一个较矮的计量器上。

一看到美马坂看他，立刻别过头，说：

"这里的确有野兽运送进来的传闻，也有残骸，我自己也亲眼见到了。可是也同样有传闻说伤患——也就是说是人类被送进这里？青木，没错吧。"

青木点头。

"这里——真的没进行过不法的人体实验吗？真的没有吗？京极。"

以木场而言，这个恫吓似乎欠缺了点魄力。他没露出擅长的凶恶脸孔，不敢直视美马坂的眼睛。

"大爷，那些伤患接受的是合法的治疗。美马坂这个人是不会做出那种事的。"

"是——这样吗？"

木场果然没什么气势。

"木场大爷没说错，的确曾有几个不能让他立刻死去的伤患被送进来。他们都是些随时死也不奇怪的重伤、重病患者。只不过

在某种理由下——例如是证人或犯罪者，这我不是很清楚——必须
让他暂时多活一段时间。总之会被送进来的都是这一类人，而委托
人当然也不是什么普通人物。求求你让病人多活十天，不，至少三
天——美马坂近代医学研究所现在是以这种方式营业——"

"这也算——医疗行为？"

"至少不是犯罪行为。应该说——"

京极堂看着美马坂，他没有反应。

"——这里算是一种能让濒死的患者姑且活上一段时间的装
置。所以有人入院却没有人出院。理所当然。因为只要经过一段时
间患者便会死亡。不是被杀了，而是只能活到那时，无法继续延续
生命了。或者是收取的那一点费用本来就无法让病人支持多久。教
授，你一定很不愿意吧？我说只能活一段时间太失礼了，你希望我
说永远对吧？"

"我不会受你煽动。"

美马坂毅然地说。

"但是你的研究很需要经费，不是吗？不只是实验材料的准
备，维持费也很高昂。战时战后你很巧妙地筹措到了，军方、宫内
厅、ＧＨＱ，有许多单位注意到你的研究，你成功地不让他们得知
你的研究真相，获得了研究经费。"

"只不过没有具备长期、宏观视野的出资者罢了。"

"现在已经没有人愿意援助你，所以你只好收取巨额经费，以
暂时延命装置的方式来营业。我说的没错吧？"

"你到底想怎么样？我的行为在正当的医疗范围内，我只是收

取相应的报酬罢了，一点犯罪性也没有。"

美马坂似乎不怎么冷静。这应该是他做出的最大的情感表现了吧。

从刚刚一直站着的京极堂总算坐上椅子。

"加菜子小姐受了重伤，全世界大概也只有这个地方能让她活命。在这层意义下，阳子是美马坂教授的血亲可说是侥幸。经急救措施之后立刻送往这里可说是正确的判断。"

我看了福本警员一眼，他当时在现场。也看了木场。他十指交叉抵住额头，低头不语。

"然后，教授除了救命以外不作多想，**施行了延命措施**。然后，让这栋**建筑物运作起来了**！"

这道声音，原来是建筑物运作的声音吗？

"加菜子的确活命了。但是阳子小姐，你应该不晓得吧？"

"不，不晓得什么事？——"

从刚刚便一直静静等候着这段可怕的时间通过的阳子，正因恐怖无声无息地降临到自己头上而震惊。

"刚刚教授自己说了，**找不到愿意援助到底的出资者**。阳子小姐你当然不知道这件事吧。在这里——美马坂近代医学研究所，'活着'的意义与我们平时的概念并不相同。"

恐怖的空气令房间凝滞。这个房间里、这个建筑物里并没有空气的流动，有的就只是震动。

"对美马坂教授而言，'不死'是**维持生命活动**，而不是活着。"

　　我听不懂京极堂说的意思。

　　"而且，这间研究所是研究所而非医院。这里并不是**能使患者恢复的场所**。"

　　不能恢复？

　　"进入这个箱子之后，只要人在里面就还能活着，但绝对无法到外面。只能永远在这里生存。亦即，只要还想让患者活着，就必须半永久地**负担庞大的维持费用**。"

　　"所以——才会想要诈取财产吗？"

　　青木自言自语。

　　"若不是如柴田耀弘规模超乎寻常的财源，实在不可能让十四岁少女度过所应得的人生长度。不是一个月、一年而已。不，其实你希望让她能永远活下去吧。难道不是吗？美马坂先生！"

　　机械声，地鸣，重低音，震动。

　　"既然激活了，就不能使之停止。机器停止的时候便是加菜子小姐生命结束的时刻。明明没有使之永续运作的财源，教授却激活了这座箱子。是不由自主地激活了，还是为了实验，这我就不晓得了——"

——是哪一边？

美马坂什么也没说，完全无视于京极堂。

现在也——那么这座箱子里——？

"我刚刚在楼下询问过茫然的甲田先生。要运作这座建筑需要极巨大的动力。不靠自家发电补足电力实在不够。需要燃料。而且加菜子的情况很严重，几乎所有机能都得运作才行。全部运作，一天下来换算起来要多少钱？你那时已经没有单位援助你的经费了。加菜子虽救活了，但你并没有能力使她持续活下去。"

原本看着美马坂方向的京极堂突然扭转上半身凝视阳子。动作极为快速。

"接下来阳子小姐，你告诉美马坂先生关于柴田财产的事。美马坂先生，这对你而言是双重的好机会。有了这笔财产的话，加菜子小姐能继续活下去，同时也能实行你长年渴望的活体实验。原本是为了拯救妻子而开始进行的实验，在失去对象后迷失了去向，面临放弃边缘。原想拯救的妻子虽死去了，而现在——却能将继承了你的血脉的加菜子当作研究对象加以拯救——但是这种想法毕竟太天真了，终究不过是空欢喜一场。"

增冈很快地插嘴。

"中禅寺先生，这又是为什么？这不是很简单吗？完全不需要什么夸张的机关，也不需要犯罪。只需说句谎话即可，说加菜子愿意继承遗产——即可。我们无法看穿她的谎言，可是她却连继续谈判的意愿也没有。"

"增冈先生，那时柴田耀弘**还很硬朗**，一点也不像将死之人，想继承财产必须等到耀弘先生去世才行。究竟是加菜子会先死还是耀弘先死，由你带给他们的讯息判断起来，耀弘比加菜子先死的几率明显地低多了。阳子小姐无论如何都需要一笔应急的金钱，所以才会想到靠自导自演的绑架——来诈取赎金。但这也只是一种孩子气的点子罢了。"

青木似乎无法保持沉默，他说：

"但是这也太——有欠思虑了吧。没有比犯罪更不划算的生意了。掳人勒赎，而且还是自导自演，被发现的话绝对很划不来的啊。"

"所以，阳子小姐并没有打算付诸实行。她自己也知道绝对行不通。阳子小姐，你原本已经放弃了，美马坂先生也要你放弃，对吧？"

"——是的。"

"你在说什么！"

木场大声吼叫，站起身来。

苍白的阳子吓了一跳，抬起头来。

"你——你那时的泪水是假的吗！放弃不就等于接受了加菜子的死亡吗！在那么早的时候你就已经放弃了吗！加菜子消失时，你要我寻找，要我帮助你，难道都是谎话吗！"

木场朝向阳子的方向尽全力虚张声势，硬挤出的声音虽然悲壮，但他绝不敢正面看阳子。另一方面阳子则是摇摇晃晃地后仰，像是被木场的话推动似的站了起来。

"——不是谎话！"

她的声音十分悲痛。木场沉默了。

京极堂悲伤地看着阳子，接着对木场说：

"大爷——这个事件等于是你引起的，所以你别再责备她了。"

"我？"

——就是你。

阳子当时对木场说了这句话。

"阳子小姐无论如何都想救加菜子，但是赖以依靠的美马坂先生向她宣告了绝望。这个装置只能运作半个月，加菜子的生命只能维持到八月三十一日为止。"

"消失的那天——吗？"

"但是他也对阳子小姐这么说了：'如果在这之前有钱购买燃料的话，加菜子就能得救。'——"

京极堂搔搔头发。

"这与随时都有可能会死的恐怖——并不相同。如果说就算几率虽低但有得救的机会，那至少也还能抱着希望——但也非如此。阳子小姐面对的状况是**加菜子必定会在八月三十一日死亡**。这是怎样的状况，你们能想象吗？"

我——无法想象。勉强要形容的话，就像被宣告死刑，等待执行的死刑犯的心情吧。与遭到事故骤死的情况不同，虽然冲击性较低，但恐怖感会随时间一刻刻增大，与拷问也很相似。

"而且，最残酷的是死亡的到来并非绝对无法防止，只要有钱就能让她无限存活下去，而且一大笔钱就在眼前闪闪发亮。阳子小姐面对的就是这种状况。在这种状况让各位选择的话——不会想演出绑架才奇怪。没有人有资格责备她，要抨击她的行动——实在太残酷了。"

阳子看着美马坂。京极堂看了他们两人一眼，接着说：

"教授，你对阳子的宣告在其他人眼里就像是要人用生命来换钱一样。你或许觉得无所谓，但你不认为这已经超越了医师所应有的道德标准了吗？"

"中禅寺，你是明知故问吗？我早就不是医师了，是科学家。"

"为了女儿也不愿意撒谎吗？"

"愚蠢至极。"

"阳子小姐的心情——我已经懂了。"

青木说，接着皱起眉头，说：

"——但我不懂她的做法。她到底想做什么？那种伪装绑架是怎样的计划？而且还是如此精巧的——"

"什么计划也不存在哪。她根本没想过要执行，那只是她的妄想，是空想。逃避现实的空想，越具体在某种程度上就越有效。阳子小姐借着这个来掩起耳朵逃避加菜子的死亡，来闭起眼睛不看躺在眼前的女儿的凄惨模样——"

"——她只是制作了威胁信而已。"

"那是——她制作的吗？"

青木很惊讶，我则是多少猜想得到。

"只消一眼就看得出来吧？"

"我看不出来。虽然那是一份做得很失败的威胁信，可是不管来源还是剪贴的材料都查不出来。"

青木从胸前口袋中掏出那张照片。

"青木，那个啊，是电影的剧本哪。"

"剧本？"

"要切割印刷物来制作威胁信时，大半都得一个字一个字切割下来，否则很难拼出想要的文章，这也没办法。很花时间，细密的工作也很耗神经，要选字也需要注意力。但是这份威胁信很明显地并没有花费多少时间与劳力。"

"为什么？"

"还不懂吗？你看个仔细，剪贴并非以文字为单位，而是以词汇。不，甚至还有整句的。'若欲保小命'是一个单位。你说，哪份印刷物的文章会有如此古装剧味道的句子？那句多半是'若欲保小命，留下买路财'吧。这是古装电影的台词。"

"我懂了！是《捕快姑娘续集》的铁面组头目的台词！"

福本大声喊了出来，一瞬间表情还很兴奋，但很快就被周遭沉痛的气氛所吸收，立刻自我约束起来。

"原来是这样吗？我没看过照片不敢确定。只不过前一句我就很熟了，就是那句法语的部分。青木，上面写着什么？"

青木一顿一顿地念了起来：

"伊儿阿鲁，敌亚布欧，抠尔。"

　　"虽然发音很糟一点也不像法语，不过青木也还是念得出来。你学过法语吗？"

　　"当然没有啊。因为上面有标片假名嘛，当然会念了。"

　　"之所以会标音是因为**演员也不会念**的关系。这是漱石的作品。《三四郎》中学生集会所的那一段。在集会所碰上的学生揶揄与次郎的台词。我虽没看过照片，不过读过两三次原作所以知道。这幕剧并不是很教人印象深刻的场面，说这句台词的应该也是小配角吧。所以剧本作家考虑到演员可能不会念，就标上发音了。而信上的'恶魔'的发音标成'デボル'也很特别，现在一般会标作'デビル'，不过漱石则标成如此。想必剧本作家并不怎么熟外国话，直接引用了原文吧。"

　　原来漱石的《三四郎》里有这句台词啊，我已经忘记了。

　　"在此我想顺便问一件事情，阳子小姐，你为何会在威胁信上使用那句法语台词？这点我实在想不通。你是否误会那句的意思了？"

　　"请问——那句真正的意思是什么？"

　　"漱石将之翻译作'恶魔附身'。"

　　"啊——我以为那是受到恶魔诱惑的意思。因为我觉得那孩子的一生就像是受到恶魔纠缠一样——"

　　"如果照上面所写的意思，就会变成恶魔是**你自己**。"

　　阳子什么也没说。

　　当时我没听出来，但京极堂一听立刻就知道了，而且还一直保持沉默。

"京极堂，你说——那天晚上木场大爷给你看过威胁信的照片，所以说原来你那时一看就知道了？"

"任谁都一看就懂吧！我曾经也向你们提过剪贴单位与标音的问题，没想到你们还得等到我在这里发表演说才想得到。制作者的阳子也一样啊！她很清楚这种东西立刻会被看穿，不，她根本就没打算使用。"

"——也不是完全不打算使用。您说的没错，我的确妄想过——我曾想着——若是顺利的话，或许如此幼稚的行为也还是能拯救加菜子的性命。我在摄影棚看过用剪贴制作的威胁信，我忘了是哪部电影了，那张威胁信被拿来当作电影的小道具使用，当时觉得侦探光凭那些字就能猜出犯人很厉害，印象很深刻。所以当我回家拿换洗衣物时，顺手也拿了剧本过来。加菜子是个爱看书的孩子，不过我很少看，铅字印刷的东西，手头上有的就只有剧本而已。"

阳子声音细小地说了。

"真的——是你做的吗？"

木场的姿势没变，但愤怒已经平息了。

"——但是做归做，我也不可能亲手交给增冈，也不知该拿给柴田家的谁——不，通常而言这种东西是送到我的手上才对吧。所以愚蠢的我真的束手无策，不知到底该怎么办，不知道该怎么做才能把这封信换成现金。所以很可笑的，一开始我把交付赎金的日子贴成制作的那一天——八月二十五日，明明就还没被绑架——所以后来又把那里撕下了。另外，剧本上没有警察这个词，所以原本是贴‘官差’，可是觉得这样很怪，所以又撕下了。信封上原本贴着‘柴田家敬启’，后来也撕下了。全部撕下后觉得自己很愚蠢，很可笑，就把撕下的铅字乱揉一通丢掉了。但是一丢，反而觉得异常悲伤、寂寞难耐，还是决定把信完成，就把字又重新贴回去。我本来剪了‘九’贴上，但想到九月就来不及了，于是就完全没心情弄了。接着发呆了一阵子，觉得就这样摆着也不行，正想**将信收回信封时——**"

"原来那不是要拿出来，而是收进去的时候吗？原来——是我害的吗？"

木场大声喊了出来，张大着嘴，看着我、鸟口与青木。

"我——竟然搞错这么无聊的小事，而且还……"

不管动作还是台词都像是喜剧。

京极堂斜着眼看木场。

"常有的事。之前鸟口也说过，如果这是侦探小说的情节倒是很叫人喷饭。但这并不是小说，而且也不是开玩笑就能解决的。在脑筋顽固的木场大爷请求下，警察真的来了。阳子不知该怎么办才好的事情，在木场刑警手中代之实行了。"

"我——"

"什么计谋也没有的情况下，自导自演的绑架就这样开始。更糟的是，请求来自于警视厅的刑警，神奈川本部自然不敢轻忽。你很困惑，顶多能再三强调这是恶作剧，却不敢说其实是自己做的。"

"雨宫他——大概为了庇护我而做了伪证，说那封信夹在门口。他大概真的以为我存心策划这出绑架剧吧。"

木场没动,似乎正拼命地在回想当时的状况。

"于是,威胁信顺势成了绑架预告信。然后接下来就是——须崎的策谋。"

"策谋?什么策谋?"

增冈的反应很快,他应该是现场最优秀的听众吧。

"令这场不成功的犯罪得以完成的后续策谋。我相信他也把美马坂教授及雨宫先生卷入他的策谋之中。各位听好,接下来就是犯罪了,前面那些都只是**误会**罢了。"

第二事件,加菜子绑架未遂事件——

"须崎这个人似乎很喜欢这种勾当。我跟他不是很熟,不过曾聊过一两次。他当时曾对我说:'你的性质很适合当诈欺师,怎么样?要不要合作赚个一笔啊?'我想这次也是他的点子吧。一般而言没有人会被这种花言巧语所诱惑,但这笔金额非比寻常,数量太过巨大了,连美马坂幸四郎这般人物也为之动摇。或者说恰好是顺水推舟?真是愚蠢——"

美马坂注视着台架上的箱子。

"不管须崎说得如何天花乱坠,他跟你们终究非亲非故。那种计划若非外人绝不可能策划出来。美马坂先生,阳子小姐,你们为什么会赞同如此残酷的计划?如果你们觉得——既然没有救了,横竖都是一死,不用白不用——如果你们真的这么想的话,你们应该向加菜子小姐道歉！"

"向加菜子道歉？愚蠢！"

美马坂露出厌恶的表情。

"死人知道什么！还活着的话，不管在什么状态下多少还能采取某种形式的沟通，但死了的话就只是单纯的物体罢了。与不带意识的物体是没办法进行意识上的沟通的。珍视与这类物体的沟通行为，或对这类物体祈祷都只是一种低劣的幻想。所有值得珍视的事物其实只存在于祈祷者的意识之中！那只是自问自答，是自我满足。"

"所谓的满足在任何时候都只是自我满足，本来就不可能令他人满足！"

京极堂严峻地说。

"想要用主观以外的外在标准来衡量满足或幸福才是一种幻想。你才是想靠这种唯物的态度来蒙骗自己的心情！是自我欺瞒。学学刚刚的阳子小姐，老实说自己是被金钱蒙蔽了吧！"

"想要钱就是犯罪吗？那么那个叫作柴田耀弘的老人怎么没被逮捕？没有理想没有目的，只靠着对金钱的欲望而活的人不是数以万计吗！我本来就什么也没做，加菜子本来就是该死才死的！"

"爸爸！"

美马坂听到阳子的声音沉默下来。

增冈说：

"中禅寺先生，可是我听说要求的赎金是一千万，这虽不算一笔小数目——四人平分是二百五十万。现在大学毕业领到的第一笔薪水是一万一百六十日元左右，所以这笔金额大约是二十年的薪水。说不想要是骗人的，但真的那么有魅力吗？我想这笔金额远远不够这座研究所的维持费吧？还是说雨宫辞退好意？那也差不了多少，用非比寻常来形容，我实在无法接受。"

"增冈先生，当然不是如此。须崎策划的不是诈取赎金，而是**以加菜子的死亡为前提的——财产诈取**。"

"你说什么？加菜子死了的话遗产不就——"

"不是差点就由他们继承了？"

"啊啊！原来如此！也就是说，加菜子在八月三十一日死亡，如果耀弘在那之前先死了就另当别论，但这种事情是无法确定的。所以让加菜子在死前受人绑架，变成生死不明的状态。只要无法确定死亡就能继续进行财产继承的交涉——这就是他们的计划吗？但是，虽然现实恰巧如此发展了，但耀弘先生并不一定会立刻死亡，而加菜子长期行踪不明也会被视为死亡。况且，我的组织也不见得会认定柚木阳子作为代理人。这个计划可说漏洞百出。"

增冈以极快的说话速度露了一手推理的功夫，还指出计划的漏洞。

京极堂补充说明：

"不过，任谁都知道耀弘先生来日不多了——事实上也的确去世了。除此之外都如增冈先生所说的一样。所以我想，如果计划顺利的话应该会定期送来通知加菜子平安的威胁信吧。"

"威胁信？这种东西能证明什么？"

京极堂一无所惧地笑了。他暂时跳过这个问题，大概公开这方面情报的顺序还没到吧。

　　"是没错。我不知道他们在实行之后做过多少考虑，不过我倒是了解在这里发生过什么事情。"

　　京极堂走到手术室的门前停下。

　　"加菜子消失的那天——在须崎计划中自然是越早越好，不过我想——选定八月三十一日，应该是考虑到阳子小姐尽可能让加菜子多活一天也好的心情。总不敢说她已经活得够久了吧？因此八月三十一日无疑地就是这座箱子停止之日——同时也就是加菜子的生命的临界点。另一方面，威胁信是在二十五日变成了预告状，而就在当天之中，须崎构想出了这个计划。阳子小姐，我没说错吧？我没有关于须崎的情报，所以若是有错，希望你能为我订正。"

　　阳子看着京极堂的肩头，开始小声说道：

　　"须崎先生说——**有办法让加菜子继续活下去**。"

　　"有办法？"

　　京极堂发出问号。

　　"您——中禅寺先生您刚刚说这个计划是以加菜子的**死亡为前提**，但其实不太对。他对我说或许有办法能让加菜子活下去又能诈取遗产，问我愿不愿意赌赌看。因此在听到这些话后，我——动摇了。"

　　"原来如此。那么我收回前言吧。你说的的确比较能让人理解，但是——"

　　"用不着收回前言也没关系，须崎先生考虑出来的方法真的不知道能不能成功，而且说不定我只是被骗了而已。所以就算有可能能让加菜子活下去，计划的进行依然是以她的死亡为前提。就如您所说的一样，总之先让加菜子消失一段时间，让她变成生死不明才行。我真是残酷的母亲，但就算如此，我——"

阳子没哭，代之的是大量释放出了些什么，精神在一口气间消磨殆尽。美马坂说：

"须崎有须崎的独自研究。他的研究不仅成功率低，科学上也没有意义。但成本低廉，仅此而已。"

阳子咬着嘴唇，凝视着病床。

加菜子当时就是躺在那张病床上吗？那是一张只由铁管构成的简单病床。上面设了什么机关？魔术的谜底又是什么？

"原来如此。须崎有独自的生命维持法吗，这下子我总算恍然大悟了。"

京极堂又开始说下去。恍然大悟是什么意思？

"阳子小姐刻意透露自己与柴田家的关系让神奈川县警知道。当然这是考虑到县警们会把加菜子绑架预告的情报传递给柴田家知道的行动。过去以来一直将增冈拒于千里之外，这时却主动去联络似乎有点奇怪，且由警方来通知这个消息，柴田家应该也会觉得可信度较高。这个企图成功地命中了。耀弘先生的地位在神奈川特别重要。"

"等等，中禅寺先生。"

增冈开口打断他的话。

"根据我这边的记录，神奈川县警们来拜访我们是八月二十六日。照你所言，那个助手须崎想出计划是在威胁信被木场发现、警察来这里之后，也就是八月二十五日晚上。他仅花了一晚就策划出这个计划而且还说服了其他三人，这难道不会不太合理吗？他应该更早就开始策划了吧？那个不知道能不能成功的延命法也不可能是临时才想到的，总是需要准备吧。就我所知，如此罕见的绑架事件从来没发生过。"

增冈有如机关枪般连续提出好几个问题。

京极堂毫无窒碍地回答。

"你错了，这次的事件真的一点准备也没有，毫无计划性。只不过须崎是科学家，我想他应该早就想要实验这个他独自研究的延命法，所以早就有所准备也说不定。但是其他的则全部是临阵磨枪。就算是更早就开始策划，也绝对不可能比加菜子小姐受伤以前更早，顶多十天以前。"

"可是那也还是比一个晚上还好吧——"

鸟口说。

"——要让人从密室之中消失，如果不是魔法便一定有谜底，要设计机关不是得花相当多的时间吗？"

"什么机关也没有。"

京极堂说完看着美马坂。

"没什么，想要带出外面而不被任何人发现很简单就能办到。须崎根本没用什么头脑，他靠的只是小聪明罢了——"

京极堂的眼窝外围有一圈黑影。

他的眼神令人联想到能剧《东方朔》［注一］里的恶尉［注二］。

"大爷——"

木场被叫到，抬起头来。

那么这边这位应该就是大癋见［注三］吧。

"——你说曾在加菜子第一次手术后向须崎问过话，他那时怎么回答你？麻烦你尽可能正确地回想起来。"

木场用他粗大的手指摩挲下巴。

他正在努力回想。

我相信木场一定不知反复回想过这个事件多少次吧。

一丝不苟又顽固，专记得小地方，他就是这种人。

"他好像说——血管的——选择很辛苦。不过大动脉弓与胸部的动脉吻合情况良好，所以没问题——大概是这样吧。"

"请你说明一下吧，美马坂先生，这是什么意思！"

黑衣的京极堂怒气冲冲，耸肩站起。

黑鸦，他是只大黑鸦。

注一：内容大致如下：汉武帝的臣下东方朔吃了西王母庭里三千年才结一次果的仙桃而得到九千年的寿命。他将仙桃献给武帝，在武帝面前与西王母一同跳起祝贺之舞。

注二：能剧面具的一种。尉面是老翁的样子，又分白式尉、黑式尉、三光尉等种类。恶尉是种表情恐怖的尉面。《东方朔》里使用的是鼻瘤恶尉。额上静脉隆起，眼神锐利，胡须刚硬而有威严，多用来演出神仙等充满威严的角色。

注三：能剧面具的一种。癋见的下颚突出，上下唇紧闭，瞠目怒视，鼻孔偾张。为大癋见、小癋见、猿癋见等面具的总称，多用来表示鬼神、天狗之类的角色。大癋见通常是天狗的角色，在恐怖之中多少带点滑稽之处。

　　白衣的美马坂也跟着站起，与之针锋相对。

　　他则是——白蛇吗？

　　"就是你听到的意思。大动脉弓是人体血管中最粗的一根血管，是大动脉的一部分。大动脉是由心脏输送血液到全身循环的最主要血管。由左心房上方的动脉圆锥向上延伸的部分叫作上行大动脉，往下的则叫作下行大动脉。上行大动脉与下行大动脉结合的弓形部分就是大动脉弓。而胸部的动脉应该是指胸大动脉。如名所示，这是胸腔内的动脉。穿过横隔膜的大动脉裂孔后改称作腹大动脉。所谓的吻合是指将血管连接到同一脏器的另一部位，或者是将不同的脏器连接起来的意思。血管很多，所以要分辨哪条是哪条十分困难。须崎所说的就是这些事情罢了。"

　　"我就是在问你——为何大动脉弓必须跟胸大动脉吻合？"

　　"就算我说明了你们就能理解吗？刚刚的说明这群人都已经不见得——"

　　"别小看我们，美马坂先生。其他还做了什么手术？把下行大动脉结扎起来了？还是下行大静脉？"

　　"中禅寺，随便对专业外的事情插嘴可是会尝到苦果的。为了你自己好，你还是去念你的'速驱除之''速净化之'的祝辞吧。"

　　"美马坂先生，你这句话是挺有意思的，但比起'谨请天之斑驹竖耳倾听'，左锁骨下动脉或总肠骨动脉还是比较好理解。总结来说，须崎说的意思就是用动脉的血液来供应胸壁对吧？为什么要做这种事？你——"

"因为那孩子的情况很危险，不这么做——"

"肺与心脏没事，所以为了尽量减少燃料的消费量，你并没有使用人工心脏对吧？"

美马坂神经质地皱起眉毛转过头。京极堂朝向我们。

"各位，我刚刚也说过，这位天才科学家扭转了常识，几乎完全成功地创出了人造人。美马坂教授评论我刚刚的形容很文学味，完全没这回事，我的形容极为写实，他打开了人体这个封闭的箱子，**在其外侧制作了更大的箱子——**"

京极堂看着天花板，接着依序看了我们。

"这栋建筑物本身就是他创造的人类。"

"我们在人体之中，你们坐着的就是肾脏肝脏脾脏和胰脏！"

我不由自主地抬起屁股，青木站了起来，鸟口则是整个人飞跳了起来。

"什么！"

反应一向最快的增冈这次反而慢了一拍，发出奇妙的叫声后扭头看看四周。

"人体的效率非常优秀。例如说我们只需两颗肾脏大小的体积就能完全过滤代谢作用的废物与超过所需分量的过剩物质。如果要用人工机械来代用就会变得很大，且人工透析机器再怎么小也放不进人体里。肝脏是人体的脏器中最大的，但相对的这个人体综合科学工厂的机能也惊人的多，想用机器取代哪怕多少台都不够。光是只具备除去血液中的有害毒性物质机能的机器就已经很巨大了。所以一般的医师只会想到要尽量将人工脏器缩小化或用在暂时代用性质上。如果把收纳在人体里的东西全部拿出在外的话，就会变成大约三楼高的建筑物。就像——现在所看到的这样。"

"中禅寺，你的解说太草率了。"

"不巧的是我并不是来朗读医学书的，这些无聊的解说便足矣。无须说明，亲眼见到就知道。这座坚固的要塞——你建造的人工人体是多么的丑陋。远远不及——美丽而天然的人体。"

"那是你的价值观。我对美这种相对的观念没有兴趣。"

美马坂多少显得有些狼狈。

"中禅寺先生，这、这是怎么一回事？我、我不懂。你说美马坂是多么优秀的科学家，做出多么了不起的东西，又是如何被军方放逐的过程我已经十分了解了。我也认识到这里是怎样的地方。可是、怎么会、这实在——"

这实在——增冈发着抖，又重复一遍。

"中禅寺先生！"

青木说。

"到了这种地步——我已经不会惊讶了。所以请您详细为我们解说吧。"

增冈、鸟口和福本等人脸上均泛出浓浓的疲劳之色。

在这个箱子里——生命会变得越来越疲累。

榎木津呢？榎木津不在。从什么时候就不在了？

"我懂了，美马坂——"

唯一坐着的木场站了起来。

"——你——该不会……"

我则是——

我则是已经达到了极限。

"京极堂！我还不懂。这次我从一开始就是个旁观者，只是个旁观者，就算现在也是。但是我已经受不了了。我窥视到太多人的人生了。快让这出戏剧闭幕吧！这是你的责任！照这样子继续下去的话——"

"我好像快要变成久保了！"

我第一次大声叫喊出来。

近乎于嘶喊。

重低音。机械音。地鸣。地响。震动。

箱子、箱子、箱子。

箱子、箱子、箱子。箱子、箱子、箱子。箱子箱子箱子箱子。

这个箱子里到底装了什么！

如果这栋建筑物真的是巨大的人类，我们等于是在其中窥视了不该窥视之物。不，等于是跟青木的那次战栗的经验一样，我正站在近似于**那个圣域**的地方。

　　这种故事，我已经再也受不了了！

　　"加菜子在八月十六日当天，一被送到这边，她的心脏与肺以外的**全部脏器立刻被取出来**。取出的理由当然是由于许多脏器已经破裂、破损或受伤之故，但最主要的原因还是加菜子已经不具备维持这些脏器并使之恢复的生命力了。停止供应血液到横隔膜以下的部位，肝脏、肾脏、胰脏全部都被取出来，加菜子被掏空了。"

　　"呜——"

　　福本掩着嘴蹲下。

　　"这，这种事——真的办得到吗？"

　　"除了这里没地方办得到吧。也就是说，加菜子本来早就死去了。加菜子只是被人勉强**维持生命**而已。木场大爷跟福本见到的是她的残骸。那时——本体是这个箱子。这个箱子才是加菜子。"

　　接下来是鸟口，他忍耐不住，倒在椅子上。

　　"所以说很简单。在绑架事件发生的三天前再度施行的手术是留下胸椎，切除剩余的脊椎及骨盆，另外就是**四肢的切断**。"

　　"四肢的切断？手跟——脚？那么……"

　　青木说完，暂时考虑了一会儿，总算理解了意思。

　　"那，加菜子这女孩子不就是在**还活着的状态下**遭到解体了？跟牛、猪一样被人切——切成好几块！"

　　青木自己说完似乎也受不了了。

　　"真有这么混蛋的事情吗！"

　　青木怒吼。

"这种事、这种事真的该受到原谅吗！"

"没办法，这是为了维持生命才动的手术，是正当的医疗行为！你们知道吗？加菜子的心脏已经衰弱到不足以运送血液到四肢末端了。不切除多余的部分，那女孩就存活不了。"

青木似乎想说什么又说不出口，木场接着说：

"美马坂！不只手脚，甚至连肠子都被切掉了，这样活着到底还有啥意义！这还是人吗？普通人手脚被切断的话撑不了三天就死了！你这么做也没办法让她一直活下去吧！就算做了这种手术顶多能多活一两天！把人的身体像腌鲑鱼一样乱切一通，你还算个人吗！"

"愚蠢！难道说只有五体健全的才算人类？不管身体缺损了哪些部位，只要还有生命，人类就是人类！生命的尊严依旧不变。加菜子只是被切除了受伤的部位罢了！就算只为了一分一秒，医生的任务就是尽力使人延命。"

"美马坂先生！"

京极堂大喝一声。

"你的主张很正确，我也赞同你的看法，并不打算针对此反驳。但是，你把问题置换了。"

美马坂静静地带着亢奋。

木场带着凶恶的表情昂然而立。

京极堂朝向木场前进了两三步。

"木场大爷也该撤回刚才的话。请你也考虑考虑做母亲的不管女儿变成什么样子、也还是希望她能活下去的心情。你看阳子小姐，你看着她还能说出刚才的话吗？"

　　木场依言看了阳子。

　　将身子缩成一团的阳子——这只刚羽化的蝴蝶还在凝视着加菜子躺过的病床。

　　"我相信一定有人会对美马坂教授施行的医疗行为有所异议。这是解释上的问题，跟现在无关。青木、鸟口，还有福本，你们似乎都受到了很大的打击，但这就是现实。接下来我们必须正视这样的医疗行为，正视这样的现实来讨论问题。现在应该作为议题的并不是这件事。"

　　"京极堂，可是！"

　　"关口，你也一样。他所施行的是医疗行为，你想从中找出骇人听闻的恐怖性是没有意义的。我们不应该把价值观带入科学之中。如果你从中见到了恶心的幻影，那是你把自己内在的污秽注入了科学这种无性格的框架之中而已。那是你自己本身的样子！"

　　我……我想看到的是……

　　魍魉是什么？

　　青木听了京极堂的话后恢复了冷静。

　　"说的——也是。中禅寺先生说的没错，我太激动了——真抱歉。可是，就算这是正常的医疗行为也罢，我还是有无法理解的地方。为什么必须**把切下来的手脚丢弃**呢？"

　　京极堂面无表情。

"并没有遭到丢弃哪。右手掉落只是单纯的事故。而左手，是要拿来当作威胁信的材料——对吧？阳子小姐。"

"威胁信？是你、你刚刚说的，要拿来当作被绑架后加菜子的生存证明？"

增冈勉强振作精神。

"京极堂，可是！那为什么就能当作活着的证据？"

"就是可以哪，对吧？阳子小姐。"

阳子点头。这当中又有什么机关？

"威胁信上面应该会印着加菜子的左手手印——不对，应该会把手指一根根切下送过来——要当作生存的证据这样比较好。我想他们原本的计划是如此。记得加菜子指纹可以由匾额中的手印来确认——"

"——没错。"

木场摆着臭脸说。

"那么就能够肯定了。须崎原本就是打算如此做的吧？"

京极堂瞪着美马坂。

"中禅寺先生，可是这样并无意义吧？这种做法当不了存活的证据。警方再怎么无能也还是能判断，那是在死后才切下还是活着就切下的。"

增冈说。青木也跟着说：

"是的。如果须崎的延命法很随便，或者须崎自己原本就是如阳子小姐所说的一般，以加菜子的死亡为前提来策划的话，那么这么做是很愚蠢的行为。不，在这之前，加菜子就算没死——手部不是已经早就切下了？就算由切下的手臂更进一步地将手指切下，断面上也还是检测不出活体反应的，所以——"

"说的没错。送这种东西来不就反而是证明了犯人已经死了？这种计划无法成立的。"

"一般而言的确如此。"

京极堂无声无息地移动到箱子的坟场。

"但是，美马坂先生，我记得你在战争中曾经做过让演习中遭到事故而断裂的士兵手指维持生存的实验。那次——记得是存活了八天吧？"

"你真的专记得这些无聊事。那只是——游戏罢了。而且，我并没有采用——那种方法。"

"是吗？那么这就是须崎的点子了？"

"京极堂，到底怎么回事？麻烦你说明白点。难道真的有方法能让切下来的手臂保持存活吗？"

我又开始觉得不安。

活着的手臂？如果真的有这种东西——我——

阳子说：

"是的。他——很得意地说那就是重点。说若有什么万一，只要手还活着就没问题——"

果然，活着的手臂存在的！那么——

"活、活着的、手臂？"

青木发出奇怪的叫喊。

京极堂质问美马坂。

“教授，你觉得如何？肢体被切下后还继续维持生命活动的话，那只手臂该算活的？还是算死的？从这只手臂上切下指头的话，算活着就是伤害罪，死了就是损害尸体。”

重低音。箱子运作的声音。

“只要还维持着生命活动，就算那只是人体的一部分也仍不算死亡。但是那不是人类，而是人类的手。”

“原来如此。”

“手臂在被切断的瞬间就算不做什么处理也仍还活着。但就算把那一瞬间延续成一分钟，一分钟延续成一天，手臂也仍只是手臂。纵使能维持生命活动，只要欠缺作为生命体的主体性，那就不是生物——也就是说，那并不是人类。所以这种为了研究而研究的研究——是愚蠢至极的研究。是只能运用在威胁恐吓这类低劣的行为上的技术。我对这种技术，一点兴趣也没有！愚蠢。”

美马坂对虚空之中投射出轻蔑的视线。

看来这道视线的对象似乎是他的爱徒。

“真的办得到吗！”

增冈讶异地说。

“须崎所谓的独自的生命维持法就是指这个吧？”

面对京极堂的询问，美马坂不知为何很老实地响应了。

“中禅寺，须崎这家伙的确是跟你说的一样，在进行着让人体的一部分维持生命的研究。浸在培养液里，接上最低限度的机械，勉强使之维持生命——原本这种技术是为了移植用脏器的远距离输送用而开发的。但是包含活体移植，我早就对这些研究失去了兴趣。单单手臂维持生命一点意义也没有。那是无意义的生命。人类之所以能成为人类是因为有意识。但是，须崎拾去了我舍弃的研究——他说应用这种技术或许能让那孩子延命一段时间——约一个月。他提议只要在这段时间筹措资金，最后再让她恢复原状即可。我不赞同这种方法，因为成功率极低。"

"但是你最后还不是参加计划了！漂亮话说一大堆，最后还不是想要钱？"

木场背对着他说了，差点没吐起口水。

美马坂无视于木场的发言。

木场见到美马坂的忽视，反而更激动。

"你不是说就算只有手臂也还是算活着！把手指一根根切下来能当加菜子活着的证据！这算身为医生该做的事吗！不，这算身为人该做的是吗！加菜子不是你的——外孙女吗！"

木场再度过热起来。

这栋建筑的震动不知加热过他的内部多少次。

"这一点关系也没有。的确，须崎想要做的事情虽属科学实验行为，但称不上医疗行为，只是无聊的游戏，所以我对这种行为一点兴趣也没有，但我同时也不具有任何感伤。如我刚才说的，就算还活着，那也不是人类，而是人类的手臂。就算原本曾是人类，就算那是与我有血缘关系的活体，这些事实与行为本身并没有任何的关系。况且在与脑髓分开之后，就算还活着，要切要刺都不会痛。我只是在说须崎捡了我舍弃的部分而已。"

美马坂转而将原本投向须崎的轻蔑视线朝向木场后如此说了。

"你、你难道没有罪恶感吗？"

青木说。

我想美马坂并不具有这种观念。

京极堂说的没错，科学是个什么也没装的箱子。

从中能找出什么价值并运用，端视使用者的心态。

而美马坂幸四郎这名怪物太接近这个箱子了——

反而变成了箱子**本身**。

因此与美马坂牵扯上关联的人，全在其中看到了自己的黑暗——

因而战栗不已。

京极堂说：

"青木，你不该以罪恶感或人情等尺度来衡量这名男子。你这么做的话只会让你感觉到余味很糟，这就是——魍魉。"

这就是——魍魉？

这是什么意思？

"右手跟双脚——和腰部——后来不是被丢弃了吗？那是事故还是？"

鸟口像是在自言自语般发问了。

"这我上次也说过，那不是丢弃而是水葬。葬在加菜子受伤前想去的地方——由对她抱着深厚爱情的雨宫先生亲手执行。"

"雨宫？"

对了，雨宫仍旧行踪不明。

可是却没人提到他，为什么？

　　"阳子小姐不管女儿变成了什么模样都希望她能活下去，但是雨宫与木场大爷刚刚的心情很相近，他不忍心继续看到加菜子的可怜模样。从他身上可以感觉到不同于阳子小姐面对女儿的另一种心情，应该——没错吧？"

　　阳子回想着。

　　"那个人——雨宫他或许比我更爱加菜子也说不定吧。他说过好几次——如果一定会死，不如让她美丽地死去。我原本也以为自己——做好心理准备了，但终究还是放弃不了。增冈先生不是来过这里吗？刚好是木场先生第二次来探病的那天。当时——您询问过加菜子的状态对吧？"

　　"嗯，我是问过。当时我听你们说再过一个月就能复原，没想到却是只剩十天。真是过分的诈欺。"

　　增冈已经冷静得多了，或许是因为周遭的情绪高扬过头了吧。

　　"我可没说谎！"

　　美马坂严峻地说。

　　"我对你说的是——再过一个月，只要状态还不错的话，混浊的意识就能复原。如果当时实验继续进行的话，意识早就已经恢复正常了。"

　　"那并不是问题所在。我是在说——你明明就知道她一定会死，却没向我说明。"

　　"你来的时候继续维持生命的希望还没断绝。我听阳子说了遗产的事情，所以那时认为还有希望。只要有资金，想让她活多久都没问题啊。"

"但是我那时也说明过耀弘先生的健康状态良好——啊，我是离开前才说的，而且还是偷偷地告诉阳子小姐——啊啊。"

增冈大大地叹了一口气。

"我应该先说这件事才对。"

增冈说到这里闭上了嘴，眼珠朝上看着阳子。

阳子的眼皮略微松弛，以温柔的眼神看着眼前的箱子，吐露了至今未曾对任何人诉说过的真心话。

"是的——我那时本想跟增冈先生谈继承的事，到最后还是说不出口。然后——在听过耀弘先生的健康状态后，我绝望了。所以我才会想到要假绑架。我——一想到这个主意就再也停不下来——于是就对雨宫先生提了这件事。他一开始是说，说如果能拯救加菜子或许也不错，但是——"

阳子苦恼地颦起眉头。

"——当时他不知道加菜子是在**什么状态**下存活下来的。他一定没想到加菜子整个内脏都被掏出来了吧。他一直说着等加菜子伤治好了就要去做什么什么，要去哪里哪里玩，满口这类的话。还说：'加菜子想看湖，所以等痊愈了就先去看湖吧，记得她曾说过想去相模湖，到时候三个人提着便当一起去吧。'"

便当，如此稀松平常的词语，在我耳里听来却显得如此令人悲伤。

"——长期的共同生活中，雨宫成了家人。不，他跟加菜子的关系比我紧密得多了。因此，考虑了一整晚后，我觉得非常悲伤。加菜子即使没死，也没有机会去看湖了，当然也没办法吃便当了。因为，那孩子连胃肠都没了啊！所以，我觉得雨宫有点可怜，第二天就对他说了加菜子现在的状态。结果他一直念着'怎么这样''这样不行''这样不对'——从那天起，我失去了能商量的对象，觉得自己好像快疯了——但就算如此，我也还是不希望加菜子死去，一个人做起了威胁信。但是雨宫他在警察来时，为了庇护我还是撒谎了。他对我说：'我只是外人，你是母亲，会希望孩子活着也是正常的。'后来——"

"阳子，别说了，我不想听这些话。"

"不，爸爸，已经够了。加菜子，已经不在了。"

阳子虚弱地抗拒了父亲的话。

"后来，就跟中禅寺先生说的一样，须崎来了。他说：'任由加菜子就这样死去真的好吗？这场意外一定是柴田的阴谋。'又说：'照这样下去资金就要见底了，加菜子活到这个月底就一定会死。警察好不容易陷入了混乱，我们就趁乱行事吧，这也算是告慰加菜子在天之灵。'然后——"

虽然说够了，阳子还是有满腹的话想说出口。

"雨宫很反对。他说这样加菜子太可怜了，非常反对。他也很反对截断手脚。我一开始就听说可能会截断，想说如果能因此多活两天，那就切断吧。雨宫先生则认为——反正终究不免一死，不如让她尽量保持完整地死去。听他这么一说——我迷惘了。但是须崎又对我说——加菜子不会死，只是从大箱子移到小匣子而已。只要钱到手了就立刻为她恢复原状。当然她是不可能走路了，但还是能说话，所以先把钱——"

"真是胡扯一通。就算真能存活下来，没有胃部没有腹肌也不可能正常地说话。"

京极堂自言自语道。

"须崎的方法——应该说计划才对吧？是以切断手脚为前提。雨宫——迷惘了很久，最后要求切下的手脚给他。他希望至少能带手脚去看湖。"

阳子眼睛的焦点变得模糊。

"手脚切下后，雨宫拿着从甲田先生那里拿来的铁箱——这里有很多，听说是战前——这间研究所刚成立时——陆军还很期待父亲时，为了能依照甲田先生的设计精准地制造出机器所做的大量试验作品——"

不会吧？这里的箱子是……

"据说精确度非常高。"

这里的箱子——也是兵卫做的？

"大小也刚刚好。"

肯定没错，放在这里的为数众多的箱子都是御筥神的作品！

我突然觉得很想呕吐。

"雨宫先生拿来这些箱子——说要当作加菜子的棺材，要沉入湖底得用铁的才行。他说：'就由我带去杳无人烟的宁静的湖里沉眠吧'。"

京极堂说得没错——那真的是水葬。

"那么左手打一开始就被须崎拿去了？"

"是的。应该是被须崎拿去处理——一开始就不在了。然后，雨宫躲躲藏藏地回避着警察的耳目——不，应该说装作若无其事的样子，那样还比较不引人注目——把加菜子的手脚放上须崎的卡车——"

"果然是卡车吗？"

京极堂的猜想很正确。京极堂说过——载货台的锁坏掉了。

"那辆卡车的载货台的锁松掉了。福本，我没说错吧？"

福本连点好几次头。

"木场大爷提过，福本在刚来到这里时，不小心跟须崎的卡车发生擦撞。福本，大爷——注意到了对吧？而且他还去确认过载货台损伤程度。"

福本异常地畏缩。

"对、对不起，我没提这件事。"

"算了，那只是我的职业病。"

木场的回答倒是十分冷漠。

京极堂继续说：

"但是也因此，雨宫先生的仪式泡汤了。山道蜿蜒难行，装手部的匣子因而掉落了。"

"左手——原来不是被回收了，而是自一开始就没有啊。"

鸟口像是在确认般的发问。

难怪找不到。

"雨宫回来时脸色发青，他说手——不见了——只剩下箱子而已。"

被木材行老板发现了。

"愚蠢至极，多么愚昧的感伤。办什么水葬——我早就表示反对，果然如我所料引起了骚动。就跟平常一样丢进焚化炉里烧掉不就好了？"

美马坂自言自语地打断了阳子的话，以爬虫类般的眼神看着木场。

"当时焚化炉应该没办法使用吧？"

京极堂说。木场闻言，说：

"因为——我在那里吧。"

京极堂所说的是这个意思吗？

至少木场半夜并不在那里吧。

"如果是这样——我真庆幸我守着那里，否则加菜子的骨头就得跟那些猴子埋在一起了。"

阳子带着悲怆的眼神看着木场。

"之后雨宫与须崎就经常吵架。认识他的十四年来，我第一次看到雨宫如此大声吼叫。雨宫从一开始就与须崎不和，也对须崎曾经恐吓我一事感到很愤慨。雨宫并不知道恐吓的理由，也从未过问，就只是担心我与加菜子。所以他本来就很讨厌须崎，因为顾虑到加菜子所以才一直忍耐下来。而且也因为有很多警察在，还不至于发展成互相殴打，但两个人经常针锋相对——就在那时，须崎说出了**那件事情**。现在回想起来，雨宫似乎从那时就开始变得怪怪的。原本非常反对的他从那之后却安静下来了。"

那件事情？

又是**那件事情**，从一开始就刻意隐蔽起来的"秘密"。

"接着，八月三十一日来临——"

消失之日。京极堂说魔术没有机关。

木场又坐上较矮的箱子。

两肘放在两膝上，双手相合抵在额上，静静地闭上了眼。

然后，他开口说：

"所以说，当时我看到的加菜子——已经只剩一半了吗——"

"没错。她当时的身体已经远小于常识中的印象。她——只剩下恰恰好能塞进那个匣子的大小。"

京极堂指着美马坂旁边台上的匣子。

高约四十五公分，宽约三十公分，长约二十四公分左右——

"她那时应该受过外科手术处理，让那些大小管子能一口气取下来。因此我想他们当时的做法是——"

"掀开床单。"

——美马坂在入口等候准备完成。

"拆下连接在加菜子身上的管线与点滴。"

——突然发出喀啦喀啦的小碰撞声。

"放入匣中。"

——碰撞声变成咚、砰的极大声响。

"把伪装用的石膏抛在地板上。"

——接着转而变成惨叫。

"同时蹲倒在地上大声喊叫。"

——美马坂翻开帐篷。

"然后美马坂先生，你实行了揭幕式！"

——你们做了什么好事！

京极堂站起来，做出拉下布幕的动作。

——病床上空无一物。

"这段过程花不了几秒钟。木场大爷去调查病床时，你说——有股说不上来的古怪感，那是因为病床上只有上半身跟石膏的部分有凹陷的关系。石膏本来就只是摆着而已，丢到地上立刻摔得粉碎。至于其他东西，当然也不怎么凌乱。"

"所以说须崎拿来的机械箱子——就是用来装加菜子的小匣子吗？"

听到鸟口的话，青木的脸色立刻变得十分苍白，我想他肯定是回想起来了。

回想起同样被塞在箱子里的少女们。

"须崎不知道在这之前早有人先见过加菜子，熟练地完成预定的行动，将加菜子移到小箱子后依计划等候数秒，拔掉连接在小箱子上的细管，迅速离开。没受到他人注意，也没人觉得他可疑。加菜子离开了这个粗糙的巨大身体，朝**另一个身体**的方向前进。"

"另一个身体？那是什么？"

"我想应该就是焚化炉。"

京极堂回答。

"什么意思？"

"按照计划，匣子里的加菜子原本应该会先藏在焚化炉里——我没说错吧？"

美马坂背对大家，保持缄默。

阳子回答：

"我想——应该是如此没错。"

"须崎认为——一直守着这里的木场大爷，在听到骚动的声音后一定会朝加护病房前进——事实上则是人早就在这里了。只要大爷不在焚化炉，这附近就不会有其他人。大小也很恰当。我想在两三天前早就做好收容的准备。等木场刑警回去后，半夜想怎么处理都没问题。我原本一直想不通须崎为什么会死在这里，后来才想到是这个原因。里面装设的不是焚化炉，而是须崎式简易生命维持装置对吧？"

"这么说来……"

"我说无法焚烧加菜子的右手双脚的理由就在于此，而非木场大爷在的缘故。同时——加菜子的左手应该也收藏在那里。"

"嗯——"

阳子没有回答，但她的沉默仿佛是在肯定京极堂。

"——京极，你说那只手当时还活着——吗？"

木场姿势不变，开口发问。

"或许该说——被强制维持着生命才对。"

"所以说，我就是一直在加菜子上面睡午觉了。"

木场小声地说，声音里带着颤抖。

"这——喂，这该算啥罪？喂，增冈，这是你的专业吧？"

"嗯——"

增冈不知该如何作答，硕大的双眼充满血丝。

"这、这个嘛，如果是已经诈取到遗产或绑架赎金的话还没话说，嗯——这似乎只能讨论算不算正当医疗行为而已——"

"原来如此。喂，青木，你能原谅这种行为吗？福本你呢？没触犯法律的话，我们警察真的啥也干不了吗？只能说句'原来是这样'就回去吗！"

青木——似乎还陷于那些箱子里的女孩们的幻影之中。

福本则乖乖地保持沉默。

"喂！你们说话啊！"

木场再次爆发了不知第几次的怒火。

"京极，你说该怎么办！你这家伙，每次都等一切都结束了才出面！这件事可以就这样算了吗！"

"当然可以！"

京极堂很干脆地让木场彻底死心。

"木场修，你听好，你的敌人——是你自己。敌人打从一开始就不在外侧。这个柚木加菜子伪装绑架未遂事件是犯罪，这点毫无疑问，但是美马坂幸四郎可说等于与这件事没有任何关系。他只是在人生观或价值观上与我们不同罢了。对于这点，我们不该抨击也无法检举。我像现在这样扮演这幕闹剧的丑角——原本也是不应当的行为。"

"中禅寺，没想到你倒是有自知之明。所以说也玩够了吧？这出闹剧该闭幕了。"

美马坂说完，极缓慢地转向我们。

"很可惜地，这出戏尚不能结束，请你再多演个一回吧。这出剧总共由四幕，不，是五幕所构成。还剩三幕。"

黑鸦对白蛇如此说。

"你这家伙，每次老是玩这招。"

木场心有不甘地说完，闭上了嘴。

"好，接下来主角该换人了。下一幕是加菜子绑架暨须崎杀害事件。"

京极堂有气无力地说着。他的主持毫不留情，疲惫的我们只能任凭他牵引。但是——期望这种状况的其实是我们，这位饶舌的迷宫引导人不过是顺应我们的希冀，勉为其难出面罢了。

"这点我不懂。虽然上次中禅寺先生也这么说，但加菜子实际上不是已经被绑架了吗？怎么又是绑架未遂呢？这当中是怎么区分的，我真的想不透。"

鸟口勉强打起精神发问。

"在阳子小姐制造契机，木场修太郎将之启动，须崎演出下成立的加菜子伪装绑架案——以诈取遗产为目的的这场扭曲犯罪，完完全全地失败了。"

"你说什么！不是成功了吗！加菜子像魔法一般地消失，没人看破机关，而且要不是受到阻止，他们差一点就成功骗得遗产了啊。"

"关口，难道说你以为须崎把自己的死亡也策划进计划之中吗？那是不可能的，那绝对是出乎预料的意外。"

"第三故事的主角是——雨宫典匡。"

"雨宫！"

阳子的反应超乎预期的大。

"原来是他，可是……"

"我不知道雨宫这个人是个什么样的人物，完全不知道他在考虑什么，他的人生以何为志向。但是这些事情并不重要。不仅限于这次的事件，他在这十四年间，一直安守着配角的身份，从来没有人以他为中心来讨论过。至少，现场的关系人士都是以这种定位来诠释他——"

京极堂看着增冈。

"增冈先生，你认为雨宫是个笨蛋吧？"

"以我的人生观与经验法则来做推论的话，他的确是个大笨蛋。不懂得把握良机，没人要求却表现得过分忠诚，主动让出幸运给他人，过度的自我奉献，对于劳动不愿收取正当的报酬，没有明确的人生观就这样受到环境左右过了一生。他把自己的命运托付给他人，却没因此获得恩惠，不管抽什么都是抽到下下签。他不是不幸，而是不知道何谓幸福，而且最后还犯下大罪。任谁来看，他都是个笨蛋。"

增冈一口气迸发完这堆话后又戛然停止。

阳子间不容发地为他辩护。

"请您不要说他坏话。他——是个好人。"

增冈哼了一声。

"的确，用好人来形容他是再适合也不过了。共同生活了十四年，分文不取地援助你们的生活，这样的人当然是个**好人**。好人。如此普遍的赞美，就算是路人也说得出口。要是真的这么好，你怎么不跟他结婚算了？你一点也不觉得他不好，是因为玩弄他人生的人就是你自己。你只是在有意识无意识之中感到责任罢了。共同生活了那么久，你对他又有什么了解？你什么也不知道吧。这就是事实。中禅寺先生说的没错，他是个永远的配角。"

增冈鼻孔怒张，极力述说。

看来对增冈而言，雨宫这名男子的存在超乎了他的容许范围。

如果认同他的存在价值，就会造成自我崩坏。

阳子悲伤地频蹙愁眉，简短地抗议：

"增冈先生，您说得太过分了。"

"但这名配角正是本回的主角。"

京极堂再次说了这句话。

"增冈先生，他看起来的确像是随波逐流，但只要改变一下观点，整个状态就会为之一变。请以他为中心思考看看，把他所处的状况当成**那正是**他所期望的来生活，那么你就会发现他过着一帆风顺的人生。他生活在周遭的人们为他打造的幸福环境之中。"

"他所期望的？期望什么？"

增冈的脸颊不断地抽搐，做出厌恶的表情。

"不自然的家庭，扭曲的关系，有所距离的关系，对他而言或许无一不是愉快的。而且我想他爱上的人并非阳子小姐，而是加菜子。阳子小姐对他而言不过是加菜子的母亲罢了。他真心爱上了自婴儿时期开始照顾的、有如女儿般的加菜子。他能以真正的亲子所无法做出的方式爱她。若问为何，因为雨宫只是个外人。"

增冈似乎还无法理解。

"我不知道他对加菜子的感觉是什么。反正知道也没有意义，我也不想知道。不管是父爱还是恋少女癖，总之**他喜欢加菜子**，想要跟她一起生活。于是乍看之下或许会觉得他是个笨蛋，但不管是对柚木母女们不求回报的献身，或对柴田家超乎必要的忠诚，其实都可以视为是他为了求得自己的无上喜悦所付出的全心全意的行动。他主动追求幸福，并获得了幸福。"

"那么——雨宫这个人直到发生**这种事**为止可以说过得很幸福？"

鸟口说。

"我认为就是如此。例如说，须崎虽然是为阳子小姐带来恐怖的恐吓者，对他而言却无关紧要。恐吓行为本身对他而言并不怎么严重。只有当问题影响到加菜子身上时，他才会有所反应。阳子小姐退出演艺圈后也一直隐瞒着被恐吓的理由，但他却从不过问。就表示，他一点兴趣也没有。他对你的退出也没表示过意见吧？反正恐吓者能因此离去即可。因为不管阳子小姐要从事什么工作，对他自己的幸福来说一点关系也没有。"

阳子——的表情很复杂。

"因此在发生这种事情后，感到最痛苦的人，是雨宫。"

"雨宫——典匡。"

增冈开始一点一滴地崩坏了。

"他长期以来的幸福被人一一破坏了。加菜子本身被人毁坏了。雨宫体认到以旧有的方式将无法获得幸福。"

"所以？才做出报复行为？"

增冈快速地问。他急着想知道结论。

"非也。他决定亲手葬去加菜子来结束一切。拿了手与脚，到湖岸举行仪式，以此作为一切的终结。但是，手臂却不见了。"

福本抖动了一下，满身是汗。

"因此雨宫强烈地感到烦闷。原本性格温厚的他才会与须崎争辩不休。"

"所以他才会杀死须崎？如果雨宫那么爱慕加菜子的话，须崎可说是他的偶像的破坏者。难怪，原来如此，真可怜。"

增冈拼命地想维持自我。

"这也不对。对雨宫而言，须崎是破坏者但同时也是救世主。须崎是唯一有能力拯救加菜子性命的人。所以他绝不会想要杀死他。刚刚阳子小姐说过，雨宫似乎已经完全放弃了加菜子存活的可能性，但那是因为他原本以为加菜子已经到了他所不能企及的世界。但是此时须崎说了，加菜子的言语能力或许能恢复。这表示，他正是能为期望新形态幸福的雨宫带来一缕光明的人。顶多吵吵架，不可能想要杀死他。如果他真的有如此强烈的想法，他应该先阻止这个计划的发生才对，而如果这种动机能驱使他杀人，那么他应该会在更早的时期就杀了他才对。"

没错，探讨动机是没有意义的。雨宫恐怕也是——

"那到底是怎么回事！"

增冈无法理解吧。

"雨宫喜欢加菜子。须崎大概是揭发了关于她的秘密——没错吧？阳子小姐，在与雨宫的争吵之中，科学家须崎摇身一变，成了卑鄙的恐吓者，把**那件事**说出口了。"

那件事是什么？这个秘密被公开的时机何时才会到来？

"须崎——"

本欲发言的阳子被美马坂所打断。

"须崎是个优秀的科学家。"

京极堂对他的话一笑置之。

"教授，须崎这个人哪，是个想成为你这种人却当不成的人。他当不成真正的科学家。他以前曾经说过，将来要继承美马坂之名。如果你没舍弃地位与名誉的话，须崎原本打算**跟阳子结婚**继承美马坂的姓氏。可是你却舍弃了地位与名誉——而且还舍弃了更难以舍弃的事物。原本以你为目标的须崎失去了你，一头跌进科学的迷宫里。而——雨宫在听了这样的须崎的话后深深地受伤了。他在这之后肯定产生了变化。但是他的情感并非愤怒，而像是喜爱的事物遭人毁谤时的悲伤心情。就跟现在的阳子一样。"

"他原来是软、软脚虾吗？"

　　增冈似乎无论如何都要说雨宫的坏话。

　　"非也，非但不是软脚虾，还极具勇气。"

　　"什么意思。"

　　"他去跟手臂见面了。"

　　"你说什么？"

　　"他去焚化炉跟加菜子的左手见面了哪。去跟那只预定在好几天后拿来当作威胁材料的加菜子的活手臂见面。他在众多警官来来去去之中，享受无语的禁忌幽会。不仅如此，他还想把手偷走——"

　　"幽会？为、为了什么？偷走，干吗做那么恶心的事——"

　　"他逐渐学会了**获得新幸福**的方法。"

　　京极堂瞥了我一眼后，又转头回去看着增冈。

　　"增冈先生，不管是否大幅背离了你的人生观，而世人又是以何种眼光看他都无所谓，雨宫可说比在场的任何人都还熟知如何获得幸福的法门。不管他身置何种环境，他终究能融入环境之中，让自己感到幸福。他是积极**肯定现实**几近于疯狂的人！"

　　"幸福——"

　　"但这次的状况实在过于特殊了，要顺应环境还是花了他一些时间。但是惊人的是，他已经适应了如此特殊的环境了。不是将污秽驱除净化，而是使自己奋勇向上——"

　　摇晃吧，缓缓地摇晃吧

　　一二三四五六七八九十

"雨宫单独由加护病房离开，去见**新的加菜子**了。绑架的骚动对他的幸福一点也没有影响。只要不是他所能获得的东西，他就一点兴趣也没有。"

"为什么故意选在那种时间——他明明知道计划的步骤吧？"

青木说。嘴唇发青。

"因为木场大爷当时不在那里——理由就是这么简单。然后雨宫发现了，也到达了他的新幸福。"

"到达了——"

增冈的精神不断摆动。增冈与雨宫之间原本相隔了无限距离的精神，现在正快速地缩小距离。

"焚化炉里的手臂，跟他送往相模湖途中死去的手臂不同，仍美丽地维持着生命。在与手臂见面时他到达了该处——"

"——就是，彼岸。"

"啊啊。"

增冈右手抚着额头叫了出来。

接着轻微地颤抖着，说：

"那家伙**去了那里**了吗？而且——还打算带着那只活着的手臂离开。那么做肯定会让手臂死去，他却——毫不在乎是吧？"

增冈也一样到达了那个境地。

"应该是吧。雨宫拿着在路上回收的右手用的匣子，想把左手收进里面。这时，须崎带着**收纳加菜子的匣子**来到焚化炉。须崎肯定很惊讶，并立刻化为愤怒。理所当然。因为当时正实行着犯罪计划。不管警备再怎么疏失，毫无防备地打开焚化炉，甚至还打算将手臂拿出来，自然是不可原谅的行为。而且，手臂如果真的让他拿出焚化炉的话很快就会死去，计划——势必会失败。"

"所以两人争吵起来了？"

鸟口——并没有到达。

"不，雨宫被斥责之后暂时放弃了。但是，他发现了比手臂更具冲击性的圣物。"

"雨宫拿起原本打算用来装手臂的铁匣子殴打须崎。"

——有棱角的棍棒状金属原来是细长的铁匣。"取回加菜子，一起奔逃了。"

"呀啊啊啊啊！"

阳子扭曲着容貌，发出难以置信的尖锐叫声。

"加菜子、加菜子——"

——患者——不见了。

真的被人带走了。

我已经无计可施了。

加上须崎——也被杀了。

所以，无法挽回了。

"呀啊啊啊啊啊啊啊啊！"

阳子抱着头，把体内残存的生命几乎全部释放出去。

原本有如一颗顽石默默不语的木场受到她的悲鸣的洗礼后，总算又开口了。

"所以说你那时的话——那时对我说的话真的不是谎言，难怪你还期待加菜子或许能活着回来。看来我觉得是真实的事情，果然是真的。你的话——"

木场看着阳子。

"多少打进我的心里了。"

"没错。不期而然地，阳子小姐被赶进了与楠本赖子相同的立场。以加菜子为中心的两种相反的情感——一方面希望她能被发现，一方面又恐惧她被发现；一方面希望她能活下来，另一方面又期望她死亡。虽然计划失败，阳子小姐失去了加菜子，但表面上绑架却**成立了**，或许能成功诈取到遗产；同时，如果把事实告诉警方的话，**或许**就能找到加菜子，但是她是否仍活着却**很难说**。如果因而同时获得加菜子的尸骸与犯罪者的烙印，一点意义也没有。一切都显得不明不白的，意志的向量总是同时作用于正反两方。她们这两个带有强烈的相反愿望的女性，只能随时把自己置于两种方向都可前进后退的暧昧位置上。"

"与赖子相同——吗？"

"但是立场暧昧的人，若是身旁有着具有强烈意志的人的话，往往会受到他的牵引。阳子的身旁有着一个强烈不希望计划被发现且强烈希望获得遗产的人——"

京极堂再次有如黑鸦一般站了起来。

"那就是你，美马坂先生。"

美马坂也站了起来。

"没错！中禅寺你说的完全没错，但是没有证据能证明你的推理。我只是在脑中怀着欲望，没有人能惩罚我。我实际上什么也没做，什么也没说！中禅寺，你刚刚自己也说了，就算你们聚在一起抨击我，我也不会动摇我的信念，而法律与道德也无法处罚我！"

"这点小事我当然知道。但是你的存在影响了阳子，令她做出伪证也是事实。熬过警察严苛的追问与近乎拷问的侦讯，你的女儿为了提供你丰厚的研究资金撒了不必要的谎，强忍着原本不需忍受的苦闷！"

黑鸦大大地晃动了翅膀，看着褪壳的蝴蝶。

白蛇封闭起心灵，把头别了过去。

"历经了恰巧又与赖子相同的半个月犹豫后，阳子小姐决心诈取遗产。契机就是神奈川本部的石井警部动员其所有的衰弱记忆力做成的警备配置图。她一看就知道警备很草率。她想，既然如此——外部的人士应该也很容易入侵吧。于是阳子小姐撒了谎，编造出架空的犯人——说实话，那不过只是幼稚的谎言罢了——企图扰乱搜查。原本顶多只是一笑置之的谎言，在这个莫名其妙、有如魍魉一般暧昧的古怪事件中却发挥了十足的效果。事情出乎想象的顺利，结果也促使增冈出面前来洽谈代理继承的问题。虽然失去了加菜子，取而代之入手的事物却很可观。一切超乎预期地顺利，除了木场修太郎这个活跃的存在以外。"

"原来我——真的是妨碍者吗？"

阳子在释放出一切后只剩下空壳子，透明的皮肤中包裹的是一片空虚。

"当然不是。"

京极堂代替她回答。

"楠本赖子与柚木阳子，这一对彼此相似的具两面性的女性确实扰乱了事件，但此时又有另一个被害者登场了，就是久保——竣公。"

——久保竣公。

第四事件，武藏野连续分尸杀人事件——

"雨宫带着匣中的加菜子与她的手，多半是由森林穿越逃离现场。接着他到达车站，搭上电车逃亡了。不过或许他本人并不觉得是逃亡吧。"

青木面无表情地说：

"搜查员开始发挥机能大概是罪行发生的两小时后。就算只靠徒步慢慢走，应该也移动了相当大段的距离了。"

鸟口接着说：

"而且，就算他带着那种铁匣，相信也没人想到里面装了尸体吧。肯定——没受到怀疑吧。"

"不是尸体。加菜子那时**还活着**。"

"啊啊！"
阳子瘫软地倒下了。
"为什么说还活着，可是，她不是离开机器了——"
我像是被人泼了一桶冷水般不寒而栗。
"加菜子施行过手术，也做好了止血的处置，心肺机能正常，不会马上死的。只不过我不肯定她是否有意识——"
美马坂简短地、极为简短地回答：
"有意识。活个一天左右——应该没问题。"

那么、那么、那个——
"雨宫朝西方出发"
离开都会的返乡列车里空空荡荡——
"是与匣中的加菜子的私奔之旅"
一名男子悄然坐在面前的座位——
"第二天早上，他与前往伊势的久保竣公"
他的肤色苍白，看不出是年轻还是年老——
"在同一班列车上碰面了"
男子带着一个箱子——
"久保见到了匣中的——"
从箱子里传出声音。
"还活着的加菜子——"

匣子里恰恰好装了个美丽的女孩。

啊，原来活着呢。

不知为何，非常羡慕起男子来了。

"那篇、那篇小说——'匣中少女'里头写的，原来**全部都是**
真实的吗！"

下一个瘫倒的人是我。榎木津幻视到的，久保的、记忆里。

——那个在窗子里探视的女孩子是谁？

果然是加菜子吗？

"匣中的少女把度过扭曲人生的新晋幻想作家也一起带往彼岸
了。他就跟他小说中描写的一样，被加菜子的幻影所迷惑，想尽办
法要得到一个相同的少女。最后，他决定自己动手做。"

"这就是动机吗！"

青木猛然站了起来，椅子跟着飞跳了起来。

"那么，那些女孩果然是被人活生生砍下手脚吗！这混蛋！这
种事情、这种事情我绝不容许！实在太愚蠢了，叫人无话可说。不
用想也知道肯定做不出来的嘛！疯了。凶器是柴刀，用柴刀从连接
处将手脚一刀砍下，这样哪可能活得了嘛！呜……"

青木高声大叫很快又蹲下，表情痛苦不堪。他的伤还没好，根
本没好。

"没有人会相信如此不合常理的事情能办得到。就算是久保，

原本也不可能相信——在看到加菜子以前。要是他没遇到雨宫，见到加菜子，**那个恶魔也不会降临在他身上了。**"

京极堂以带着黑眼圈的凶恶眼神瞪着美马坂。

"你的确什么也没做。"

然后又转回面对大家说：

"里村的见解非常正确。久保做过实验，也试过刀。我不知道他是绑住女孩还是先让她们昏迷，总之他先砍掉手，但这很困难。第一个女孩因为还不熟练，所以砍失败了。这个阶段，就算少女还有意识，大概也会因剧痛而失去意识。砍断第二只手后，他逐渐习惯了。不过切砍的动作虽熟练了，但等到砍下脚的时候，少女已经因过度失血而——死了。久保并不是在杀死后急忙砍下，而是少女们**在被砍下手脚中逐渐死去。**他——并没有杀意。"

"可、可是，他完全没处理伤口的话，肯定会……"

鸟口似乎也快崩坏了。

"**久保手指断掉时也是没做处理就**自行愈合了。常识下人人都知道——手脚被砍下一定会死。可是这个常识在加菜子这个活证据面前，什么效力也没有啊！"

"求求您，中禅寺先生，别再说了。"

青木以趴在地上的姿势向他哀求。

"我再也忍受不了了。"

"好吧，我不说了。那么，第四个事件就此结束。接下来的最后一个事件的主角就是你，美马坂幸四郎！"

京极堂背对着美马坂说。

"喂，事件不是只有四个——"

"刚才不是就说过了？关口，今天早上——变成五个了。好了，美马坂先生。"

"把放在那里的久保交给警察吧。"

京极堂指着美马坂身边平台上的匣子。

久保——

匣子里面装的是久保吗？

那时我的心中似乎浮现了某种形状。

那是只长耳、头发光亮秀丽的——

魍魉。

"中禅寺，我应该一开始就说过了。事关人命，我不能把患者交出去。"

"反正这栋建筑物很快就要停止了吧！久保带来的钱撑不了三天，而你也拿不到柴田的遗产了。"

美马坂站起来。他爬虫类的眼睛里依旧不带情感的色彩。

"京极堂，这是怎么回事？"

"榎木津在'新世界'把加菜子的照片给了久保。久保在这次的机缘下得知了'那个女孩'的名字，沉溺于观赏照片之中。此时——楠本赖子来了。赖子很惊讶。久保从她身上得知，有这么一号能完成自己不断失败的实验的人物与这间研究所的存在。"

"楠本赖子——"

青木喃喃自语。

"后来赖子的实验也失败了，久保创造的匣中少女全都腐朽，变成了久保最痛恨的污秽且不完全的状态。因此，久保决定向先达讨教。久保下定决心准备好他继承来的所剩财产——所有一切能动用的金钱，来拜访这家美马坂近代医学研究所。在出发之前恰好碰上青木。久保一一打倒了青木、木下这两位顽强的刑警，来到此地。"

美马坂依旧不为所动。

"美马坂先生，我其实比任何人都还认同你的伟业。就算是这次的事件，如果你后来没有失控的话，我本来也不打算出面的。但是你做得太过火了。或许你的所作所为很有意义，在学问上也极具价值。但是只要你还维持这种态度来面对这个世界，就会不断产生牺牲者。你在不知不觉间潜入了许多人的内心空隙之中，让许多人的人生变得一塌糊涂。雨宫典匡、久保竣公、须崎太郎、楠本赖子、楠本君枝、被杀害的三个少女与其家人、寺田兵卫——就连木场修太郎也差点因为你从刑警变成犯罪者。不只他而已，这里在场的全体人士都在缝隙之中见到了不该见的事物。不，应该说被迫见到才对。请你适可而止吧，现在立刻终止这场活体实验吧。"

京极堂静静地以不输美马坂的气势向他威吓。

"住口，中禅寺，你懂什么？这些问题都是他们自己主动靠过来才产生的，我说过好几次了，我什么也没做。医生切割患者的身

体是犯罪吗？为了维持生命切除多余器官很骇人听闻吗？别把我的
行为跟久保的杀人魔举止混为一谈！"

一来一往的争论停止了。

地鸣。匣子里的生命脉动。这是，那个——

那个匣中男子的，生命之音吗？

我们现在身处于久保的内部吗？

另外一人——久保竣公从一开始就与我们同席。他在那个匣子
里，而且，现在也还在。

想看。**我想看匣中的样子。**

我无论如何都想看看匣中的久保竣公。

"我可没将之混为一谈哪。我只是在对你忠告罢了。"

"忠告？"

"美马坂先生。你的目的推至极限，就是把脑之外的部分全部
以机械取代以达到永生是吧？"

"没错。人类不需要会变丑变衰老，进而污秽了精神的不完全
肉体。肉体不过是容器，是暂时的住处。如果有永恒不变的肉体，
就能让人类变成只需进行纯粹精神活动的完全意识体。没有无聊的
杂念，也不必与愚昧的社会产生瓜葛，是无上幸福的千年王国。"

"问题就在这里。"

京极堂严峻地说：

"你是科学家吧？我赞同身为科学家的美马坂幸四郎，但并不

赞同身为传教士的美马坂幸四郎。科学是技术，是理论，但却不是本质。当科学家谈论幸福时，他就不该装出科学家的面貌。无上幸福的千年王国——这种话不是你该说出口的。"

"为什么？中禅寺，你是输不起吗？"

"我是在为你驱灾解厄哪，美马坂先生。"

京极堂原来打算从美马坂身上除去科学的诅咒吗！

如同他剥夺了增冈身上的虚荣与优越感一般。

那青木是被驱除了什么？福本呢？鸟口呢？

京极堂在不知不觉中在他们身上驱走了魍魉吗？

那么木场呢？阳子呢？还有我自己呢？

我开始缓慢地移动起来。

京极堂正与美马坂以视线交战，我必须伺机而动。

"你就那么讨厌变丑的绢子女士吗？肉体的衰弱会导致精神的衰弱是当然的。但能拯救她的并不是这种丑陋的匣子，而是你的忍耐、包容与理解。你完全不做这些努力，不愿意正视现实，逃避到学问的世界。想治疗绢子女士的纯粹心情，不可能变成如此恶魔般的结果。你是将患了难治之症的妻子与女儿赶出家门的残忍的人，你应该先承认这点。"

"少自以为是地评论他人，与你无关，我无心听你说这些愚昧的虚妄之言。"

"我并不期待你会诚心悔改哪，美马坂先生。我并没有自以为是。我——一点也不在乎你，因为你是很坚强的人。我担心的是阳子小姐。"

"请您停止吧，中禅寺先生。别、别再说了。"

阳子阻挡在两人之间。

她显得虚弱不已。

"我父亲把他的一生托付在这个实验上，求求您、求求您让他完成吧——"

"阳子小姐，醒醒吧。你们已经没有继续运作这个匣子的金钱，继续下去的话只会让你的父亲沦为杀人者。"

"可是将他拿出去也是死路一条啊。"

"没错，你的父亲早知如此却仍执意实验。"

"在还能动的时候，求求您在还能动的时候——"

阳子倒在地上。

"让他尽情实验吧——"

电灯闪烁着。

木场悄然站起。

"京极，够了，让你担心太多了。接下来是我的——不，是我们的工作了。里面装着久保是吧？"

"木场先生！别过来。"

阳子站在美马坂与木场之间。

"让开。"

木场的视线看着阳子的脚尖。

"求求您，反正、反正里面的人无论如何都要死的话，求求您等他死了再逮捕吧。在死前让我父亲……做研究……"

"阳子，你说什么傻话！我怎么可能被逮捕！我什么也没做。"

"阳子小姐!"

京极堂站在阳子身边。漆黑的男子,与透明洁白的女人。

"够了吧。你已经没必要跟这个男人有任何瓜葛了。你的心已经在动摇了,顽固并不见得是好事。"

阳子面无血色,变得完全苍白。

"木场修!你来照顾她吧。"

京极堂朝木场用力推了阳子一把。木场抱住差点跌倒的阳子。

"京极!干什么?"

京极堂定定地看着木场。

"我的工作还没结束,先请警察在一旁稍候吧。阳子的魍魉十分顽强。美马坂先生,我有事要问你。请你在阳子小姐面前清楚地回答。"

京极堂看着阳子。

"阳子小姐!请你仔细听好。"

但美马坂依然毫不动摇。

"什么魍魉,愚昧。我没什么好愧对自己的事,你想问什么就问吧。"

京极堂打算做什么?

"你当然知道加菜子这个女孩子吧?"

"已经够了!中禅寺先生,我什么也没对父亲说过。所以父亲什么也不知道,如果他知道的话恐怕——"

阳子在木场厚实的臂膀中挣扎,木场流着汗闭着眼睛。

　　美马坂以雄浑的声音回答：

　　"阳了说的并不对。如果你想问**那件事情**的话，我当然知道。而且我是在**知道之下仍去做的**。"

　　阳子突然停止了挣扎。

　　"我想也是。那么你为什么要救加菜子？因为她是无可取代的血亲？还是基于尊重生命的医疗行为？或是其他？"

　　"当然是为了实验。只不过她如果没被送到我手上早就死了，结果上说来算是被我拯救了。只不过是——实验体碰巧是与我有血缘关系的人罢了，不管患者是谁都一样。"

　　"阳子小姐，你听到了吧。这位美马坂先生就是这样的人。你心中的美马坂的形象不过是种幻想。"

　　阳子凝望着父亲，父亲只是看着机械。

　　"阳子小姐，你已经没有理由继续包庇这个人了。无疑，你的父亲美马坂所做的非人道的行动正是一切不幸的开始。因为他的行为，你才会离家出走，你的母亲才会苦闷不堪。也因此，后来你才会与柴田弘弥演出虚假的私奔，导致你必须背负着十四年来必须不断说谎的枷锁。阳子小姐，你才是这个男人的被害者。不，最可怜的应该是加菜子吧。加菜子她——"

　　"加菜子她——"

　　什么？**那件事情**到底是什么？我想知道。

　　我想知道这对父女的秘密。

　　"中禅寺！这女人是我的女儿，女儿帮助父亲又有什么不对。你别想多嘴。我没打算停止这场宝贵的实验。我已经征得患者的同意，这是正当的……"

"美马坂！你、你做了什么！"

木场放开阳子，推开京极堂。

"快住手，大爷，你去照顾阳子小姐吧。"

"啰唆。"

木场逼近。

"给我说！"

京极堂连忙抓住木场的肩膀想将他拉回。

"住手，别问！你知道这件事也没有任何帮助！别妨碍我办事。"

"住口！京极，你不过是跟事件无关的局外人。局外看戏的人别想插嘴！"

"笨蛋，你去看好阳子小姐吧。"

"让开！"

在木场强大的腕力下，京极堂被推得飞了出去，撞上计量器。

"既然法律没办法制裁你，吃我这招！"

木场揍了美马坂一拳，眼镜被打掉了。

"刚刚只是预习，这是加菜子的份！"

美马坂被打飞出去，倒下来时撞上了平台。

台上的匣子摇晃，原本整齐排列的止血钳及手术刀——散落在地板上。

"别再打了！"

阳子缠住木场背后。

“求求您，木场先生，他是……”

木场抓住美马坂的领子一把将他拉起。

“没必要说出来，阳子小姐，千万别说——”

京极堂恢复态势，青木与鸟口也加入乱局之中。增冈茫然地站着。

福本不知为何守住出口，我则又更走近匣子的旁边。

“放开，你的女儿是……”

“加菜子是……”

“别说，阳子小姐！”

“加菜子是，爸爸的孩子。”

木场原本高涨的情绪倏然，消失了。

京极堂抓住木场的肩膀让他面向自己。

“世上有很多事不需要问出来！如果能让她不必开口的话，再过不久——”

“原本再过不久，这个人的魍魉就能驱走了……”

美马坂摇摇头站起来，步伐蹒跚地坐上椅子。

“加菜子是——我与阳子之间的女儿。但是那也不代表什么。中禅寺，我是医生，不管是父母还是兄弟，躺在病床上我都一视同仁。”

　　"你的主张并没有错，但是你做得太过火了。"

　　生命的吼叫声。轰轰的巨响。

　　疲劳感。木场大口呼吸，肩膀上下起伏。

　　"美马坂，你这混蛋、凌辱了你的亲生女儿吗。你这算什么医生！算什么科学家！我才不原谅你。你、只因为、治不了老婆的病、就……"

　　木场气喘吁吁地说。

　　"阳子小姐，你不是被赶出去，而是——自己离家——出走的吗？"

　　增冈已经不再摆出一副律师姿态。

　　"你把又是亲生女儿，又是孙女的加菜子，用你那双手亲自——在活着的状态下解体了吗？"

　　青木按着胸口抬头瞪美马坂。

　　我缓缓地绕过去，移动到美马坂的背后，匣子就在旁边。

　　我好想看——匣中的久保。

　　"美马坂，我一定要杀了你这混蛋。"

　　木场的手摆在收起来的手枪上。

　　"住手。"

　　京极堂说。

　　"各位——中禅寺先生、木场先生，请别——责备我父亲。"

　　阳子说完幽幽地站起来。

　　"不是父亲的错，一切都是我不好。"

"阳子，别说了。"

"没关系的。是我主动诱惑父亲的。我爱上了父亲，我想从母亲手中夺走父亲。一切——都是从我的邪念开始的。"

阳子有如水蒸气下的景物般摇摇晃晃地走近美马坂。

"我很讨厌母亲。我讨厌一天天变丑的母亲，讨厌得不得了。就算是平时雄赳赳气昂昂、富有知性又伟大的父亲，在母亲面前也只是个奴隶。母亲患了难治之症，那不是父亲的错，可是母亲却责骂、轻蔑无法治疗她的父亲，而父亲只能不断忍耐。我无法容忍，好几次都觉得母亲死了算了。父亲舍弃了名誉与地位，把自己的一生献给了母亲。但是他的心意却一点点也没传达到母亲心里。我哀怜这样的父亲，我觉得他好可怜。所以、所以——我才会觉得那样的母亲不配跟父亲在一起，所以——"

站在美马坂背后的我，正面看着靠近过来的阳子。

那就像是电影里的情景，没有感动，单纯只觉得美丽。

阳子继续她的独白。

"所以，我才会想要安慰父亲。我深爱着父亲，同时我的容貌也与过去美丽的母亲别无二致。"

"住口，阳子，我不想听你的感伤——"

"我会离开家并不是因为我被赶出去，而是父亲主动离开的缘故。他看破了这个腐烂的生活，为了潜心研究而出走。是的，父亲爱着母亲。即使是得到那种病症，变得如此丑陋的母亲，父亲也仍深爱着她。所以他才会想尽办法，想要尽快开发出治疗法。我好不甘心。我恨母亲，想欺负她，将她折磨到死。反正只要我不照顾她，那女人很快就会死了，要杀她易如反掌。我对她**在立场上拥有绝对的优势**，我想杀随时能杀，但是我终究还是下不了手。我每天每天在她耳旁说着怨恨的话。当时的我有的是年轻，她则什么也没有。"

阳子走过了美马坂身旁。

我这时才第一次感觉到恐怖。

这里不是我能入侵的空间！

我害怕起来，这里是不可开启的——

隐秘之匣。

但是，

"母亲知道父亲的住处，可是说什么也不愿告诉我。我对于只告诉母亲住处的父亲感到很悲伤，对于已经如此崩坏却又藕断丝连的夫妇羁绊感到很嫉妒。"

阳子缓缓地摇晃着。

匣子小幅度的振动随着她的摇晃转化成大型的晃动。

"当我知道我怀孕时，我真的很高兴，无论如何都想把孩子生下。因此，那个柴田的提议对我来说是顺水推舟。私奔——有一半是真心的。我本来就不把母亲放在眼里。后来虽然失败被抓到，反正钱拿了就好，之后的援助金也只是顺便。我是不怎么聪明，但笨归笨也并非完全没有欲望。"

增冈取下眼镜擦汗。

知识与教养，在这个匣子里什么用也没有。

"加菜子是个好孩子。雨宫很热心地帮忙我照顾母亲——但我最后还是对母亲见死不救。听雨宫说，母亲入院之后曾寄过好几封信给父亲。她的手部活动不便，所以是请护士为之代笔。我听到这件事非常不愉快。不过我有加菜子，也不认为自己输给母亲。反正只要丢下她不管，那女人迟早会死——"

是京极堂提过的要求离婚的信。

"因此她入院之后我只去过医院两次。后来死了也不觉得悲伤。十几年来，我把这一切藏在心之匣里，盖上盖子，闭着眼掩着耳，才总算能让自己觉得过得有点幸福。或许全部是雨宫的帮忙吧。中禅寺先生刚刚说的没错，他是个很幸福的人。我在他的帮助下，总算觉得自己活得像个人。在那之前，我觉得自己是鬼，不，是更加莫名其妙的，虽恐怖却又模模糊糊的东西。"

魍魉。那就是魍魉。

我心中的魍魉，也动了起来。

"须崎自我孩提时代就经常在家里出入。一开始我见到他来摄影棚时很惊讶。他对我说，他知道我有孩子，还说他知道父亲是谁，要我给他点钱。那时的我很迟钝，惊讶归惊讶，但没立刻想到这件事如果公开会造成什么影响，也没想到那是他在对我勒索。后来，须崎死缠烂打地跑到摄影棚好几次。不过说是勒索，其实要求的金额也没多少，他向我索求肉体关系时我拒绝了，他也很快就放弃了。不过在拒绝太多次金钱上的勒索后，他说要让加菜子知道，所以我立刻决定隐退。"

美马坂的背部一动也不动。

阳子背对着美马坂朝向我。她的眼神涣散，瞳孔之中开放着无间地狱的入口。刚羽化完毕的蝴蝶现在正徘徊于迷宫之中寻找出口。

"——在现在的家里与加菜子和雨宫度过的那几个月，是我一生中过得最像个人的生活。所以增冈先生来洽谈遗产事宜时——我真的觉得很困扰，希望他能早点回去。我之所以没老实说加菜子不是弘弥的孩子，理由一点也不复杂，就是因为雨宫先生同列席上而已。虽然他再过一年就结束他的责任了，不过他曾经说过，任务结束之后还是想跟我们一起生活，而我也如此期望。所以，我不希望让他知道事实——加菜子是与我的亲生父亲生下的有违伦常的孩子。雨宫是因为一心以为加菜子是弘弥先生的孩子才会一直待在我们身边，事到如今我说不出口，也不希望因为说出真话而破坏了今后的生活。但是我也不能让加菜子继承遗产。我不希望加菜子成为柴田弘弥之子。我希望那孩子永远是我爱过的第一个人，同时也是最后一个人——美马坂幸四郎的孩子。"

"所以说加菜子——是你的女儿，也是美马坂的女儿——亦即你的亲生妹妹。你虽说了很多谎言，却也一直呼喊着真实——"

京极堂说。

"所以说——你并不是因为崇敬母亲才将艺名取为绢子。阳子小姐——是因为你想要取代你的母亲，想取代美马坂绢子吧。你想要成为美马坂幸四郎之妻绢子——所以才会取这个名字的。"

"是的。美波是从美马坂的美与父亲出身地的神社而来的。"

"是德岛的弥都波能卖神社［注］嘛。"

"您真的什么都知道呢。"

阳子以她鲜红的嘴唇笑了。

"加菜子不在之后，我才总算了解了母亲绢子的心情。我是——全世界最过分的女儿。一想到母亲是在什么心情中死去的，我就痛苦得几乎要昏迷。木场先生——来我家的那天，我写了致母亲的道歉函。威胁信的时候也一样，木场先生总是在这种时候出现，在我最悲伤的时候现身。"

我看了木场。

他的表情隐藏在计量器、机器构成的肝脏肾脏背后，无法看清。

"我把长期以来切割出来的父亲照片放回原本一起拍照的母亲身边——我向佛龛里的母亲道歉。道歉了不知多少个小时，哭到眼泪干枯，最后——我下了决定。"

"什么决定？"

是木场的声音。

"我果然还是——喜欢美马坂幸四郎。压抑的情感几近疯狂般地满溢而出，伴随着残酷的现实，**那股情感**又再次回到我的心中了！"

阳子总算回头，看着美马坂。

木场站在美马坂的对面。

美马坂与阳子面对面。

注：弥都波能卖是罔象女神的万叶假名（假名发明前借用汉字的表音方式）名称，念法相同。

现在任何人都注视着他们两人。

现在的话，现在的话——

我朝匣子伸手。

匣中有——

"想干什么！"

美马坂发觉了。

"关口！住手！"

京极堂向我恫吓。

"你想窥视匣子还早一百年哪！难道你也想跟久保、雨宫一样到另一侧去吗！"

另一侧的世界——幸福就在那里——

"如果你真心希望如此我也无所谓，在场的人似乎全都希冀着另一侧的世界。听好，那是幻想，是不该被开启的东西！"

我全身失去力量。

软趴趴地跌坐在地上。

就像过路魔离开后的赖子一样。

"京、京极堂，魍、魍魉到底是什么？"

"关口，魍魉就是界线。抱着轻率的心情接近可是会被带往另一侧哪。"

"我、我……"

我在不知不觉间，与久保一样变成了搜集者。在窥视了许多人的内心后。在知道了太多秘密后。

　　京极堂以锐利的眼神看着我，接着又看着站在原地的美马坂与阳子。

　　"至于科学，也是一种境界线。美马坂先生，若是放任不管，你也会到另一侧去！你要去随便你，至少把阳子留在这里！你刚刚也听到阳子的告白了，她是这一侧的人。这是你身为父母的——"

　　"中禅寺，感谢你逆耳忠言地再三叮咛，但我终究是听不进你的忠告。"

　　美马坂似乎看开了。

　　"什么？"

　　"我要跟阳子一起下地狱。"

　　"爸、爸——"

　　美马坂朝向京极堂。

　　"阳子，够了，我已经十分了解你的心情了。"

　　"爸爸！"

　　"会变成现在的情形不是你的错，是我缺乏理性，没能拒绝你的诱惑所造成的。中禅寺说的没错，我得向绢子道歉。因为——"

　　美马坂不看阳子地说：

　　"——因为，我也**爱上你**了。"

　　京极堂的表情显得十分悲伤。

　　"所以，我更不能停止这个研究。因为这是为了我自己与阳子——你的研究。"

阳子心情激动，木场接近她。

美马坂与京极堂对峙。

"中禅寺，你说我潜入他人人生的缝隙，打乱了他们的一生。如果要这么说的话，未经同意闯入并打乱我的人生的人就是中禅寺秋彦——"

美马坂甩下巴指着京极堂。

"你啊。"

"呵，这倒有趣。"

很意外地，京极堂竟然笑了。

"你知道你玩弄的那些诡辩是多么令身为科学家的我困扰吗？我是科学家，我在奉物理法则为绝对准则的世界里思考、生活着。你——却打乱了这个规则。我处理的对象不是原子也不是中子，是人类。医学必须将人类视为物品来处理。如果说开刀会痛、吃药会苦就不治疗的话，受伤、生病都好不了。你根本就知道这个道理，却又毫不在乎地向我开启了精神世界的大门。你并非浑然不知，而是明知故犯。我多么想对你还以颜色啊！对于身为科学家的我而言，眼睛并非心灵之窗，而是眼球与视神经。是虹膜与脉络膜与视网膜与水晶体与睫状体与玻璃体与角膜。我在瞳孔深处看不到心之黑暗也看不到希望之光。所以你看！这个人工人体是我创造的。你不管说再多都无法创造出永远的生命！可是我创造出来了，再过不久就能完成。科学是境界线？少瞧不起科学，科学是真理，是本质！"

"美马坂先生，那只是**幻影**哪。"

京极堂为什么能若无其事？

"你其实已经看过了吧？"

"看过什么！"

"当然是瞳孔深处的光与暗。所以你移植不了映着心之黑暗的角膜，不，是变得办不到了！所以你才会在活体移植的研究上挫折，所以你才会完全舍弃当初原本想平行研究的免疫与基因操作及生命科技，只能全心全意投注在如此丑陋的人工人体的研究上！"

"中禅寺，住口！"

美马坂开始混乱了。他听了阳子的告白后，他那固若金汤的防御总算开始崩了一角。

由其缝隙中窥见黑暗，京极堂难道毫无所感吗？

为什么这个黑衣男子不会被带到彼岸！

但是美马坂仍旧很顽强。

"但是中禅寺，你也给了我一个提示。世界并非只有外在的世界，**脑中还存在着另一个内在的世界**。那是脱离一切物理定律的世界。而且认识外在世界的器官也是脑。只要刺激脑的某些部分，即使没有体验过也能拥有相同感觉。我们可以靠电流的讯号来创造出与实际体验相同的记忆。也就是说，这个外在世界全部都能置换成电流的讯号。那么，只要脑能永远存活就等同于不死。所以我才要舍弃人体这种污秽不完全的载体，创造出完全的脑的载体！"

"那你那个匣子就是完全的载体吗？"

京极堂朝美马坂走近一步。

"正是。再过不久即将完成。虽然你说没有装置可取代人体的接收器官，但这种东西是没有必要的。我已经设计出实际上没看过没听过没嗅过也能获得相同刺激的装置，这个实验需要能正确表示意志的实验体，所以无法以类人猿代替。"

"你打算用久保来实验吗？"

"打开头盖骨，埋入电极，即使切断视神经也能看到景色，能听到音乐却不需要鼓膜和耳蜗。怎样！很完美吧。在这里有永远不会衰减的无上幸福！"

他的声音完全超乎了寻常。

"疯了——"

鸟口说了这句，向后退了几步。

增冈以像是在看怪物般的眼神看着美马坂。

青木站起来。

京极堂说：

"鸟口，他的精神很正常。他很认真地这么想。"

由我这里看不到美马坂的表情。

京极堂更向前踏出一步。

"美马坂先生，你办不到的。你的理论错了，而这里也没有那种装置！那只是你的妄想！"

"中禅寺，你很不甘心吧。那些嘴上胡扯着什么灵魂的救赎、永远的真理的宗教家们到头来还不是只有一死！你也一样，只有一张嘴皮子，只会诡辩罢了。"

"美马坂，你知道吗？意识并不是只有脑所创造出来的东西。人类之所以为人类，是因为他保有完整的人体，脑髓只是个器官。

部分有所欠缺的话的确还能弥补，但只剩脑部的话什么也不会留下。身体与灵魂是密不可分的。”

京极堂又更走近一步。

“脑髓也只是一个部分。把脑当作人的**本体**，就跟以为灵魂**藏在人体里面**一样可笑。没有现世自然没有彼岸，没有肉体自然也没有心灵。”

“你只是输不起而已吧。”

京极堂靠近到脸几乎要与美马坂相贴，美马坂被他的气势所慑服，后退倒在椅子上。

“美马坂先生，既然你还不肯接受，那我告诉你一件有趣的事吧。”

他的声音有如私语一般低沉。京极堂把脸靠上去，美马坂的鼻尖与京极堂的肩膀几乎快要相碰。他在美马坂的耳旁，以那极端低沉的嗓音说：

“——脑只是镜子。连接在机械上的脑所生出的不是脑的原主的意识，而是**所接续的机械**的意识。好了，不实验也不知道。如果说做了之后才发现真是如此的话，你——该怎么办？”

美马坂有如坏掉的放映机所播放出来的慢动作影像，以极为缓慢且不自然的动作转头看着京极堂。

他的眼睛张大得不能再大。

“你说谎，这种事绝无可能。”

“岂是谎言，这可是我说的哪。”

在这短暂的间隔中，时间暂停了。

　　至少那股轰轰不绝于耳的机器声在我耳中消失了。

　　"如果你在一瞬之间相信了我的话，美马坂先生，你就输了。这就是诅咒，是你的领域中无法使用的唯一武器。"

　　美马坂陷入了茫然自失的状态。

　　"好了，就到此为止吧。阳子小姐的痛苦告白就当作是闭幕吧。久保与加菜子不同，是不需动手术的健康体，所以你势必会被问罪。只要你还住在这个世界，你就必须赎罪。"

　　木场与青木靠近他。

　　"好了，走吧，美马坂先生。久保——还活着吧？"

　　"当然，但是——其实这栋建筑的燃料只能再撑几十分钟，终究要死。我是杀人者。"

　　美马坂的那个已经被驱除了吗？木场走近久保的匣子。

　　"但除了这里以外，也没有别的地方能让他活下去了。"

　　美马坂说完看着匣子。

　　木场伸手要拿匣子。

　　不对，还没被驱除！

　　这时阳子撞向木场。

　　"不行！"

　　"做什么？"

　　木场抓住阳子的肩膀将她制伏。

　　美马坂站起来。

　　"阳子！"

　　果然，美马坂还……

"来吧！阳子。"

"不行！别过去。"

"让我去。"

不对，美马坂的眼神很正常。

"阳子！中禅寺刚刚说的是谎言！我的研究没有问题！一直以来让你吃了很多苦，现在总算可以结束了。只要这个实验成功，接下来就轮到你了。到没有毁谤没有中伤没有辛劳没有犯罪、不管道德还是伦理都不再有意义的世界去吧。放心，我也会一起去，没什么好怕的。每天都能给你美妙的记忆。在那里父亲与女儿的关系不再有意义。在那里，任谁都能相爱！我也想让加菜子享受到那个世界，这件事是我唯一的遗憾。对了，送给你加菜子的记忆吧。这么一来……"

"美马坂先生！你……"

"中禅寺，你就一个人留在那里吧！阳子！来吧，我爱你！"

"别去！"

木场用力抱着阳子，不让她离开。

突然间，他睁大了他的小眼睛看着阳子。

军服上两道红色线条窜流，滴到地板上。

"木……场先生……"

"阳……"

"请……原谅我……"

阳子离开木场身边，快速抢走了台上的匣子奔向美马坂身边。管线噼里啪啦地发出声音一根根脱落，各种颜色的液体化作飞沫洒落一地。

美马坂抱着阳子的肩膀趁这一瞬间的空当逃到墙壁边。

"痛！"

木场的侧腹插着手术刀。

木场向前倒下，青木跑到他身边。

"阳子小姐！这样做真的好吗？"

京极堂大叫。

福本慌忙跑到外面，打算去呼叫其他警员支持。鸟口代替他守着门口。

我一步也动弹不得。

阳子叫喊，其声足以撕裂喉咙。

"我要跟这个人一起下地狱！我的故事，由我自己来闭幕！"

谁也不敢动。

阳子抱着匣子，靠在美马坂身边。

带着悲壮的表情，她的脸庞有如化妆后一般美丽。

"阳子。"

"爸爸，这样一来就能继续实验了。"

"——我知道了。走吧，你不后悔吧。"

鸟口感觉到警官的到来，正当要打开门的瞬间，两人移动了。

"啊啊，电梯！"

我拼了命地大叫。

除了鸟口以外，只有我的位置能看到电梯。

"住手！他们想死啊。"

布满了墓碑般的脏器之匣与血管的地面令所有人的动作缓慢。

等到鸟口赶到时，电梯的门已经关起来了。

"糟了！"

阳子与久保与美马坂消失于电梯之中。

"放心，下面也有警官守着。"

抱着木场的青木大叫。增冈恢复了冷静，喊说：

"看清楚！不是到下面，是上面！"

"上面？"

这栋建筑还有上一层吗？

"从电梯可以到屋顶！"

电灯一闪一闪地明灭着。

"螺旋阶梯只到这一层。"

福本带着木下及数名警员进入房间。

轰轰声与重低音。全都，

停止了。

匣中化作一片完全的黑暗。

被骗了。

被那个狡狯又残忍的科学家欺骗了。

　　并没有打算杀死她们。只是想把她们装进匣子里。

　　为什么会死呢？或许女人从一开始就是死的吧？自古以来，人类一直都是为了变得衰弱、腐败而呼吸、吃饭。只是让她们的这个过程提早到来罢了。

　　只要乖乖地自己进入箱子里就不会死了，因为精神腐败了身体才会跟着腐败。

　　讨厌被人烙上犯罪者的印记。

　　到底是放进去的方法不对？是箱子不对？还是拆下的方法不对？所以，在被警察抓到前，想问出正确的做法。

　　科学家说：

　　"只有一个办法能让你不被人当成犯罪者。"

　　"就是让你自己——成为受害者。"

　　不懂他的意思。

　　"我教你人体所应有的正确形态吧。"

　　"人体之中有太多没必要的部位了。"

　　"不管是内脏、骨头还是肌肉都只是为了让脑髓存活的机械。人体只是脑髓的载体。"

　　"如此脆弱而危险的载体没有存在的必要。"

　　"我们该更换更坚固、更持久的载体才对。这么一来，我们便能存活上百年、上千年。"

“你能区分梦与现实？”

“如果你一生只活在梦里，你何以得知那就是梦？”

“好了，我来为你切除多余的部分吧。不必担心，我办得到。这么一来世人就不会认为你是凶恶的犯罪者，而是可怜的被害者了。别怕，我很清楚你想做什么。你只要安心地在这个匣子里度过第二个人生即可。”

“好了，进匣子吧。”

胸中雀跃不已。

果然办得到嘛。只不过是做法错了而已。

觉得有点高兴。

总算能跟那个女孩子，跟柚木加菜子一样了。

进入匣子了。

脑髓似乎要融化似的，意识一片模糊。但是不管过了多久，头脑中的迷雾依然不散，幸福与不安的境界线摇摆不定。

手脚动不了。声音发不出来。

匣中一片黑暗，什么也看不到。

只听得到发电机轰然作响的声音，与管线里的液体流动声。

要在这种状态中度过上百上千年吗？

呼吸困难。

头脑麻痹。像触电一般麻痹。

想叫人也叫不出声音。喉咙干燥似火烧。

想使尽丹田的力气才发现，**没有腹部**。

觉得好可怕。这是地狱。这是永恒持续的无间地狱之拷问啊！

一亿年的后悔与忏悔席卷而来。

啊啊，真羡慕那些女孩们。那些女孩们就是知道会有这种下场才早早就死去的吧。

对了，植物，当作是植物就好了。植物的杂乱意识能让人变得幸福。

不，或许矿物也不错吧。希望拥有那种无限接近无机物的硬质静寂。

但是我是有机物。

不，我是久保竣公。

还是说，我已经不再是人了？

在我的内部，动物与植物以及矿物开始共处一处。

名为久保竣公的事物已经不再存在。

扩散。

有如雾般，我充满了这个匣子的各个角落。

我成了匣子的形状。

充满了各个角落，恰恰好成了匣子的形状。

这样一点也不幸福啊。

被我杀死的女人们的腐败脏腑充满了我的脑髓。不是人，也不是木石。

在管线中流动的混浊汁液是腐肉的肉汁。

我是大啖腐肉而活的木石之怪。

没错，我是魍魉。

我是充满于匣子之中的莫名其妙的怪物，魍魉。

所以我的实体不在于我，而是在于匣子。

我是，**魍魉之匣**。

听到许多人声。

救救我啊，我不是匣子，我是人啊。

太阳穴上用力，似乎感觉到我身为人类的轮廓变得明了一点了。用力，再更用力一点。

"呵。"

我只能发出这个声音。

听见科学家跟人争辩。

是谁？

我尽力专心听。

——这是妄想。

——不实验也不知道。

我绝望了。

被骗了。

我被那个狡狯又残忍的科学家欺骗了。

那个男人，美马坂幸四郎果然错了。

我只是活体实验的材料罢了。

根本没有什么永恒持续的无上幸福。这里只有无间地狱。

放我出去，把我从这个匣子里放出去。

血管连接的也是匣子，

气管连接的也是匣子，

一切的脏器，都是靠发电机运作的匣子。

我变成匣子了。

匣子是为了收纳东西而存在。

变成匣子**本身**也没有任何意义。放我出去，放我出去，把我从
匣子里放出去！

突然摇晃了起来。接在胸口上的大小管线发出噼里啪啦的声音
脱落。

"没问题了，永远的幸福等着我们。"

住口！我不会再被你骗了！

盖子打开了。

美马坂的脸出现在眼前。

※

灯光恢复后见到榎木津站着。

"榎兄，你——"

"小关，你的表情是怎么回事！简直像个被活埋的矿工嘛！怪了，怎么大家都一样！"

"你怎么还那么不慌不忙。"

"谁不慌不忙了！我刚刚才在楼下阻止了老头的上吊，并且还把老头破坏得一团糟的电线紧急修理过后才赶来的啊！我可是立了大功劳啊！怎么了，木场修，你受伤了吗？"

"闭嘴，你这个没用的家伙。电梯呢？"

"没问题，能动。"

京极堂打开电梯的门，引领大家进入。

屋顶恰似一座正方形的舞台。

太阳西斜，光辉灿烂的——不对，是皎洁明亮的月亮出来了。

照明只有月亮。

月光的聚光灯照耀着。

阳子茫然若失地站在舞台。

表情仿佛附在身上的妖怪已离去般的安详。

电梯出口附近有个匣子掉在地上。

匣子里装满了大量的不像血液也不像体液的液体。液体散落四处，一直延伸到阳子脚下。

她的脚下躺着美马坂幸四郎的尸体。

表情惊骇万分。

他的脖子被久保竣公，不，被久保竣公的残骸**紧咬不放**，不像是这个世间所应有的光景。

久保的脖子上清楚地印着指痕。

阳子为了扯下他而用力勒紧过吧。

那是我认识的久保的脸。只是，久保已剩不到一半了。

原来这就是匣子里的东西吗？久保看起来是那么的可怜、渺小。我感到极度的悲伤。装过他的匣子，应该也是他的父亲兵卫制造的吧？

兵卫知道这些事情吗？

美马坂幸四郎被自己期望的永远生命的实验材料咬死了。

久保竣公变成了与自己热切期盼创造出来的匣中少女们相同形状，也死了。

唯一存活的阳子在月光的聚光灯下，静静而立。

静寂。那股声音已经停止。

木场制止了要向前迈进的青木，然后看着京极堂。

京极堂来到阳子面前。

"阳子小姐。我觉得有点遗憾。我原本并不希望让他死去。"

阳子微笑了。

"给您——添了许多麻烦了。或许还有别的路吧——但我已经选择这条路了。虽然您提示了我许多可走之路——请原谅我。"

然后，深深地低头。

京极堂就这样静静地退后，催促木场上场。

木场看着阳子。

阳子抬头，露出有些悲伤的表情。

"木场先生——对不起，请问您——没事吧？"

"我没事，这点小伤算个屁。"

木场与阳子的视线交会了，我想这是他们自相遇以来的第一次。

木场向前。

"父亲——死了。他则是被我杀了。"

"嗯，看就知道咧。没受伤吧？"

阳子点头，伸出双手。

"美马坂阳子，以杀人暨伤害之罪名逮捕。"

木场拿出逮捕绳将阳子绑起来。

"拿逮捕绳应该是你比较擅长吧。"

"咦？"

"恶党，束手就擒吧！"

木场说了这句话后，以他那张凶恶面孔笑了。

我想木场正想着，今后能与阳子正常地交谈了——吧。

榎木津也在现场。

增冈在他背后。福本、鸟口，还有青木都静静地站着。

京极堂看着美马坂的脸。

他肯定很讨厌扮演这种角色。因为，一切的故事毕竟都不是属于他的故事。

不知京极堂是以何种心情送别美马坂的。

我似乎多少能理解。京极堂与美马坂是同类的人。美马坂自己进入了故事之中，又早早就到了另一侧去，所以我这位古怪的朋友想必有些不甘心吧。

月光明亮地反射着太阳的光线，照射在屋顶上的尸骸上。

或许死过一次的光芒不会带给生物任何的影响，但不知会为这两具躺着的尸体带来什么影响呢？

阳子在木场的陪伴下缓缓地下了舞台。

我为了摆脱这股过分的静寂感，按下了升降机的按钮。

在背后月的视线的注目下。

　　十月十四日，我的单行本《目眩》的样书完成了。我带着赠书爬上晕眩坡，拜访京极堂。

　　老实说这半个月来，我几乎成了废人。并不是事件影响，而是我自己的关系。我本来就是这种人。不过在这段期间，鸟口曾来访过几次，向我报告事件的后续消息。

　　技师甲田禄介知道一切内幕。
　　他知道自己造的是什么机械，也知道用在什么地方——
　　甲田十分清楚美马坂的研究的重要性，他在人品上也很钦佩美马坂幸四郎，认为他是个天才。但是很意外地，他是个热心的净土宗信徒，所以对于美马坂的思想本身长期以来抱持着强烈的疑问。
　　他说，他在听到加菜子被如何处置后就对一切生厌了。甲田当然认识生前的绢子。也很快就察觉到阳子与加菜子的关系。
　　医学并非只靠理论存在。支持理论的技术也是不可或缺的。因此，那间研究所可说有一半是甲田的作品。他莫名的就是无法忍受这点。也不是说真的造了多邪恶的东西，但就是觉得难以忍受。
　　甲田在短时间内就跟雨宫亲近起来。
　　或许是因为雨宫跟甲田一样出身于技术领域吧。
　　然后，甲田完全厌恶起自己的工作了。
　　久保来访时，美马坂指示甲田再次激活匣子。
　　甲田讶异于美马坂要对没有受伤的男子做什么，知道了他的所作所为后感到十分烦闷。

　　"要是我没做这种东西的话，那个青年就不会变成那样了。这也是我的错。"

　　据说他是这么说的。

　　年老的技工面对多数的闯入者，预感到结局的来临，企图自杀。

　　那间研究所的加护病房也兼集中管理室。机械的本体分成一楼与二楼。铁门中全部都是人工脏器。甲田按照顺序一一将之破坏。我想那是美马坂在看过计量器的数值之后的事情。甲田最后破坏了动力室的配电盘，在燃料用尽的时候上吊了。

　　可笑的是，榎木津从头到尾观察着他的行动。等他全部破坏殆尽上吊了之后才出面阻止，修理好配电盘，确保由外部供电之后才上楼来。

　　他这次总共阻止了两个人的上吊。

　　木场如自己所说的一样，只受了轻伤，别说是住院，连医院也没去。反而青木还比较严重，听说肋骨的裂缝裂得比入院前还严重。不过这位青年不愧是前特攻队队员，十分强健，十天后就出院了，还与京极堂一起来我家拜访。

　　我刚好为了单行本的讨论而出门。听妻子说，他看来气色很好。

　　木场似乎没受到什么处分。看来我们在乘坐榎木津的疯狂飞车时，京极堂已经跟大岛警部疏通过了。

　　他还真是个不容小看的男人。

报章杂志完全没有关于这个事件的报道。只做了分尸杀人事件的犯人自杀——的虚假报道。幸亏，前天晚上发现的久保的手脚并没发表那是久保尸体的一部分，结果变得十分暧昧且不透明。而且在自杀的消息之后，关于久保的丑闻报道也戛然停止。不知是背后受到压力，还是说媒体的关心也不过尔尔。

不知阳子受到了什么处置。

《实录犯罪》当然掌握了真相，可是等了又等，一点也感觉不到他们有心报道。别说是报道，现在连下一期的刊物都还没发售。附带一提，增冈说榎木津拿到的侦探费不必还，所以全数都归他所有，只不过右手进左手出，全都落入了赤井书房的口袋里。

当然，是当作那台冒牌达特桑跑车的修理费。听说社长赤井打算用这笔钱来将之改造成丰田汽车的轿车。

榎木津躺在京极堂的客厅里。

连鸟口也在。听说在事件之后他三天两头老往这里跑。

屋主则是十年如一日，摆着一张臭脸看着难懂的书。我坐到我的老位子上，从包袱里拿出两本刚印好的著作。京极堂很高兴地——或者说，大笑着呼叫夫人过来，说：

"大家看哪，这是关口的书啊。"

不知是在褒奖我，还是在把我当傻子耍。

"装帧很不错。虽然肯定会滞销，但真的是本好书。恭喜了。"

说完又笑了。看来应该是在把我当傻子耍吧。

夫人则真心诚意地为我高兴，泡了杯热红茶给我。接着也笑着说：

"这下子得好好庆祝一番才行呢。"

榎木津躺着，看也不看一眼地说：

"也给我一本吧。"

鸟口虽然客气地说要自己买，不过京极堂立刻接在他后面说：

"那就在我的店里买吧，这本就卖你了。"

听到他的风凉话，鸟口立刻回答：

"唔嘿，这样太过分了啦，那我不就真的得买了。"

鸟口果然还是想要迷糊啊。

"对了对了，听说福本辞掉警察的工作了啊。"

鸟口突然想到似的说了。

"好像改行去牙刷公司上班了。"

消息还是一样灵通。

"然后楠本君枝把那间房子卖了。寺田兵卫把信徒喜舍的钱全部归还了，不够的部分就靠卖掉那间住了三代的道场充数。至于二阶堂寿美用掉的部分就不追究了。"

大家都卖了原本住的箱子吗？

"兵卫似乎等侦讯结束就要去出家。反正他也没犯罪，很快就没事了吧。而君枝女士则是打算等安定下来之后要搬到高圆寺的公寓住。"

"你怎么什么都知道啊。"

"这是我赖以维生的技能嘛。"

"哎，说的也是。喂，京极堂，那阳子小姐——结果怎么了？"

京极堂略扬起单边的眉毛，说：

"应该有酌情量刑的余地吧。那种状况也适用于心神丧失状态。更何况为她辩护的是增冈先生，更是教人放心。他很优秀，也很了解阳子小姐。只不过事件本身真的没有什么好说的。木场大爷又得写一堆悔过书报告书的，肯定又会发牢骚说想活动筋骨吧。"

"不知木场大爷——能不能打起精神。"

看过爱上的女人的内心黑暗，又亲手将她逮捕。

心里肯定很难受吧。

我是再清楚也不过了。

"大笨蛋，你一点也不懂木场修这条汉子！"

榎木津站起来。

"——那家伙像块顽强的豆腐，给他三天就又生龙活虎了，生龙活虎。个性执着却又不怕打击，而且还极端习惯失恋。"

虽然是莫名其妙的比喻，不过我好像懂他想表达的意思。

"榎兄，这么说来，那时你说的阳子深爱的人是——美马坂教授吗？还是……"

原来不是木场吗？

榎木津一口气喝干红茶。

"大笨蛋，那种事谁还记得啊？"

他说。

天气已经完全进入秋天。这个家的猫似乎已经不再到檐廊上睡午觉，见不到它的踪影。

我问京极堂一件那之后一直很在意的事情。

"喂，我说啊，魍魉到底是什么？你那时说什么魍魉是界线之类的，那是什么意思？另外，你的驱魔最后算成功了吗？"

京极堂扬起单边眉毛看了我一眼。

"你这家伙理解力真差啊。魍魉这种东西啊，本来就不是会附在人身上的妖怪，所以本来就驱除不了。"

"驱除不了？那不就……"

"魍魉啊，本来就是在泽川之地模仿人的声音来迷惑人的妖怪。有外形却无内在。什么事也不做。是人类本身变得迷惘。"

"人类本身？"

"那你驱除的是？"

"没什么，我只不过是摇晃他们内心的中心部分，把多余的东西晃落而已。像这样缓缓地摇晃。"

那我多余的东西也被晃落了吗？

"关口，没必要想得太复杂。比如说山就是异界，是他界，是另一侧的世界。海也亦然。但泽川不同。自古以来低地湿地泽川湖沼之类的地方都是界线。所以魍魉才会站在界线上迷惑人类。魍魉出于水，巡绕周边，但就是不到中央来。因此它不出于土。勉强由边际到中央露脸的话，就会害自己陷入只能从土中挖尸来吃的境地。"

“那你对御笛神说的那些装神弄鬼的话又是什么？谎话吗？”

“我不是早说过了？我只有两件事没做过——没说过谎跟没绑过和尚头［注一］”

“你上次不是说是丸髻［注二］？”

京极堂连呼“好像是这样，好像是这样”，大声笑了。鸟口也跟着笑了。

“关口啊，总之，魍魉是属于界线上的怪物，所以不属于任何一方。随便对它出手就会受到迷惑，小心一点比较好。你这种人特别容易受到另一侧的魅力所蛊惑。”

京极堂恢复认真的表情说。

过了不久，很难得的伊佐间屋来拜访京极堂。

他说这近一个月来都在山阴地方旅行。

还买了一堆很符合他作风的、不知在哪儿买到的珍奇民间工艺品当作礼物，我选了个河童倒立模样的玩意儿。

问他钓鱼之旅如何，他回答：

“嗯，钓鱼很棒。”

问他钓到多少，他回答还过得去。然后勉强改变话题说：

“这事先不管，我碰到一个怪人了。我们住同一间旅馆，嗯，

注一：此句原文中，说谎的“说”与绑发的“绑”同音，为同音俏皮话。

注二：一种日本传统女性发髻。多为已婚者所扎。

真的是个很怪的家伙。"

看来是没钓到了。

"我是在岛根的川合这地方住宿时碰到他的，那里有间叫作物部神社的神社，啊，中禅寺你应该听过吧？"

"十月九日有庙会吧？我记得那里的庙会好像会举行骑马射箭的表演？"

听他这么说就知道他肯定很清楚。

"对对，一堆插了旗子的马跑出来，然后还有巫女跳舞。我就是去看这个。庙会前一天，跟那家伙住同一间旅馆。那个人看起来一脸愉快的样子，嗯，看起来好像真的很幸福。只不过衣服脏了点。天气已经蛮冷了，他还穿开襟的衬衫，没有外套，底下穿着皱巴巴的灯芯绒裤，满脸傻笑。然后……"

开襟配上灯芯绒？

"还带着这么大的铁箱子。"

匣子？

"然后他一直很小心翼翼地抱着。连庙会也带箱子去看。偶尔还会打开盖子，对箱子里面说'看，是马喔'或'巫女在跳舞了'之类的话。很奇怪对吧？就像是夜市的——"

伊佐间屋后来的话我都听不到了。明明他就在我眼前，却好像不断在远离。

带走加菜子的雨宫，在逃亡的最后到了岛根县。

没有换洗的衣物，身上的钱应该也用尽了。

到底是怎么去的。

而且——

由伊佐间屋的话听来，他果然还是成功获得了幸福。

他适应了环境。

伊佐间屋还在说。

"——啊，很好笑吧。实在太可笑了，我就问他那个箱子里放了什么，结果——"

我浮现不可能的想象。

想象匣中的加菜子还活着，带着日本人偶般美丽的脸庞，恰恰好收在匣子里，以铃声般清澈悦耳的声音说：

——呵。

然后对我微笑了。

"——结果他说：'被您注意到了吗？'并打开箱子给我看，里面是——"

里面是——

"里面放了黑乎乎的像是鱼干的东西。"

"这——"

鸟口说。

"——通知木场先生比较——啊，应该没用吧。"

雨宫是杀人犯。

但是就算知道此事，木场也不会去逮捕他。

雨宫他——

"雨宫他就算被逮捕送入监狱，也能适应环境获得幸福吧。"

对他而言，法律一点效力也没有。

"或许吧。"

京极堂说。

"美马坂费尽心思努力想得到却得不到的事物，雨宫却早就得到了——"

他后面的话很难听清楚。

不过我想，他想说的是这样。

——美马坂真笨哪。

"雨宫现在也很幸福吧。"

"应该没错。要幸福其实还不简单？"

京极堂望着远处。

"只要别当人就成了。"

这家伙的性格真是扭曲。那么最远离幸福的就是你，第二则是我了。

榎木津又睡了。京极堂在看书。鸟口跟伊佐间屋聊天。

我想象着。

独自走在荒凉大地上的男子。

男子背上的匣子里装了个美丽的少女。

男子心满意足，不断、不断地走下去。

即使如此，

我还是，不知为何——

非常羡慕起男子来了。

匣盖未启之前，魍魉究竟为何？

——关于《魍魉之匣》

解说／卧斧

"所有不可思议的外表都是骗人的。箱子真正的不可思议之处，不是外在，而是内在。"

——《马戏团离镇》第164页

在京极堂系列的第一作《姑获鸟之夏》里，有这么一段场景：

关口对京极堂一直摸来摸去的罐子很好奇，于是开口询问；京极堂回答说那是个骨灰罐，里头装了佛舍利，甚至当着关口的面打开壶盖取出一颗白色粒状物，抛进嘴里吃掉，把关口吓了一大跳。事实上，那个壶里装的是点心，但京极堂告诉关口："不过，在我打开盖子前，这个点心也有可能是骨头哦。"

这段是京极堂向关口解释"测不准原理"的引子，不过在我读完《魍魉之匣》后想起，倒有另一种趣味。

"测不准原理"的主要精神在："当观测行为发生时，也会影响被观测之物；是故在观测行为发生之前，被观测之物为何种状态，是不可确认的。"京极堂拿罐子和点心来讲，是种与"薛定谔的猫"类似的比喻，因为"测不准原理"其实应用在微观的量子力学里，在宏观的世界并不完全成立——我的车子，并不会在我没看着它的时候以变形金刚或汉堡的样貌存在。

单从另一方面来看，这个譬喻，恰好也提及了"箱"与"箱中之物"的关系。

箱子所显示的样貌不等同于箱中之物，就算是个骨灰罐，也不代表装在里面的一定是骨头；电视机里没有装着唱歌跳舞演戏报新闻的小矮人，魔术师所展现的空箱其实有我们看不见的内里机关。如果我们有机会捧起一颗人脑，会有种自己碰触了某种禁忌的感觉，但我们真正在意的是：这团一千四百克左右的箱子，里头其实装载着某个人的真正内里。

其实，以任何形式被阅听的故事，也都是一种箱子。

无论是以音符旋律、动态影像、色彩图像、口述或者文字记录的故事，都是某种内容的载具，阅听者则以聆听、观赏或者阅读的方式，在脑中将箱盖揭开，一探箱中之物的究竟。箱子的形式为何其实并不重要，重要的是，这个箱子是否能够准确而有效地封存或保护箱中之物。

《魍魉之匣》的开头，就是一篇故事中的故事。

这篇名为"匣中少女"的小说，描述"我"在列车上巧遇一个带着箱子的男人，箱子里居然装着一个没有手脚、只有胸部以上、但仍活着的美丽少女……与《姑获鸟之夏》几乎全以第一人称主述者关口巽观点为轴的方式不同，《魍魉之匣》的主线很多，先以这篇小说中的小说开场，再来是两名美少女柚木加菜子与楠本赖子之间的奇妙友情故事；接着《姑获鸟之夏》当中的刑警木场修一郎带出另一条叙事线：他在结束工作深夜搭着电车返家时，遇上了加菜子跌落轨道、被进站电车撞成重伤的事件；然后才是依然以第一人称方式叙事的关口巽出场：他在前往出版社洽谈自己作品单行本出版事宜的时候，先是经编辑介绍，认识了新出道的天才小说家久保竣公，再是遇上了正要外出取材的记者中禅寺敦子，聊起最近闹得沸沸扬扬的分尸案件。

关口回家时，完全不知道，自己正要成为这个故事的一部分。

糟粕杂志《实录犯罪》的记者鸟口守彦在关口家中守候，希望关口替《实录犯罪》写篇报道，邀请关口一起到犯罪现场取材，而他打算采访的刑案，正是敦子口中的分尸案件。想当然耳地，他们在取材的现场遇到敦子，在三人一起返家的途中，因为迷路而误闯一个怪异的研究所，却意外地碰见木场，又在不明就里的情况下被驱离；过了几日分尸案件被发现的手脚愈来愈多，鸟口再度来访，关口想起自己也打算找人讨论关于单行本中各篇作品置放的顺序，于是带着鸟口一起出发，前往京极堂的旧书店。系列作真正的轴心人物——中禅寺秋彦／京极堂，直到此时才正式登场。

上述的角色与各自的遭遇，看来已经十分紊乱，而《魍魉之匣》中必须解决的事件支线，在京极堂的整理下，更高达四至五条，其中有的看似相关实则不然，有的以为无关但却有部分因素交集重叠。已经息影的偶像女星、进行不明实验的医学天才、宣称能将带给信徒不幸的"魍魉"收伏封印于箱中的新兴宗教、传闻中带着箱子四处行走的谜样黑衣男子……所有混杂的线索最后全都集中到京极堂的手中，再由他一一解清除魅。

不仅替剧中人物破除迷障，京极夏彦甚至对读者做出惊人之语，直指类型小说当中的一些迷思。

在《在姑获鸟之夏》中，京极堂否定了理性的"所见即所得"原则，而在《魍魉之匣》里，京极堂最语出惊人的否定，则是针对"动机"。虽说"动机"是思考推理犯罪因由的重要关键，但京极堂却认为：恶念人人有之，要当真构成犯罪，除了可能随着社会价值观及道德标准一起变异的人定律法之外，还有许许多多其他要件。动机可能隐忍许久，可能微不足道，而我们老是对动机进行追查的举动，只是为了方便自己的了解，而创造出来的某种约定俗成之见罢了——这类奇妙的观点在故事里常可读到，他们乍看之下与常识相悖，但在京极堂长篇解释后又自成道理。

要塞进《魍魉之匣》这故事当中的东西很多，所幸它们看似纷杂，实则以清楚的主题一以贯之。

从一开场的"匣中少女"故事开始，"箱子"的意象就出现在《魍魉之匣》故事中的每个角落：木场自认是个"没放糖果的糖果盒"、"盒子很坚固……一但掀开来看 却是空的"；外观长得像箱子的诡异研究所，以箱子封存恶灵的除魔仪式，分尸案塞着部分人体的精密箱子……每个角色或者沉迷于制造箱子，或者执着于拥有箱子似能够安居的屋舍，但过于执迷的结果，却只是拥有了箱子的外在，而忽略了隐伏其中、悄悄滋长的异物。

这些异物，一如传说中形体未明定义不清的妖魔，晦暗未明、兽类长相的魍魉。

日本著名的漫画《攻壳机动队》，英文名称叫《Ghost In The Shell》，直译为《盒中的灵魂》，直指"载具（箱子）"及"灵魂

（箱中之物）"并不等同、需分别视之的观点，这也是这部科幻作品探讨的主要课题；而《魍魉之匣》则直接打开了故事中角色们的载具外盖，带领我们直探隐微难明的内里人心。在京极夏彦笔下，《魍魉之匣》的故事时而妖魅、时而搞笑；时而幽默，时而哀伤；当连自己都不明白的内里被掏捡公开之际，身为载具的箱子们，是否真的已经有了面对它们的准备？当所有线头收拢到京极堂手中、即将一举逆转所有表象的真相现身之际，身为读者的我们，是否能够接受魅障破除之后，那些赤裸难看的私密核心？

匣盖未启之前，魍魉究竟为何？我们不得而知。
但在未明的黯里终于见光之时，身为箱匣的我们，或许才有机会明了，某种存在的意义。

作者介绍

卧斧，雄性。想做的事情很多。能睡觉的时间很少。工作时数很长。钱包很薄。觉得书店唱片行电影院很可怕。只身犯险的次数很频繁。出了六本书。喜欢说故事。讨厌自我介绍。

文景

社 科 新 知　文 艺 新 潮

Horizon

魍魉之匣（下）

[日] 京极夏彦 著　林哲逸 译

出 品 人：姚映然
策划编辑：储卉娟
责任编辑：廖　婧
封面设计：聂永真
内文版式：尚燕平

出　　品：北京世纪文景文化传播有限责任公司
　　　　　（北京朝阳区东土城路8号林达大厦A座4A　100013）
出版发行：上海人民出版社
印　　刷：山东临沂新华印刷物流集团有限责任公司
制　　版：北京大观世纪文化传媒有限公司

开 本：890mm×1240mm　1/32
印 张：13.25　字 数：255,000　插页：2
2009年1月第1版　2021年5月第12次印刷
定 价：55.00元
ISBN：978-7-208-08044-7 / I·586

图书在版编目（CIP）数据

魍魉之匣. 下 /（日）京极夏彦著；林哲逸译. —上海：
上海人民出版社，2008
　ISBN 978-7-208-08044-7

　I.魍… II.①京…②林… III.①长篇小说－日本－现代
IV. I313.45

　中国版本图书馆CIP数据核字（2008）第111960号

本书如有印装错误，请致电本社更换　010-52187586